A
TRAVESSIA

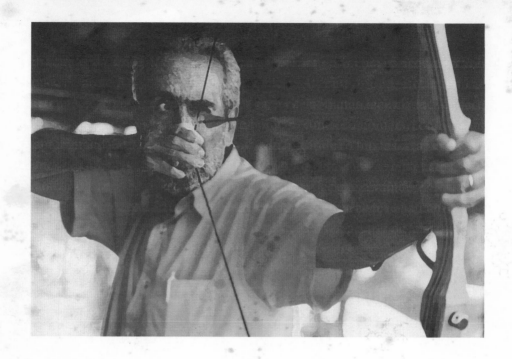

O ARQUEIRO

GERALDO JORDÃO PEREIRA (1938-2008) começou sua carreira aos 17 anos, quando foi trabalhar com seu pai, o célebre editor José Olympio, publicando obras marcantes como *O menino do dedo verde*, de Maurice Druon, e *Minha vida*, de Charles Chaplin.

Em 1976, fundou a Editora Salamandra com o propósito de formar uma nova geração de leitores e acabou criando um dos catálogos infantis mais premiados do Brasil. Em 1992, fugindo de sua linha editorial, lançou *Muitas vidas, muitos mestres*, de Brian Weiss, livro que deu origem à Editora Sextante.

Fã de histórias de suspense, Geraldo descobriu *O Código Da Vinci* antes mesmo de ele ser lançado nos Estados Unidos. A aposta em ficção, que não era o foco da Sextante, foi certeira: o título se transformou em um dos maiores fenômenos editoriais de todos os tempos.

Mas não foi só aos livros que se dedicou. Com seu desejo de ajudar o próximo, Geraldo desenvolveu diversos projetos sociais que se tornaram sua grande paixão.

Com a missão de publicar histórias empolgantes, tornar os livros cada vez mais acessíveis e despertar o amor pela leitura, a Editora Arqueiro é uma homenagem a esta figura extraordinária, capaz de enxergar mais além, mirar nas coisas verdadeiramente importantes e não perder o idealismo e a esperança diante dos desafios e contratempos da vida.

WILLIAM P. YOUNG

A TRAVESSIA

ARQUEIRO

tradução: Fabiano Morais
preparo de originais: Regina Pereira
revisão: Hermínia Totti e Rebeca Bolite
diagramação: Valéria Teixeira
capa: Jeff Miller / Faceout Studio
adaptação de capa: Miriam Lerner
imagem de capa: homem: Steve Gardner / PixelWorks Studios; paisagem: Shutterstock
impressão e acabamento: Associação Religiosa Imprensa da Fé

CIP-BRASIL. CATALOGAÇÃO-NA-FONTE
SINDICATO NACIONAL DOS EDITORES DE LIVROS, RJ

Y71t   Young, William P., 1955-
        A travessia / William P. Young [tradução de Fabiano
        Morais]; São Paulo: Arqueiro, 2012.
        240p.; 16x23 cm

        Tradução de: Cross roads
        ISBN 978-85-8041-108-9

        1. Ficção americana. I. Morais, Fabiano. II. Título.

                           CDD 813
12-6994   CDU 821.111(73)-3

Todos os direitos reservados, no Brasil, por
Editora Arqueiro Ltda.
Rua Funchal, 538 – conjuntos 52 e 54 – Vila Olímpia
04551-060 – São Paulo – SP
Tel.: (11) 3868-4492 – Fax: (11) 3862-5818
E-mail: atendimento@editoraarqueiro.com.br
www.editoraarqueiro.com.br

ESTA HISTÓRIA É DEDICADA
AOS NOSSOS NETOS,

cada qual um reflexo singular de seus pais,
cada qual seu próprio universo inexplorado,
portadores de alegria e encanto,
que influenciam nossos corações e nossas vidas
profunda e eternamente.
Um dia, quando lerem esta história,
que ela seja uma pequena janela através da qual
vocês possam entender melhor seu avô,
seu Deus
e seu mundo!

SUMÁRIO

1

UMA TEMPESTADE SE APROXIMA

*O homem mais digno de pena é aquele que transforma
seus sonhos em prata e ouro.*

– Khalil Gibran

Há anos em que o inverno em Portland, no estado do Oregon, é muito rigoroso. Em sua violenta batalha contra a chegada da primavera, ele ataca com tempestades de granizo e neve, reivindicando algum direito de continuar sendo o rei das estações – no fim das contas, uma tentativa inútil. Este ano, no entanto, não foi assim. O inverno simplesmente se retirou como uma mulher derrotada, partindo de cabeça baixa com suas roupas brancas e marrons sujas e esfarrapadas, sem uma única palavra de protesto nem promessa de retorno. Mal dava para notar a diferença entre sua presença e sua ausência.

Para Anthony Spencer, não importava. O inverno era uma chateação e a primavera não ficava atrás. Se pudesse, removeria as duas estações do calendário, juntamente com a parte úmida e chuvosa do outono. Um ano de cinco meses seria o ideal, sem dúvida melhor do que aqueles longos períodos de incerteza. Todo final de primavera, Tony se questionava por que permanecia no Noroeste do país, mas a cada ano que passava ele se via fazendo a mesma pergunta. Talvez a monotonia decepcionante tivesse lá seus confortos. A ideia de uma verdadeira mudança era desanimadora. Quanto mais arraigado em seus hábitos seguros, menos inclinado ele ficava a crer que qualquer outra coisa valesse o esforço, ainda que possível. Por mais angustiante que a velha rotina fosse às vezes, ao menos ela era previsível.

Ele se recostou na cadeira e ergueu os olhos da mesa entulhada de papéis para a tela do computador. Bastava pressionar uma tecla para ter acesso ao sistema de monitoramento de suas propriedades: o apartamento no prédio bem ao lado de onde estava; seu escritório principal situado estrategicamente no centro de Portland, no meio de um arranha-céu comercial de médio porte; sua casa de praia e seu casarão em West Hills. Ficou observando a tela enquanto tamborilava incansavelmente em seu joelho com o indicador. O silêncio era total, como se o mundo estivesse prendendo a respiração. São muitas as maneiras de se estar sozinho.

Embora as pessoas que se relacionavam com Tony em ambientes sociais ou profissionais pudessem pensar o contrário, ele não era um homem alegre. Era, sem dúvida, determinado, e estava sempre em busca da próxima oportunidade. Isso muitas vezes exigia uma atitude extrovertida e sociável, sorriso largo, contato visual e aperto de mão firme, não por causa de uma admiração genuína, mas porque todos potencialmente tinham informações que poderiam ser valiosas para o sucesso de seus empreendimentos. Suas perguntas constantes faziam pressupor um interesse sincero, o que dava a seus interlocutores a impressão de que eram importantes, embora também transmitissem uma sensação de vazio. Famoso por suas iniciativas filantrópicas, Tony entendia a compaixão como um meio de alcançar objetivos mais palpáveis. O altruísmo tornava as pessoas muito mais fáceis de manipular. Depois de algumas tentativas hesitantes, ele havia concluído que amizades eram mau investimento, pois traziam lucros baixíssimos. O verdadeiro altruísmo era um luxo para o qual ele não tinha tempo nem energia.

Em vez disso, baseou seu sucesso na administração e na construção de imóveis, empreendimentos comerciais diversificados e numa carteira de investimentos em expansão, meios em que era respeitado e temido como um empresário agressivo e um mestre das negociações. Para Tony, a felicidade era um sentimento tolo e efêmero, uma brisa passageira se comparada ao perfume de um negócio em potencial e ao gosto viciante da vitória. Como um velho sovina, ele adorava sugar os últimos resquícios de dignidade daqueles ao seu redor, especialmente dos funcionários que suavam a camisa mais por medo do que por respeito. Como um homem desses poderia merecer amor ou compaixão?

Quando sorria, Tony quase podia passar por um homem bonito. A genética o abençoara com mais de 1,80m de altura e um cabelo que, mesmo aos 40 e tantos anos, não dava sinais de rarear, embora já estivesse ficando grisalho nas têmporas. Obviamente anglo-saxão, ainda assim algo de mestiço e delicado suavizava seus traços, sobretudo naqueles raros momentos em que abandonava sua habitual postura séria, de homem de negócios, e se deixava levar por um riso incontido.

Para os padrões usuais, ele era rico, bem-sucedido e muito bom partido. Um tanto mulherengo, exercitava-se o suficiente para manter a forma, ostentando apenas uma barriga pouco proeminente que podia ser encolhida quando necessário. E as mulheres iam e vinham, as mais espertas pulando fora antes que as outras, e todas elas se sentindo péssimas depois da experiência.

Ele havia se casado duas vezes com a mesma mulher. A primeira união, quando ambos tinham apenas 20 e poucos anos, tinha gerado um casal de filhos. A filha, uma jovem revoltada, vivia do outro lado do país, perto da mãe. O garoto era outra história. O casamento terminara em divórcio por incompatibilidade de gênios, um exemplo clássico de indiferença e falta de atenção. Em poucos anos, Tony tinha conseguido deixar em frangalhos a autoestima de Loree.

O problema foi que, da primeira vez, ela saíra de casa com a cabeça erguida, o que não poderia significar uma vitória de verdade. Então, depois de passar os dois anos seguintes tentando reconquistá-la, Tony organizou uma magnífica cerimônia de segundo casamento, para duas semanas depois voltar a lhe apresentar os papéis de divórcio. Há quem diga que os papéis tinham sido preparados antes mesmo de os dois selarem de novo os votos em cartório. Mas, dessa vez, quando ela o atacou com toda a fúria de uma mulher desprezada, ele a esmagou financeira, legal e psicologicamente. Isso, sim, poderia ter sido considerado uma vitória. Tudo não passou de um jogo cruel, mas apenas para ele.

O preço que Tony pagou foi perder a filha no processo, algo que voltava a atormentá-lo sempre que ele bebia além da conta. Mas era apenas um pequeno fantasma que ele rapidamente enterrava ocupando-se em trabalhar e vencer. Só o filho deles já seria motivo suficiente para afogar as mágoas no uísque, um remédio sem prescrição que cegava as lâminas cortantes da memória e do arrependimento e amenizava as terríveis enxaquecas que, vez por outra, teimavam em lhe fazer companhia.

Se a liberdade é um processo gradativo, o mesmo vale para o mal. Com o tempo, pequenas deturpações da verdade e justificativas aparentemente sem importância erguem um edifício inesperado. Isso se aplica a um Hitler, a um Stalin ou a pessoas comuns. A casa da alma é magnífica, porém frágil. Qualquer traição ou mentira que se agarre a suas paredes ou seus alicerces pode fazê-la crescer em direções inimagináveis.

O mistério de cada alma humana, até mesmo da de Anthony Spencer, é profundo. Seu nascimento desencadeou uma explosão de vida, um universo interno em expansão, formando seu próprio sistema solar e galáxias, com uma simetria e uma elegância inconcebíveis. Em algum momento do caminho, no entanto, a dor e a frustração chegaram com força esmagadora, abalando a delicada ordem desse arranjo complexo, que começou a desmoronar sob seu próprio peso. Essa deterioração veio à tona na forma de um medo autoprotetor, de uma ambição egoísta e do endurecimento de qualquer tipo de ternura. O que antes era um órgão vivo, um coração de carne, se transformou em pedra; uma pequena rocha que vivia no casulo oco daquele corpo. Antes, a aparência externa era um reflexo do encanto e do esplendor internos. Agora, não passava de uma fachada em busca de um coração que devia encontrar seu caminho sem auxílio algum, um astro moribundo, faminto dentro de seu próprio vazio.

A dor, a frustração e, por fim, o abandono são feitores cruéis, mas juntos eles se tornam uma desolação quase insuportável. Esses sentimentos tornaram-se um arsenal na existência de Tony, fazendo-o esconder facas dentro das palavras, erguer muros para proteger-se de qualquer aproximação, e aprisionando-o numa ilusão de segurança, quando na verdade estava isolado e solitário. Restava pouca música verdadeira na vida de Tony; apenas resquícios de criatividade quase inaudíveis. A trilha sonora de sua sobrevivência não passava de música de elevador, melodias insossas que acompanhavam o ritmo da subida.

As pessoas que o reconheciam na rua meneavam a cabeça para cumprimentá-lo, os mais sensíveis cuspindo com desdém na calçada, depois que ele passava. Mas muitos se sentiam atraídos por ele; puxa-sacos e bajuladores que aguardavam suas próximas ordens, loucos para conquistar uma migalha de aprovação ou do que imaginavam ser afeto. Sempre existem aqueles que aproveitam a onda de um suposto sucesso por necessidade de garantir sua própria importância, identidade e intenções. A percepção faz a realidade, mesmo que essa percepção seja uma mentira.

Tony possuía uma mansão em West Hills e, a não ser que tivesse organizado algum evento em benefício próprio, mantinha apenas uma pequena parte dela aquecida. Embora raramente ficasse lá, gostava de pensar na propriedade como um monumento à derrota de sua esposa. Loree tinha ficado com a casa como parte do primeiro acordo de divórcio dos dois, mas precisou vendê-la para pagar as exorbitantes despesas legais referentes ao segundo. Com a ajuda de alguns comparsas, ele a comprou de volta por uma mixaria, chegando a chamar a polícia para retirar sua perplexa esposa da propriedade no dia em que foi sacramentada a venda.

Ele tornou a se inclinar para a frente, desligou o computador e, apanhando seu uísque, girou a cadeira para encarar uma lista de nomes que tinha escrito num quadro branco. Levantou-se, apagou quatro nomes e acrescentou um. Então deixou-se cair na cadeira, seus dedos tamborilando no tampo da mesa. Hoje, seu humor estava pior do que o normal. Compromissos profissionais haviam exigido que ele participasse em Boston de uma conferência que não lhe despertava o menor interesse. Em seguida, uma pequena crise no setor de recursos humanos fez com que precisasse voltar um dia antes do esperado. Por mais aborrecido que fosse ter que lidar com uma situação que poderia muito bem ser resolvida por seus subordinados, ele ficou grato por ter uma desculpa para abandonar os seminários quase insuportáveis e voltar à ligeiramente tolerável rotina que controlava melhor.

Mas algo havia mudado. O que antes era uma leve inquietação acabou se transformando em uma voz consciente. Fazia algumas semanas que Tony tinha a sensação incômoda de estar sendo seguido. A princípio, achou que fosse apenas efeito do estresse, delírios de uma mente sobrecarregada de trabalho. Mas, uma vez plantada, a ideia encontrara solo fértil – e o que começou como uma semente facilmente descartada por uma reflexão mais atenta criou raízes que logo se expressaram na forma de uma hipervigilância nervosa, que sugava ainda mais energia de uma mente em constante estado de alerta.

Ele começou a notar detalhes em acontecimentos sem importância, que isoladamente não o fariam sequer pensar duas vezes. Mas, juntos, foram se tornando um coro de alerta em sua consciência. A caminhonete que às vezes parecia segui-lo no percurso para o escritório, o frentista que por alguns minutos esquecia de lhe devolver seu cartão de crédito, a empresa de alarmes que o notificou das três quedas de energia que pareciam ter afetado apenas sua casa, ao passo que as de seus vizinhos continuavam incólumes, cada apagão durando exatamente 22 minutos, durante três dias consecutivos. Tony começou a prestar mais atenção em discrepâncias triviais e até na maneira como as outras pessoas olhavam para ele – o barman do Stumptown Coffee, o segurança da entrada principal, até os funcionários que ocupavam as mesas no trabalho. Tony notava como essas pessoas desviavam o olhar quando ele se virava na direção delas, mudando rapidamente sua linguagem corporal para fingir que estavam ocupadas ou cuidando de outro assunto.

Havia uma semelhança inquietante nas reações dessas diferentes pessoas, como se fosse um complô. Como se partilhassem um segredo ao qual ele não podia ter acesso. Quanto mais observava, mais clara se tornava essa impressão, o que o fazia ficar ainda mais vigilante. Sempre tinha sido um pouco paranoico, mas agora considerava constantemente a hipótese de uma conspiração, o que o deixava agitado e nervoso.

Tony mantinha um escritório particular completo, com quarto, cozinha e banheiro, numa localidade que até mesmo seu advogado pessoal desconhecia. Era seu refúgio às margens do rio, nos arredores da Macadam Avenue, para as ocasiões em que queria simplesmente desaparecer por algumas horas ou passar a noite incomunicável.

A casa maior que continha esse pequeno esconderijo também era sua, mas havia anos que o título de propriedade tinha sido transferido para uma empresa-fantasma. Nessa mesma época, ele reformara parte do porão, equipando-o com a mais avançada tecnologia de segurança e vigilância. Além dos empreiteiros originais, que tinham sido contratados pessoalmente, ninguém jamais vira aquela parte da casa. Sua existência não constava nem mesmo da planta da propriedade, graças a subornos aos construtores e generosas doações aos mandachuvas do governo municipal. Quando a senha correta era digitada no que parecia o teclado de uma caixa telefônica enferrujada nos fundos de um quarto de zelador sem uso, uma parede deslizava para o lado, revelando uma porta corta-fogo de aço e um moderno sistema de controle de entrada, com câmera e teclado.

O lugar era alimentado por uma rede de energia e internet separada do restante do complexo. Além disso, se seu software de monitoramento de segurança detectasse qualquer tentativa de rastrear o local, desligaria e bloquearia o sistema até que ele fosse reiniciado por meio de uma nova senha gerada automaticamente. Isso só poderia ser feito de dois locais: de sua mesa no escritório do centro da cidade, ou de dentro da própria câmara secreta. Tony tinha o hábito de, antes de entrar, desligar seu celular e remover a bateria. Uma linha fixa não cadastrada na lista telefônica podia ser ativada se houvesse necessidade.

O ambiente era despojado. A mobília e a decoração eram simples, quase espartanas. Ninguém jamais veria aquele lugar, de modo que tudo naqueles cômodos significava algo para ele. Livros que cobriam as paredes, muitos dos quais ele nunca havia chegado a abrir, tinham pertencido ao seu pai. Outros, em especial os clássicos, sua mãe costumava ler para ele e seu irmão. As obras de C. S. Lewis e George MacDonald estavam entre as mais importantes, suas favoritas quando criança. Uma das primeiras edições de *O retrato de Dorian Gray*, de Oscar Wilde, encontrava-se em local de destaque, acessível apenas a seus olhos. Em uma das extremidades da estante, havia diversos livros de negócios, lidos com atenção e marcados do começo ao fim, um verdadeiro arsenal de mentores. Havia também gravuras de Escher e Doolittle penduradas aleatoriamente nas paredes, e uma vitrola em um dos cantos. Ele mantinha uma coleção de discos de vinil cujos arranhões eram como lembranças reconfortantes de tempos passados.

Ali também ele guardava seus objetos e documentos mais importantes: escrituras, títulos e, acima de tudo, seu testamento oficial. Tony o revisava e modificava com frequência, acrescentado ou eliminando pessoas à medida que elas passavam por sua vida e o irritavam ou agradavam com suas atitudes. Imaginava o impacto que teria nos interessados em sua riqueza receber ou não alguma herança quando ele partisse desta para melhor.

Seu advogado pessoal, ao contrário de seu consultor jurídico geral, possuía a chave de um cofre na agência principal do banco Wells Fargo, no centro da cidade. Esse cofre só poderia ser aberto de posse do seu atestado de óbito. Dentro, havia informações que revelavam a localização do apartamento e escritório particulares, de como ter acesso aos mesmos e onde encontrar as senhas para abrir o cofre oculto, enterrado na fundação da casa. Caso alguém tentasse chegar ao cofre sem um atestado de óbito, o banco deveria notificar Tony imediatamente, e, como já alertara seu advogado, se isso um dia acontecesse, o vínculo profissional entre eles seria interrompido na mesma hora, assim como os generosos honorários pagos, sem falta, todo primeiro dia útil de cada mês.

Tony mantinha uma cópia mais antiga de seu testamento no cofre do escritório. Certos sócios e colegas tinham acesso a esse documento por motivos profissionais, e ele esperava secretamente que a curiosidade vencesse alguns deles, imaginando o prazer que sentiriam ao conhecer seu conteúdo, seguido da tremenda decepção ao ler seu testamento de verdade.

Todos sabiam que Tony era dono e administrador da propriedade contígua ao prédio onde estava seu esconderijo. Tratava-se de uma construção semelhante, com vitrines de lojas no térreo e apartamentos residenciais nos andares de cima. Os dois prédios compartilhavam um estacionamento subterrâneo, com câmeras posicionadas aparentemente para cobrir toda a área, mas que na verdade não alcançavam um corredor que se podia atravessar despercebido. Assim, Tony era capaz de chegar ao seu refúgio secreto sem ser notado.

Para justificar sua presença constante naquelas bandas da cidade, ele comprou um apartamento de dois quartos no primeiro piso do prédio ao lado do seu escritório secreto. Era todo equipado e bem dividido, uma fachada perfeita, e ele passava mais noites ali do que em sua mansão em West Hills ou em sua casa de praia perto de Depoe Bay.

Tony havia cronometrado o tempo que levava para andar de um apartamento ao outro através da garagem, e sabia que poderia estar isolado em seu santuário especial em menos de três minutos, observando a área útil de seu apartamento através de uma videotransmissão gravável. A extensiva aparelhagem eletrônica era mais para fins de proteção do que de vigilância. Não havia colocado propositalmente câmeras nos quartos nem nos banheiros, sabendo que outras pessoas ocupariam o imóvel quando ele não o estivesse usando. Tony tinha várias características desagradáveis, mas o voyeurismo não era uma delas.

Qualquer um que reconhecesse seu carro na garagem apenas suporia (geralmente de forma correta) que ele tinha vindo passar a noite em seu apartamento. Tony se tornara uma figura rotineira ali, e sua presença ou ausência não chamava atenção, tal como ele queria. Mesmo assim, em seu estado de alta ansiedade, ele vinha sendo mais cauteloso do que o normal. Mudava ligeiramente seus hábitos para descobrir se alguém o estava seguindo, mas não a ponto de levantar suspeitas.

Tony não podia imaginar o motivo pelo qual alguém iria segui-lo. Ele cortara quase todos os vínculos bruscamente, e talvez fosse essa a raiz do problema. *Só pode ser por dinheiro*, ele supunha. Não era sempre assim? Talvez sua ex-mulher? Talvez seus sócios ou um concorrente estivessem preparando um golpe para tomar sua parte na empresa? Tony passava horas, dias, analisando dados financeiros de cada transação passada e presente, de cada fusão e aquisição, buscando algo fora do comum, sem encontrar nada. Então mergulhou fundo nos processos operacionais das diversas participações da empresa, novamente buscando... o quê? Algo estranho, alguma pista que pudesse explicar o que estava acontecendo. Chegou a descobrir algumas irregularidades, mas, quando as apresentou sutilmente como problemas para seus sócios, elas foram corrigidas de imediato, ou explicadas de modo consistente com os procedimentos operacionais que ele mesmo havia desenvolvido.

Apesar da crise econômica, os negócios iam bem. O próprio Tony era quem havia convencido seus sócios a manterem uma base sólida de ativos realizáveis a curto prazo, e agora eles estavam comprando cautelosamente propriedades e diversificando seus empreendimentos a preços acima dos valores de liquidação. Atualmente, ele era o herói da empresa, mas isso não lhe trazia paz de espírito. Qualquer trégua estava fadada a durar pouco, e cada sucesso apenas aumentava as expectativas quanto ao seu desempenho. Era uma maneira extenuante de viver, mas ele resistia às alternativas por considerá-las irresponsáveis.

Passava cada vez menos tempo no escritório principal. De todo modo, as pessoas procuravam evitá-lo porque sua paranoia crescente o tornava muito irritadiço, e as menores falhas o tiravam do sério. Até seus sócios preferiam afastar-se, e quando as luzes do seu escritório estavam apagadas todos suspiravam aliviados e trabalhavam com mais afinco e de forma mais criativa e concentrada.

Mas era no seu espaço privado, em sua folga momentânea, que seus medos vinham à tona, aumentando a sensação de ser um alvo, objeto da atenção de algo ou de alguém indesejável e importuno. Para piorar, suas dores de cabeça tinham voltado com toda a intensidade. As enxaquecas eram geralmente precedidas por perda temporária da visão, seguida de fala arrastada e dificuldade para completar as frases. Hipersensível à luz e ao som, ele avisava sua assistente antes de se esgueirar para a escuridão do apartamento. Armado de analgésicos, dormia até a sua cabeça doer apenas quando ria ou a balançava. Convenceu-se de que o uísque ajudava na recuperação, mas qualquer pretexto era motivo para servir-se de outro drinque.

Mas por que agora? Após meses sem nenhuma dor, as crises voltaram a atormentá-lo quase que a cada semana. Começou a prestar atenção no que consumia, preocupado com a possibilidade de alguém estar tentando envenenar sua comida ou bebida. Sentia-se cada vez mais cansado, e apesar de dormir com a ajuda de remédios controlados, continuava exausto. Por fim, marcou uma consulta com seu médico, mas teve que desmarcá-la por causa de uma reunião convocada para sanar problemas relacionados a uma aquisição importante que não estava indo conforme o planejado. Remarcou a consulta para duas semanas depois.

Quando a incerteza se sobrepõe à rotina, você começa a pensar no que realmente importa e por quê. De modo geral, Tony não estava insatisfeito com sua vida. Era mais bem-sucedido que a maioria, o que não era nada mal para uma criança adotiva que o sistema havia deixado na mão e que, a partir de um certo momento, decidira parar de lamentar-se. Tinha cometido erros e magoado pessoas, mas quem nunca fez isso? Estava sozinho, mas a maior parte do tempo preferia que fosse assim. Tinha uma mansão em West Hills, uma casa de praia em Depoe Bay, um apartamento às margens do Willamette River, investimentos sólidos e a liberdade de fazer quase tudo o que quisesse. Era um solitário, mas a maior parte do tempo preferia ser assim. Alcançara quase todos os objetivos a que se propusera, e agora, na casa dos 40, convivia com uma sensação sinistra de vazio e com arrependimentos que o fustigavam insistentemente. Ele se apressava a enterrá-los bem fundo, naquela câmara invisível que os seres humanos criam para se protegerem de si mesmos. Claro que estava sozinho, mas a maior parte do tempo...

Assim que aterrissou em Portland vindo de Boston, Tony seguiu direto para o escritório principal e começou uma discussão particularmente acalorada com dois de seus sócios. Foi naquele momento que teve a ideia de criar uma lista das pessoas em quem confiava. Não das pessoas nas quais *dizia* confiar, mas daquelas em quem confiava de fato. Aquelas às quais poderia contar segredos, expor suas fragilidades e dividir seus sonhos. Enclausurou-se em seu escritório secreto, apanhou uma garrafa de uísque e começou a anotar e apagar nomes em um quadro branco. A lista não era longa e incluía sócios, alguns de seus funcionários, duas ou três pessoas de fora do trabalho e mais umas poucas que havia conhecido em suas viagens. Mas, depois de uma hora de reflexão, esse número havia sido reduzido a seis. Ele se recostou e balançou a cabeça. Aquilo se tornara um exercício vão. As únicas pessoas em quem de fato confiava estavam todas mortas.

Seu pai e sua mãe estavam no topo da lista. Racionalmente, ele sabia que boa parte das lembranças que tinha deles era idealizada pelo tempo e pelo trauma. As características negativas dos pais haviam sido apagadas pela saudade que sentia dos dois. Guardava como um tesouro aquela fotografia desbotada, a última tirada antes de um adolescente irresponsável perder o controle do carro e transformar glória em escombros. Tony abriu o cofre e a pegou lá de dentro, agora protegida por uma folha de papel laminado. Tentou alisar os vincos, como se seus pais pudessem de alguma forma sentir a carícia. Seu pai pedira a um estranho que batesse a foto da família em frente à já extinta sorveteria Farrell's Ice Cream. Ele, um rapaz desengonçado de 11 anos, atrás de seu irmão caçula, Jacob, então com 7. Os quatro estavam rindo de algo, o rosto de sua mãe voltado para cima, com a alegria estampada nos belos traços, seu pai com um sorriso sarcástico, que era o melhor que ele podia fazer. Tony se lembrava com clareza do sorriso do pai. As poucas emoções que aquele engenheiro externava tornavam-se muito significativas quando se estampavam em seu rosto. Tony tentava se lembrar do que os fizera rir, olhando longamente a foto como se ela pudesse revelar o segredo. Porém, por mais que se esforçasse, a resposta estava fora do seu alcance, provocativa e enlouquecedora.

O próximo nome da lista era Madre Teresa, seguido imediatamente por Mahatma Gandhi e Martin Luther King. Todos excepcionais, todos idealizados, todos muito humanos, vulneráveis, maravilhosos e, agora, mortos. Ele pegou um bloquinho e anotou os nomes, depois arrancou a folha solitária e ficou brincando com ela entre o polegar e o indicador da mão direita. Por que havia escrito aqueles nomes? A lista final tinha sido feita quase sem pensar, talvez como um reflexo de uma essência muito profunda e, quem sabe, até real, talvez mesmo como um *anseio*. Ele ao mesmo tempo detestava essa palavra e gostava dela. Parecia frágil à primeira vista, mas tinha um poder de permanência, durando mais tempo que a maioria das outras coisas que tinham ido e vindo em sua vida. Esses três personagens representavam, juntamente com o último nome da lista, algo maior do que ele próprio, o vestígio de uma canção que nunca fora cantada, mas que continuava a chamá-lo, a possibilidade de alguém que ele poderia ter sido, um convite, um *desejo*.

O último nome era o mais difícil e, ao mesmo tempo, o mais fácil: Jesus. Jesus, o presente de Belém para o mundo, o carpinteiro que supostamente era Deus unindo-se à nossa humanidade, que talvez não estivesse morto, segundo as crenças religiosas. Tony sabia por que colocara Jesus na lista. O nome estava relacionado às lembranças mais fortes que tinha de sua mãe. Ela adorava esse carpinteiro e tudo o que estivesse ligado a ele. Seu pai também amava Jesus, é claro, mas não como sua mãe. O último presente que ela havia lhe dado estava dentro do cofre, na fundação do prédio que abrigava seu esconderijo, e era a coisa mais preciosa que ele possuía.

Menos de dois dias antes de ser arrancada de forma brutal de sua vida, ela fora inexplicavelmente ao seu quarto. A lembrança estava gravada bem fundo na alma de Tony. Ele tinha 11 anos, estava fazendo o dever de casa, quando ela surgiu, recostada à porta, uma mulher franzina com um avental florido. Uma de suas bochechas estava suja de farinha, e ela afastara a mecha de cabelo que se soltara do nó que o prendia em cima. Foi por causa da farinha que Tony soube que ela tinha chorado, as lágrimas deixando um rastro irregular ao longo do seu rosto.

– Tudo bem, mãe? O que foi? – perguntou ele, erguendo os olhos de seus livros.

– Ah – ela exclamou, limpando o rosto com as costas das mãos cerradas –, não foi nada. Você me conhece, às vezes começo a pensar nas coisas pelas quais me sinto tão grata, como você e seu irmão, e fico toda emotiva. – Ela se deteve. – Não sei por quê, meu amor, mas estava pensando em como você está crescendo... daqui a pouco será um adolescente e logo entrará para a faculdade, depois se casará... Enquanto pensava nisso tudo, sabe o que senti? – Ela se interrompeu novamente. – Senti alegria, como se meu coração estivesse prestes a explodir no peito. Tony, eu agradeço tanto a Deus por você. Então decidi fazer sua sobremesa preferida, o bolo de amoras-silvestres e rolinhos de caramelo. Mas enquanto estava parada ali na cozinha, olhando pela janela e para tudo o que nos foi dado, todos os presentes que recebemos, e especialmente você e Jake, de repente quis lhe dar algo mais, algo que fosse muito valioso para mim.

Foi então que Tony notou sua mão cerrada. Aquela mulher que, mesmo àquela altura da vida, era mais baixa do que ele, estava segurando algo que cabia dentro de seu pequeno punho. A mãe estendeu a mão e a abriu devagar, deixando ver uma corrente suja de farinha com uma cruz dourada na ponta, frágil e feminina.

– Tome – disse, estendendo-a. – Quero que fique com isto. Sua avó me deu, como a mãe dela lhe dera antes. Achei que um dia fosse entregá-la a uma filha, mas não acho que vai ser possível. Não sei por quê, mas, enquanto pensava em você e rezava por nossa família, senti que hoje era o dia certo para lhe dar esta corrente.

Sem saber bem o que fazer, Tony abriu a mão para que a mãe depositasse nela a corrente delicadamente entrelaçada, enfeitada com a pequena cruz de ouro.

– Um dia, quero que você dê esta corrente para a mulher que amar, e quero que lhe diga de onde veio – explicou ela enquanto lágrimas escorriam pelo seu rosto.

– Mas, mãe, você mesma pode dar a ela.

– Não, Anthony, estou convicta disso. Não entendo bem por quê, mas é você quem deve dá-la, não eu. Não me entenda mal, eu pretendo estar presente, mas, como minha mãe me deu esta corrente, eu agora a dou a você, para que você a passe adiante.

– Mas como vou saber...

– Você saberá – ela interrompeu. –Acredite, saberá sim! – Ela o envolveu em seus braços e o abraçou longamente, sem se preocupar se iria sujá-lo de farinha. Ele também não se importava. Sem compreender direito o sentido daquilo, Tony sabia que era importante.

– Abrace Jesus, Anthony. Nada de mal poderá lhe acontecer se você se abraçar a Jesus. E pode ter certeza de uma coisa... – disse ela, recuando para olhar dentro de seus olhos. – Ele nunca deixará de abraçar você.

Dois dias depois, ela partiu, destruída pela escolha egoísta de um garoto pouco mais velho do que ele. A corrente continuava no cofre. Ele nunca a passara adiante. Será que ela pressentia o que estava prestes a acontecer? Muitas vezes ele se perguntava se teria sido uma premonição, algum alerta ou uma inspiração divina para que ele tivesse uma lembrança dela. A perda da mãe havia destruído sua vida, conduzindo-a numa direção que o tornara quem ele era hoje: um homem forte, duro, capaz de suportar coisas que outros não conseguiam. Mas havia momentos, passageiros e intangíveis, em que aquele anseio cheio de ternura se infiltrava por entre as rochas da sua fachada e cantava para ele, ou pelo menos começava a cantar, já que ele rapidamente bloqueava a melodia, afastando-a para longe.

Será que Jesus continuava a abraçá-lo? Tony não sabia, mas achava que não. Ele não era muito parecido com a mãe, mas, por causa dela, havia lido a Bíblia, assim como alguns de seus livros favoritos, tentando encontrar nas páginas de Lewis, MacDonald, Williams e Tolkien algum resquício de sua presença. Chegou até a fazer parte, por um curto período, do grupo de jovens cristãos da escola secundária, onde tentou aprender mais sobre Jesus, porém o sistema de adoção em que ele e seu irmão foram parar os obrigava a trocar de lar e de escola a todo momento. Quando dizer adeus às pessoas que você acabou de conhecer é só uma questão de tempo, entrar para clubes e sociedades se torna doloroso. Ele sentia que Jesus tinha simplesmente lhe dado adeus, como todos os outros.

Então, o fato de ter mantido Jesus na lista era um tanto surpreendente. Quase não pensava mais nele. Na faculdade, havia retomado brevemente sua busca por Jesus, mas, depois de um semestre de debates e estudos, o havia relegado à lista de grandes professores mortos.

Mesmo assim, entendia por que sua mãe tinha tamanha paixão por ele. Como não gostar de Jesus? Um homem másculo, mas doce com as crianças; bondoso com aqueles que a religião e a cultura julgavam inaceitáveis; cheio de uma compaixão contagiante; capaz de desafiar o sistema vigente e, ainda assim, amar os próprios inimigos. Ele era tudo o que Tony às vezes desejava ser, mas sabia que não era. Talvez Jesus fosse um exemplo daquele tipo de vida dedicada a algo maior do que você mesmo, mas era tarde demais para mudar. Quanto mais Tony envelhecia, mais a ideia de uma transformação lhe parecia distante.

E era toda essa coisa de Deus que ele não conseguia entender, especialmente no que dizia respeito a Jesus. Fazia tempo que Tony havia decidido que, se existisse um Deus, ele, ela, ou seja lá o que fosse, era algo ou alguém terrível e maléfico, caprichoso e indigno de confiança, na melhor das hipóteses alguma espécie de matéria escura, fria, impessoal e insensível, e, na pior delas, um monstro que sentia prazer em esmagar o coração das crianças.

– Tudo não passa de ilusão – murmurou ele enquanto amassava o papel e o atirava, indignado, na lata de lixo do outro lado da sala.

Não se podia confiar em pessoas vivas. Pegando uma nova garrafa de uísque, ele se serviu de uma dose tripla e voltou-se em direção ao computador, tornando a ligá-lo.

Abriu seu testamento oficial e passou a hora seguinte expressando sua desconfiança e antipatia ao realizar uma revisão pesada do conteúdo e imprimir uma nova cópia, que assinou, datou e guardou junto com a antiga numa pilha de outras versões já no cofre, acionando e reiniciando os alarmes e apagando as luzes da mesa. Enquanto ficava sentado no escuro, pensando na vida e em quem poderia estar seguindo-o, não sabia que estava bebendo seu último uísque.

2

DO PÓ AO PÓ

Deus age de forma misteriosa,
ao executar seus milagres.
Ele deixa suas pegadas no mar
e cavalga a tempestade.

– William Cooper

Amanhã irrompeu com violência pela janela sem cortinas. A forte luz do sol, misturada aos resquícios do uísque, fez sua cabeça latejar, trazendo uma enxaqueca matinal para estragar o dia. Mas desta vez era diferente. Tony não só não conseguia se lembrar de como tinha voltado ao seu apartamento, como estava dominado por uma dor que não se parecia com qualquer outra que tivesse sentido antes. O fato de ter se esparramado e desmaiado no sofá numa posição estranha talvez pudesse explicar a rigidez em seu pescoço e ombros, mas nada em sua memória se comparava àquele latejar incisivo, como se alguém tivesse desencadeado uma série incontrolável de trovões dentro de sua cabeça. Algo estava muito errado!

Um enjoo repentino o fez correr até o banheiro, mas não conseguiu chegar antes de expelir tudo o que restara em seu estômago da noite anterior. O esforço só piorou a dor excruciante. Tony sentiu um medo primitivo, aprisionado há tempos por pura e obstinada força de vontade, mas que agora se livrava de seus grilhões como uma fera, alimentando-se da incerteza crescente. Combatendo o terror debilitante, ele saiu mancando pela porta do apartamento, pressionando com força as orelhas com as mãos, como se isso fosse impedir sua cabeça de explodir. Apoiou-se na parede do corredor, procurando como um louco por seu smartphone. Depois de revirar os bolsos, encontrou apenas um molho de chaves. Foi então invadido, súbita e irremediavelmente, por uma terrível sensação de vazio, de isolamento. Seu suposto salvador, o fornecedor eletrônico de todas as coisas imediatas porém efêmeras, tinha desaparecido.

Passou-lhe pela cabeça que seu celular talvez estivesse no bolso do paletó, pendurado nas costas da cadeira da cozinha, mas a porta do apartamento se trancara automaticamente depois de ele sair. Um de seus olhos não estava enxergando direito, então ele estreitou o outro para ver um teclado embaçado, tentando recordar a senha que o permitiria entrar de volta, mas os números se embaralhavam e nenhum deles fazia sentido. Fechou os olhos e tentou se concentrar, o coração acelerado, a cabeça pegando fogo, enquanto um desespero crescente tomava conta dele. Tony caiu em um pranto descontrolado, o que o enfureceu, e – entrando em pânico e xingando sem parar – começou a teclar números aleatoriamente, desesperado por um milagre. Uma escuridão repentina o fez cair de joelhos e bater com a cabeça na porta, o que só serviu para exacerbar a dor. Sangue escorreu pelo seu rosto, brotando de um talho resultante do choque com o batente.

A confusão e a agonia de Tony aumentaram até deixá-lo totalmente desorientado, encarando um teclado eletrônico desconhecido e segurando em uma das mãos um molho de chaves estranhas. Talvez um de seus carros estivesse por perto? Cambaleando por um corredor curto, ele desceu um lance acarpetado de escadas e chegou a uma garagem. E agora? Apertando todos os botões do chaveiro, foi recompensado pelo piscar de luzes de um sedã cinza a menos de 10 metros. Outra onda de escuridão fez com que perdesse o equilíbrio, levando-o mais uma vez ao chão. De quatro, ele engatinhou freneticamente em direção ao carro, como se sua vida dependesse disso. Por fim, chegou até o porta-malas, ergueu o próprio corpo, manteve-se firme por alguns instantes enquanto o mundo girava, e desabou mais uma vez, engolfado numa escuridão nada reconfortante. Tudo o que doía e clamava desesperadamente pela sua atenção desapareceu.

Se alguém tivesse testemunhado sua queda, talvez a comparasse a um saco de batatas caindo da traseira de um caminhão em movimento, ao vê-lo amontoar-se no chão como se não houvesse um só osso em seu corpo, como se fosse um peso morto puxado pela gravidade. A parte de trás de sua cabeça chocou-se com força contra o topo do porta-malas; o impulso o fez girar em direção ao chão de concreto, onde sua cabeça quicou uma segunda vez com um baque repulsivo. Sangue escorria por um dos ouvidos e empoçava no solo. Durante quase 10 minutos ficou caído na garagem subterrânea mal-iluminada, até que uma mulher que passava por ali procurando pelas chaves do carro na bolsa tropeçou em sua perna. Seu grito reverberou nas paredes de concreto, mas ninguém o ouviu. Tremendo visivelmente, ela telefonou para a Emergência.

A atendente, sentada diante de uma série de monitores, atendeu à chamada às 8h41.

– Central de emergências. Qual o local da ocorrência?

– Oh, meu Deus! Ele está sangrando por todo lado! Acho que está morto... – A mulher estava histérica, prestes a entrar em choque.

Treinada para esse tipo de situação, a atendente falou mais devagar.

– Senhora, preciso que se acalme. Preciso que me diga onde está para que eu possa enviar ajuda.

Enquanto ouvia, ela usou outra linha para notificar ao departamento de bombeiros de Portland a emergência hospitalar solicitada.

– Senhora, pode me dizer onde está e o que está vendo? – perguntou, trocando de linha e transmitindo as informações que recebia. A resposta veio prontamente:

– Ambulância 333 na escuta. Entendido, estamos a caminho.

A atendente voltou a comunicar-se:

– Está tudo bem, senhora, acalme-se e respire fundo. O socorro deve chegar a qualquer momento. Quero que se afaste e espere a chegada da equipe... Continuarei na linha com a senhora até o socorro chegar. A senhora se saiu muito bem!

Os bombeiros chegaram primeiro e, assim que localizaram Tony, fizeram uma avaliação preliminar antes de darem início aos procedimentos médicos para estabilizá-lo, enquanto um dos membros da equipe acalmava e entrevistava a testemunha. A ambulância chegou poucos minutos depois.

– Oi, pessoal, o que temos aqui? Em que posso ajudar? – perguntou o paramédico.

– Um homem de 40 e poucos anos. Aquela senhora o encontrou caído no chão ao lado do próprio carro. Ele vomitou e está cheirando a álcool.

Tem um talho grande na cabeça, cortes no rosto e não está reagindo. Imobilizamos com um colar cervical e colocamos uma máscara de oxigênio.

– Já verificaram os sinais vitais?

– Pressão arterial 26 por 14, frequência cardíaca 56. Frequência respiratória de 12, mas irregular. A pupila direita está totalmente dilatada e ele está sangrando pelo ouvido direito.

– Parece um traumatismo craniano grave, não?

– É o que estou achando.

– Ok, vamos colocá-lo na maca.

Manuseando-o com cuidado, colocaram Tony numa prancha de transferência. A equipe de bombeiros o amarrou enquanto o paramédico aplicava um cateter intravenoso.

– Ele continua sem responder e com a respiração irregular – comentou o médico dos bombeiros. – Não seria melhor entubá-lo?

– Boa ideia, vamos fazer isso na ambulância.

– O hospital universitário tem vagas – gritou o motorista.

Colocaram Tony numa maca e o levaram rapidamente para dentro da ambulância, enquanto o motorista telefonava para o hospital.

Os sinais vitais de Tony despencaram e ele teve uma espécie de parada cardíaca. Uma série de procedimentos fez seu coração voltar a bater. O hospital foi contatado, as informações, transmitidas, e com as sirenes ligadas, saíram da garagem. Levaram menos de cinco minutos para subir a colina sinuosa até o hospital universitário. Enquanto a maca de Tony era empurrada em direção à sala de reanimação, onde era feita a triagem dos pacientes com lesões graves, uma multidão de médicos, enfermeiros e residentes deu início a um caos ordenado, uma dança complexa em que cada um conhecia seu papel e contava com a participação dos demais.

Uma tomografia computadorizada inicial e uma angiografia revelaram uma hemorragia subaracnoidea, assim como um tumor cerebral localizado no lobo frontal. Horas depois, Tony foi finalmente internado no quarto 17 da UTI Neurológica. Ligado a tubos e equipamentos médicos que o alimentavam e o mantinham respirando, ele ignorava totalmente ser o centro de tanta atenção.

☙❧

Tony tinha a sensação de estar sendo puxado para cima, como se fosse atraído de forma irresistível em direção a um campo gravitacional suave, porém insistente. A sensação era de ser acolhido no colo materno, e ele não ofereceu resistência. Tinha uma vaga lembrança de ter entrado em uma luta que o deixara exausto, mas agora o conflito parecia desaparecer.

Enquanto subia, teve o pressentimento de que estava morrendo, e a ideia fixou-se sem nenhuma dificuldade em sua mente. No seu íntimo, tentou se preparar, como se pudesse ter forças para resistir a ser absorvido pelo... quê? Pelo nada? Estaria ele se fundindo àquele tal espírito impessoal e onipresente?

Não. Decidira havia tempos que a morte era um simples fim, o término de qualquer tipo de consciência, o pó voltando implacavelmente ao pó.

Essa filosofia alimentara seu egocentrismo. Ele se sentia justificado por cuidar da própria pele, controlando não só sua vida, mas também a dos outros em benefício próprio. Não havia certo e errado, assim como nenhuma verdade absoluta, apenas normas sociais regidas por leis e comportamentos gerados por algum sentimento de culpa. A morte, tal como ele a concebia, significava que nada realmente importava. A vida era um suspiro evolucionário sem sentido, a sobrevivência temporária do mais inteligente ou engenhoso. Dali a mil anos, se a raça humana sobrevivesse, ninguém saberia que ele havia existido nem se importaria com a maneira como levara sua vida.

Enquanto flutuava para cima, levado pela correnteza invisível, sua filosofia começou a lhe parecer um tanto vergonhosa e algo nele resistiu. Começou a recusar-se a aceitar que, quando o pano finalmente caía, nada e ninguém tinha importância, e que tudo se limitava ao caos do egoísmo que lutava por dominação e poder; e que as melhores táticas eram sempre manipuladoras e autocentradas. Mas quais eram as alternativas?

Um belo dia, a esperança por algo mais tinha morrido. Naquela manhã tempestuosa de novembro, ele passara quase um minuto inteiro segurando a primeira pá de terra. Parado na chuva que o vento trazia, ele olhava para o pequeno caixão adornado onde jazia o seu Gabriel. Com apenas cinco anos e quase incapaz de respirar, seu garotinho tinha lutado bravamente para se agarrar a tudo o que havia de belo e bom, para depois ser arrancado da ternura daqueles que mais o amavam.

Tony deixara a terra cair dentro daquele abismo. Os estilhaços do seu coração partido fizeram o mesmo, junto com qualquer vestígio de esperança.

Mas não houve nenhuma lágrima. Houve raiva. Raiva contra Deus, contra a Máquina, até contra a degradação em sua própria alma. Nada havia salvado seu filho. Pedidos, promessas, orações, tudo ricocheteava do céu e voltava vazio em sua direção, zombando de sua impotência. Nada... nada tinha feito diferença enquanto a vida de Gabriel se esvaía.

Com essas lembranças, ele começou a subir mais devagar, até ficar parado na escuridão absoluta, suspenso em um momento de dúvida. Se Gabriel tivesse sobrevivido, será que aquele garotinho tão precioso teria salvado a existência patética de Tony? Três outros rostos lampejaram em sua mente, três pessoas com as quais havia fracassado de forma grave e terrível: Loree, seu amor da adolescência e duas vezes sua esposa; Angela, sua filha, que provavelmente o odiava tanto quanto ele odiava a si mesmo; e Jake... oh, Jake, sinto muito, meu amigo.

Mas de que importava tudo isso? As fantasias e ilusões eram o verdadeiro inimigo. Ficar dizendo a si mesmo "o que teria acontecido se...", "quem me dera...", "e se tivesse sido diferente...", tudo isso era um desperdício de energia e um obstáculo para o sucesso e a gratificação imediata. A própria ideia de que algo pudesse importar era uma mentira, uma ilusão, um falso consolo à medida que você se encaminhava para o cadafalso. Uma vez aniquilado, tudo o que restaria dele seriam as ilusões daqueles que continuariam vivos, guardando lembranças passageiras, efêmeras, boas ou ruins, mas apenas resquícios momentâneos da ilusão de que sua vida tivera importância. É claro que, se nada tinha sentido, a própria ideia de que as fantasias e ilusões eram o inimigo se tornava absurda.

Já que a esperança era um mito, como poderia ser uma inimiga?

Não, a morte era a morte, e ponto final. Mas então, ele refletiu, isso também significava que a própria morte teria sentido. O que era absurdo. Ele descartou essa ideia como ridícula e despropositada, para não ter que aceitar a futilidade de uma vida vazia.

Ele voltou a subir, e então conseguiu ver, muito ao longe, um ponto de luz. À medida que a luz se aproximava, ou que ele se aproximava dela, o ponto ficava maior e mais brilhante. Aquele seria o lugar da sua morte; disso ele tinha certeza. Lera sobre pessoas que morreram e viram uma luz, mas sempre havia pensado que se tratava apenas das últimas descargas dos circuitos neurais. O cérebro tentando se agarrar em vão, avidamente, a qualquer resquício de pensamento ou memória, numa tentativa desesperada de reter algo tão escorregadio quanto uma gota de mercúrio em uma mão calejada.

Tony se deixou levar. Sentia-se como em um rio invisível, engolido por uma onda antigravitacional que impulsionava sua consciência em direção ao ponto de luz. O brilho aumentou, obrigando-o a virar a cabeça, semicerrando os olhos para se proteger da luminosidade que ao mesmo tempo o feria e aquecia. Só então percebeu que estava frio ali. Mas, mesmo com a cabeça virada para o outro lado, algo dentro dele se estendia naquela direção, como se respondesse a um convite inerente àquela luz ofuscante.

De repente, seus pés rasparam contra o que parecia ser um solo rochoso e suas mãos roçaram contra duas paredes, uma de cada lado. Um cheiro de terra e folhas invadiu seus sentidos. Estaria ele enterrado e olhando para cima do fundo de uma cova? Esse pensamento terrível lhe veio à mente e, na mesma hora, brotou um medo que arrancou todo o ar de seus pulmões. Será que já estavam todos reunidos para o seu funeral, sem saberem que na verdade ele continuava vivo?

O pânico foi passageiro. Era o fim e ele estava se desfazendo. Com relutância, entregou-se a esse desfecho, cruzando os braços sobre o peito. A intensidade da luz era tão insuportável que ele foi obrigado a dar as costas a ela. O êxtase era aterrorizante e arrebatador. Ele foi lançado em direção ao fogo voraz e cegado pela...

3

Era uma vez...

*Um dia você será velho o bastante para voltar
a ler contos de fadas.*

– C. S. Lewis

Luz do sol?

Era a luz do sol! Como poderia ser? Qualquer clareza de pensamento que Tony tivesse alcançado desapareceu em uma onda de sobrecarga dos sentidos. Ele fechou os olhos, deixando a luminosidade distante aquecer seu rosto e envolver em seu cobertor dourado o frio que ele sentia. Por alguns instantes, entregou-se. Então, como um amanhecer iminente, a impossibilidade daquela situação destruiu seu devaneio.

Onde ele estava? Como tinha chegado ali?

Tony abriu os olhos com cautela, estreitando-os para permitir que se ajustassem à claridade, e olhou para baixo. Estava com a calça jeans velha e as botas de trilha que costumava usar para caminhar pelas rochas expostas durante a maré baixa na praia de Depoe Bay. Ele sempre se sentira mais confortável naquelas roupas do que nos ternos que vestia para trabalhar. *Essas botas deveriam estar no closet da minha casa de praia,* foi a primeira coisa em que pensou. Elas traziam as marcas familiares de tanto rasparem contra as antigas rochas vulcânicas ao longo da costa do Oregon.

Olhar ao redor só serviu para aumentar sua perplexidade. Não havia uma única pista que lhe pudesse dar uma noção de tempo ou espaço. Atrás dele viu uma abertura para um pequeno buraco negro, supostamente o local de onde havia sido expelido. A fresta parecia estreita demais para ser atravessada, e ele não conseguia enxergar um palmo além da entrada. Dando-lhe as costas, Tony protegeu os olhos contra a luz do sol e vasculhou a paisagem que se estendia à sua frente, registrando seu número cada vez maior de perguntas.

Independentemente de como havia chegado ali – quer tivesse sido expelido, transportado ou atirado através do túnel escuro –, agora estava no meio de um campo estreito, cercado de montanhas e repleto de flores silvestres das mais variadas cores. Era um convite a respirar fundo, e quando fez isso quase conseguiu sentir os perfumes fortes e agradáveis, ligeiramente salgados, como se houvesse um mar logo além do seu campo de visão. O ar era límpido e revigorante. Mais abaixo se estendia um imenso vale, ladeado por uma cordilheira semelhante às Montanhas Rochosas canadenses, formando uma paisagem pitoresca e ampla. No meio do vale, um lago irradiava os reflexos da luz do começo de tarde. Um litoral escarpado lançava suas sombras sobre vales e afluentes de rios invisíveis de onde ele estava. Cerca de 10 metros à frente, o campo desaparecia de forma repentina e perigosa, dando lugar a um desfiladeiro de, no mínimo, 300 metros de altura. Tudo era arrebatador e vívido, como se os seus sentidos tivessem se libertado das rédeas. Ele respirou fundo novamente.

A campina em que estava devia ter, no máximo, 30 metros de extensão, repousando entre as fronteiras demarcadas pelo precipício de um lado e pela encosta íngreme da montanha de outro. À sua esquerda, o arranjo multicolor de flores terminava abruptamente em um paredão rochoso, mas, na direção oposta, havia uma trilha quase invisível que desaparecia em meio às árvores e à vegetação cerrada e verdejante. Uma brisa suave acariciou seu rosto e brincou com seus cabelos, deixando um leve perfume no ar, como se uma mulher tivesse passado por ali.

Tony ficou imóvel, como se isso pudesse acalmar a tempestade em sua cabeça. Sua mente estava em polvorosa. Estaria ele sonhando, ou tinha ficado louco? Será que estava morto? Era óbvio que não, a não ser... a não ser que estivesse completamente enganado quanto à morte, um pensamento desconcertante demais para ser levado a sério. Ele ergueu a mão e tocou o próprio rosto, como se isso pudesse confirmar algo.

Qual era a última coisa de que se lembrava? As imagens misturavam reuniões e enxaquecas, mas de repente ele teve um sobressalto. Lembrou-se de sair às pressas, descontrolado, de seu apartamento, apertando a cabeça que parecia prestes a explodir, e de ir cambaleando até a garagem em busca do carro. Sua última recordação era a de estar sendo atraído em direção à luz. Agora se encontrava ali, sem a menor ideia de onde era esse "ali".

Supondo que aquilo fosse a morte, talvez estivesse em um hospital, entupido de medicamentos destinados a abrandar a tempestade elétrica em seu cérebro. Talvez fosse uma espécie de efeito colateral, capaz de criar mundos irreais em sua mente, conexões neurais que produziam alucinações incongruentes coletadas ao longo de toda uma vida. E se ele estivesse numa cela acolchoada, preso em uma camisa de força e babando? A morte seria melhor. Mas, por outro lado, seria tolerável se um coma ou a loucura o tivesse enviado para um lugar como aquele.

Outra brisa, mais fresca, acariciou seu rosto, e ele tornou a respirar fundo, sentindo uma onda de... o quê, exatamente? Não sabia ao certo. Euforia? Não. Era mais palpável do que isso. Tony não sabia expressar em palavras, mas era algo bem profundo, como a vaga lembrança de um primeiro beijo, já difusa porém inesquecível.

Mas e agora? Tony parecia ter duas escolhas, além de apenas ficar ali e esperar para ver o que aconteceria. Nunca tinha sido homem de esperar... por nada. Na verdade, eram três escolhas, se a terceira fosse pular do precipício para ver no que iria dar. Não pôde deixar de sorrir, ao mesmo tempo que descartava a ideia. Seria uma aventura bem curta, se descobrisse que não estava sonhando nem estava morto.

Virou-se de volta para a caverna por onde havia chegado, e espantou-se ao ver que ela havia desaparecido, engolida por uma parede de granito, como se nunca tivesse estado ali. Com uma opção a menos, restava-lhe apenas uma escolha óbvia: a trilha.

Tony hesitou à beira do caminho, deixando os olhos se ajustarem ao interior mais escuro e frio da floresta. Olhou para a paisagem às suas costas, relutando em trocar o calor reconfortante por aquela incerteza mais fria. Teve outra vez que esperar sua visão se habituar até conseguir ver a trilha se dissolver em meio à vegetação, a menos de 10 metros. O clima na floresta era mais frio, mas não desagradável, com o sol se filtrando através das copas das árvores e lançando fachos de luz que capturavam grãos de poeira e um ou outro inseto. Uma vegetação rasteira espessa e verdejante ladeava o caminho pedregoso e bem definido que parecia ter sido recém-construído só para ele.

Tony podia sentir o aroma daquele mundo, uma mistura de vida e decomposição, a umidade da vegetação mais antiga, bolorenta – mas ao mesmo tempo adocicada, como se cheirasse a pinheiros. Ele respirou fundo mais uma vez, tentando reter o perfume. Era quase inebriante, com um quê do seu uísque preferido, porém mais rico, mais puro e com um gosto residual mais forte. Ele sorriu para ninguém e mergulhou na floresta.

Menos de 100 metros adiante, havia uma encruzilhada na trilha. O caminho da direita subia até sumir de vista, o da esquerda era uma descida íngreme, e um terceiro seguia em frente. Ele se deteve por um instante, refletindo sobre as opções.

Tomar uma decisão sobre um assunto em que não só os resultados são imprevisíveis, como a própria situação na qual você se encontra é desconhecida provocava uma sensação estranha. Ele não sabia de onde tinha vindo nem para onde ia, e agora precisava fazer uma escolha sem saber qual seria o significado ou o custo de cada opção.

Parado entre as alternativas, Tony teve a sensação de já ter estado ali antes. Não de fato, mas, em certo sentido, sim. Sua vida tinha sido uma longa série de escolhas, de encruzilhadas, e ele havia blefado ao tomar suas decisões, convencendo a si mesmo e a todos os demais que entendia perfeitamente quais seriam as consequências de cada uma delas; de que todas eram uma simples extensão de suas avaliações corretas e do seu brilhante discernimento.

Tony se empenhara com afinco para ter certeza de que, ao escolher entre várias alternativas, era capaz de controlar de alguma forma o futuro e seus resultados. Ele o fazia animado por um sentimento de onisciência profética e inteligente. Agora via que, na verdade, as eventualidades e consequências nunca eram inevitáveis, e que as justificativas e as fachadas que erguia eram ferramentas para maquiar essa realidade. Sempre havia variáveis que interferiam, frustrando qualquer tentativa de controle. Criar a ilusão de que sabia e então blefar como se tivesse certeza tornou-se seu modus operandi. Era muito difícil continuar sendo um profeta quando as coisas se tornavam tão imprevisíveis.

E lá estava ele, diante de três alternativas, sem nenhuma pista quanto às consequências de cada uma delas. Para sua surpresa, havia uma liberdade inesperada naquela ignorância, na ausência de qualquer expectativa que pudesse lhe dar uma sensação de culpa por ter feito a escolha errada. Naquele momento, estava livre para tomar qualquer caminho, e essa autonomia era ao mesmo tempo empolgante e aterrorizante, como andar na corda bamba.

Uma análise mais detida de cada um dos caminhos não ajudou muito. A princípio, um parecia mais fácil do que o outro, mas não havia nenhuma garantia do que poderia encontrar mais à frente. Ele ficou parado, petrificado pela liberdade inerente àquele momento.

– Não se pode manobrar um navio atracado – murmurou, decidindo-se pela trilha do meio, tomando uma nota mental caso precisasse encontrar o caminho de volta. De volta para onde? Não sabia.

Menos de 200 metros adiante, encontrou mais uma encruzilhada, e, outra vez, teve que avaliar a situação e escolher. Limitou-se a balançar a cabeça, mal se detendo, e tomou o caminho que subia à direita, acrescentando a curva em seu bloco de anotações mentais. Ao longo dos primeiros 1.500 metros, Tony se viu diante de mais de 20 decisões desse tipo, e desistiu da ginástica mental necessária para recordar cada uma delas. Para garantir, ele deveria ter escolhido sempre o caminho do meio. Mas, em vez disso, sua jornada se tornara uma confusão de curvas para a direita, para a esquerda, subidas, descidas e retas. Estava totalmente perdido. Não que soubesse onde estava no início, ou que tivesse qualquer senso de direção, o que só aumentava sua perplexidade.

E se a questão não for chegar a algum lugar?, perguntou-se Tony. E se não houvesse nenhum destino ou objetivo? À medida que a pressão de "chegar" diminuía, ele foi desacelerando, e passou a prestar atenção no mundo que o cercava. Aquele parecia um lugar vivo, como se respirasse junto com ele. O rufar das asas dos insetos, os cantos e lampejos de cores dos pássaros anunciando sua presença e, vez por outra, o movimento quase imperceptível de animais atravessando a vegetação aumentavam ainda mais a sensação de encanto. Não ter um objetivo por um lado era bom: não havia cronogramas nem planos a serem cumpridos, de modo que Tony permitiu, com alguma relutância, que o ambiente aplacasse a frustração incômoda de estar tão completamente desorientado.

Às vezes, os caminhos de terra o conduziam através de bosques repletos de árvores antigas, uma sucessão de troncos maciços, quase colados uns aos outros em sua majestade. Os galhos retorcidos se encadeavam numa

aparente exibição de solidariedade, escurecendo o chão abaixo de suas copas entremeadas. *Não restam muitas árvores antigas na minha vida*, pensou
ele, dando de ombros. *Queimei as que não vendi.*

Uma trilha o levou até uma fissura na encosta de uma montanha, não propriamente uma caverna, e ele apertou o passo, com medo de que a pequena
fenda se fechasse e o esmagasse. Outra escolha o conduziu através de um terreno calcinado, onde o fogo havia em algum momento arrancado o coração
da floresta, deixando apenas tocos e resquícios carbonizados da vegetação
antiga, juntamente com alguns punhados de uma nova geração de plantas
delicadas que se alimentavam da morte do passado e brotavam para recuperar o que havia se perdido. Outro caminho se unia ao leito antigo e seco de
um rio, acompanhando seu trajeto, enquanto outro consistia em uma leve
subida coberta de limo aveludado que engolia suas pegadas à medida que ele
passava. Mas sempre havia outra encruzilhada, e mais alternativas.

Depois de muitas horas de caminhada, perambulações e divagações,
Tony se deu conta de que o número de decisões estava cada vez menor, e
de que as opções vinham diminuindo significativamente. A trilha foi aos
poucos se alargando até algo que poderia muito bem ser uma pista estreita,
com árvores e vegetação mais cerradas de ambos os lados, formando uma
barreira quase impenetrável. Talvez ele estivesse enfim chegando a algum
lugar. Apertou o passo. O caminho, agora uma estrada, tornou-se um li-
geiro declive, a mata ficando mais espessa, até ele ter a sensação de estar
seguindo por uma passarela acarpetada de verde e marrom, encimada por
um teto azul salpicado de nuvens.

Ao virar outra curva, Tony parou. Menos de 500 metros adiante, erguendo-se à sua frente, as paredes cor de esmeralda se transformavam em
pedra. A estrada dava numa porta maciça, construída no que parecia ser a
muralha de uma construção de pedra colossal. A estrutura se parecia com
as cidades fortificadas que Tony vira em ilustrações de livros e em maquetes
de museus, guardadas as devidas e gigantescas proporções.

Ele continuou andando na direção do que acreditou ser uma porta imagi-
nária em uma fortificação irreal. Era uma criação desconcertante que supe-
rava qualquer expectativa. Tony supôs que aquelas imagens fossem o resul-
tado de uma combinação de medicamentos neurologicamente estimulantes
e de sua imaginação, uma coleção de lembranças residuais de contos de fa-

das povoados de castelos e fortalezas. Mas parecia tão concreto e palpável como aqueles sonhos de cujos detalhes se lembrava com nitidez. Aquilo era assim: verdadeiro porém impossível. A única explicação era que ele estava preso no caos de um sonho extremamente realista!

Essa conclusão lhe trouxe um alívio imediato. Agora estava claro. Era um sonho. Uma projeção de uma psique sem rédeas potencializada pelas melhores drogas psicotrópicas que a medicina tinha a oferecer. Tony ergueu as mãos para o céu e gritou:

– Um sonho! Meu sonho! Que incrível! Eu sou demais! – As palavras reverberaram da muralha distante, e ele riu.

A criatividade de sua mente era inspiradora e impressionante. Como se ouvisse a trilha sonora daquele seu filme imaginário, Tony ensaiou uns passos de dança, com os braços ainda erguidos e a cabeça voltada para cima, girando lentamente para a esquerda e para a direita. Nunca tinha sido um grande dançarino, mas como ali ninguém poderia vê-lo, não havia risco de passar vergonha. Se quisesse dançar, dançaria. Aquele era o "seu" sonho, então ele tinha o poder e a autoridade de fazer o que bem entendesse.

Logo descobriria que não era bem assim.

Como se quisesse provar sua hipótese, Tony apontou as palmas das mãos para a monstruosidade de pedra distante e, tal qual um aprendiz de feiticeiro, ordenou: "Abre-te, Sésamo!" Nada aconteceu. Bem, não custava tentar. Significava apenas que, mesmo nos sonhos mais reais, seu controle era limitado. Não havia volta, então Tony continuou sua caminhada, fascinado pela grandiosidade e pelo alcance de sua imaginação. Já que aquilo era um produto da sua mente, tudo o que via deveria significar algo, talvez até algo importante.

Quando alcançou a porta, Tony ainda não tinha chegado a nenhuma conclusão sobre o significado e a importância da sua visão. O portal era maciço e fez com que ele se sentisse minúsculo e insignificante. Tony o examinou com calma, sem tocá-lo. Embora fosse obviamente um ponto de entrada, não havia nenhuma forma visível de acesso; nenhuma maçaneta ou buraco de fechadura, nada que pudesse permitir sua entrada. A porta parecia poder ser aberta apenas por dentro, o que significava que algo, ou alguém, precisaria estar do outro lado para destrancá-la.

– Bem, isso vai ser interessante – ele murmurou com seus botões, erguendo o punho para bater à porta. E ficou petrificado! Ouviu uma batida que não tinha vindo dele, pois sua mão ainda estava suspensa no ar. Olhou para o próprio punho, confuso. Em seguida, escutou outra batida, forte e sonora. Três golpes contra a porta, vindos lá de dentro.

E então aconteceu uma terceira vez, três batidas fortes, mas não impacientes. Tony tornou a olhar para a porta. Um trinco tinha aparecido onde antes ele não vira nada. Como poderia ter deixado de notar aquilo? Titubeante, estendeu a mão para o trinco, um pedaço de metal frio que acionava uma alavanca muito simples que, por sua vez, erguia uma barra que mantinha a porta fechada. Não se lembrava de ter visto a barra ali antes. Sem pensar duas vezes, como se tivesse recebido uma ordem, Tony puxou o trinco para cima e entrou no recinto quando o portal imenso se abriu para dentro com facilidade e sem barulho algum.

Do outro lado, um homem que Tony não reconheceu estava recostado no umbral gigantesco da porta. Um largo sorriso de boas-vindas iluminou o rosto do desconhecido. O choque foi maior quando Tony olhou para além do homem e se viu diante do caminho que ele próprio tinha acabado de cruzar. Estava no interior da construção, e sem se dar conta, de alguma forma tinha aberto a porta pelo lado de dentro. Girou lentamente o corpo para se certificar e constatou que era verdade. Já estava do outro lado, olhando em direção a um amplo terreno a céu aberto, que provavelmente se estendia por mais de 15 km². A propriedade era cercada por gigantescas muralhas de pedra, uma fortaleza cujas fronteiras contrastavam com o mundo selvagem e livre que havia do lado de fora.

Estendendo a mão para se apoiar no muro, Tony virou-se novamente. O homem continuava ali, recostado no umbral, sorrindo para ele. Como se estivesse tonto, Tony sentiu o mundo sair dos eixos e perdeu o equilíbrio quando seus joelhos se dobraram, enquanto uma escuridão familiar tomava conta de sua visão. Talvez fosse esse o fim do sonho e ele estivesse voltando para o lugar de onde tinha vindo, no qual as coisas faziam mais sentido e ele ao menos tinha consciência do que não sabia.

Braços fortes o agarraram e o ajudaram a sentar no chão, recostando-o contra a parede do outro lado da entrada que tinha acabado de abrir.

– Tome, beba isto.

Atordoado, Tony sentiu um líquido fresco ser derramado em sua boca.

Água! Havia horas que não bebia uma só gota d'água. Talvez a desidratação tivesse sido o motivo de todas aquelas visões. Afinal, ele havia caminhado por toda aquela floresta. Mas espere... isso não podia estar certo. Não, ele tinha caído numa garagem e agora estava em um castelo? Um castelo com... com quem? O príncipe?

Que idiotice, ele pensou, com a mente confusa. *Não sou nenhuma princesa*. Isso o fez rir. Lentamente, à medida que bebia o líquido revigorante, seus sentidos começaram a clarear.

– Não me leve a mal – disse a voz, com um sotaque carregado, britânico ou australiano, Tony não sabia bem –, mas você é tão sem graça que, se fosse uma princesa, ficaria de fora de qualquer lenda.

Tony se recostou contra a pedra e ergueu os olhos para o homem que pairava sobre ele com um cantil estendido. Olhos cor de avelã o encararam de volta. O homem era um pouco atarracado, provavelmente apenas uns 5 centímetros mais baixo que Tony, e parecia ter uns 50 e muitos anos, talvez até mais. A testa alta e a calva pronunciada lhe davam um ar de inteligência, como se precisasse de espaço extra para pensamentos profundos. Sua roupa era antiquada, calças de flanela cinza pregueadas e um paletó de tweed marrom puído e apertado que já conhecera dias melhores. Tinha a aparência de um intelectual, seu tom de pele era daquele branco pastoso de quem costuma passar longos períodos entre quatro paredes, mas suas mãos pareciam as de um açougueiro, grossas e ásperas. Uma alegria infantil se insinuava nos cantos de um sorriso brincalhão enquanto ele esperava pacientemente Tony organizar seus pensamentos e reencontrar sua voz.

– Então – disse Tony, pigarreando –, todos aqueles caminhos levam até aqui? – A resposta era bastante óbvia, mas essa foi a primeira pergunta que lhe ocorreu.

– Não – respondeu o homem, com sua voz ressonante. – Muito pelo contrário. Na verdade, todos os caminhos começam aqui. Mas poucos viajam por eles ultimamente.

Isso não fazia sentido para Tony, e no momento lhe pareceu complicado, o que o levou a fazer uma segunda pergunta, mais simples:

– Você é britânico?

– Ah-ah! – riu o homem, jogando a cabeça para trás. – Deus me livre, não! Irlandês! Embora, para ser preciso, apesar de ter nascido na Irlanda, sou provavelmente britânico de criação até a raiz dos cabelos. Não fazia muita diferença para mim quando eu era jovem, o que torna seu engano mais do que perdoável. – Ele riu outra vez e se agachou para sentar numa pedra plana ao lado de Tony, descansando os cotovelos sobre os joelhos.

Os dois olharam de volta para a estrada isolada pelas árvores.

– Cá entre nós – prosseguiu o irlandês –, devo admitir que meu apreço pela contribuição dos britânicos para a minha vida só fez aumentar com o passar dos anos. Por mais que eles tenham quase matado acidentalmente alguns de nós durante a Grande Guerra por conta de bombardeios mal calculados. Não devia haver muitos matemáticos entre eles, imagino. Graças a Deus estávamos do lado deles.

Como se quisesse celebrar seu sarcasmo, o homem sacou um pequeno cachimbo do bolso do paletó, deu um trago e soltou uma baforada de fumaça como um suspiro de alívio. O cheiro era agradável e pairou no ar até ser absorvido pelos aromas mais fortes da floresta. Sem olhar na direção de Tony, ele estendeu o cachimbo.

– Quer experimentar? – ofereceu.

– Hã, não, obrigado, não fumo – respondeu Tony.

– Faz bem, Sr. Spencer – respondeu o homem com ironia. – Ouvi dizer que fumar mata.

Com isso, ele guardou o cachimbo de volta no bolso do paletó, com o fornilho para baixo, ainda aceso. Um retalho, de uma calça talvez, tinha sido costurado no bolso. Certamente, brasas tinham consumido o tecido original.

– Você me conhece? – perguntou Tony, tentando localizar o estranho em sua memória.

– Todos conhecemos você, Sr. Spencer. Mas, por favor, perdoe minha falta de educação. Que papelão da minha parte. Meu nome é Jack, e é uma honra finalmente conhecê-lo, cara a cara, quero dizer. – Ele estendeu a mão e Tony a apertou, mais por hábito do que por qualquer outra coisa.

– Hã, o meu é Tony... como exatamente me conhece? Já nos encontramos antes?

– Não pessoalmente. Foi sua mãe quem me apresentou a você. Não é de espantar que não se lembre. Eu não sou do tipo que chama atenção. Ainda assim, as influências da infância possuem uma capacidade incrível de moldar o caráter, para o bem ou para mal, para o resto da vida.

– Mas como... – balbuciou Tony, confuso.

– Como já disse, todos conhecemos você. Nós conhecemos os outros por camadas. Mal conseguimos compreender nossa própria alma, até que se ergam os véus, até sairmos do nosso esconderijo e chegarmos ao estágio de sermos conhecidos.

– Como? – interrompeu Tony, começando a ficar irritado. – O que você disse não faz o menor sentido para mim e, francamente, parece algo irrelevante. Não faço ideia de onde estou, nem mesmo da época em que estou e você não está ajudando nem um pouco!

– É mesmo – assentiu Jack, sério, como se servisse de consolo.

Tony enterrou a cabeça nas mãos, tentando pensar, esforçando-se ao máximo para reprimir a raiva que sentia crescer dentro de si. Os dois ficaram calados, olhando para a estrada.

– Anthony, você me conhece, não muito bem, mas o suficiente para me convidar. – Jack falava com uma voz firme e controlada, e Tony se concentrou no que ele dizia. – Tive influência sobre você quando era muito jovem. *A orientação e a perspectiva*, por assim dizer, que lhe dei certamente desapareceram, mas suas raízes permanecem.

– Convidar? Não me lembro de ter convidado ninguém para nada! E você não me parece nem um pouco familiar – afirmou Tony. – Não sei quem você é! Não conheço nenhum Jack da Irlanda!

A voz de Jack continuou calma.

– O convite foi feito há muitos anos, e hoje talvez lhe pareça apenas uma vaga sensação ou um leve anseio. Se eu tivesse pensado em trazer um livro para você cheirar as páginas, por certo iria ajudar, mas eu não trouxe. Nunca chegamos a nos encontrar, pelo menos não pessoalmente, até agora. Você ficaria surpreso se eu lhe dissesse que morri alguns anos antes de você nascer?

– Ah, era só o que faltava – explodiu Tony, levantando-se um pouco depressa demais. Suas pernas estavam bambas, mas sua raiva o impulsionou por alguns passos rumo à estrada, e ele começou a refazer o caminho pelo qual tinha vindo. Então parou e deu meia-volta. – Você disse que morreu alguns anos antes de eu nascer?

– Sim. No mesmo dia em que Kennedy foi assassinado e Huxley deu seu último suspiro. Um trio e tanto aparecendo diante dos "portões celestiais"... – Ele fez aspas no ar com os dedos. – Você deveria ter visto a cara do Aldous. Aquilo, sim, era um admirável mundo novo!

– Então tá, Jack da Irlanda, que diz me conhecer – Tony voltou a se aproximar do homem, controlando o tom de voz, embora pudesse sentir a irritação e o medo forçando os limites de suas barreiras internas –, que inferno de lugar é esse onde estou?

Jack se levantou, posicionando-se a menos de 30 centímetros do rosto de Tony. Deteve-se, com a cabeça inclinada, como se tentasse escutar outra conversa antes de falar, depois se dirigiu a ele, dando ênfase especial a suas palavras:

– Em certo sentido, a palavra "inferno" talvez até se aplique a este lugar, mas, por outro lado, a palavra "lar" também.

Tony recuou um passo, tentando processar o que Jack tinha dito.

– Está me dizendo que aqui é o inferno, que estou no inferno?

– Não exatamente, ao menos não no sentido que você imagina.

– Você disse "não exatamente"? O que quer dizer com isso?

– Tony, o que exatamente você acha que é o inferno? – Jack fez a pergunta de forma tranquila e calculada.

Foi a vez de Tony se calar por alguns instantes. Aquela conversa não estava indo na direção prevista, mas ele decidiu ser complacente com aquele homem estranho. Afinal de contas, ele talvez tivesse informações que poderiam ser úteis ou, no mínimo, proveitosas.

– Hã, não sei... exatamente. – Nunca alguém lhe fizera essa pergunta de maneira tão direta. O inferno sempre fora uma questão hipotética. Por isso, a resposta de Tony veio mais na forma de questionamento que de afirmação:

– Um lugar de tormento eterno, com fogo, sofrimento e todas essas coisas?

Jack ficou ouvindo, como se esperasse por algo mais.

– Bem, um lugar em que Deus castiga as pessoas com quem está zangado por serem pecadoras? – prosseguiu Tony. – Hã, onde as pessoas más são separadas de Deus, enquanto as boas vão para o Céu?

– E você acredita nisso? – perguntou Jack, tornando a inclinar a cabeça.

– Não – respondeu Tony, categoricamente. – Acredito que quando você morre, acabou. Vira comida de verme, do pó ao pó, você está morto e fim de papo.

Jack sorriu.

– Ah, você acabou de falar com a certeza de um homem que nunca morreu. Se me permite, posso fazer outra pergunta?

Tony mal assentiu, mas foi o suficiente para Jack ir em frente.

– Essa sua crença de que a morte é simplesmente o fim e nada mais... essa sua crença torna isso verdade?

– Claro! É real para mim – retrucou Tony.

– Não perguntei se era real para você. Isso é óbvio. O que perguntei foi se é verdade.

Tony olhou para baixo, pensativo.

– Não entendo. Qual a diferença? Se é real, não é verdade?

– Ah, de jeito nenhum, Tony! E, para complicar ainda mais a situação, uma coisa pode ser real sem nem ao menos existir de fato, ao passo que a verdade existe independentemente do que é real ou percebido como tal.

Tony ergueu as mãos espalmadas e encolheu os ombros, balançando a cabeça.

– Desculpe, mas isso é demais para mim. Não entendo...

– Ah, entende, sim – interrompeu Jack –, muito mais do que pensa. Posso dar alguns exemplos para deixar mais claro, se você quiser.

– Por acaso tenho escolha? – replicou Tony, ainda perdido, porém mais interessado do que irritado. As palavras daquele homem pareciam esconder algum tipo de elogio, e embora não conseguisse identificá-lo, ele podia senti-lo.

Jack sorriu.

– Escolha? Hum, boa pergunta, mas vamos deixá-la para depois. Em defesa do meu argumento, existem aqueles que "realmente" acreditam que o Holocausto não existiu; que o homem nunca pisou na Lua; que a Terra é plana; que há monstros debaixo da cama. Tudo isso é real para eles, mas não é verdade. Para dar um exemplo mais próximo, a sua Loree acreditava que...

– O que minha ex-mulher tem a ver com isso? – reagiu Tony, na defensiva. – Imagino que você a conheça, e quero deixar bem claro que, caso Loree esteja por aqui em algum lugar, não tenho o menor interesse em falar com ela.

Jack ergueu as mãos, como se pedisse uma trégua.

– Calma, Tony, estou só dando um exemplo, não censurando você. Posso continuar?

Tony cruzou os braços e fez que sim com a cabeça.

– Sim, me desculpe. Como pode ver, Loree não é meu assunto preferido.

– Entendo – limitou-se a dizer Jack. – Vamos deixar isso para depois, também. Mas voltando à minha pergunta: em algum momento Loree acreditou que o seu amor por ela era real?

Era uma pergunta audaciosa e absurdamente pessoal, dadas as circunstâncias. Tony refletiu um pouco antes de responder com franqueza.

– Sim – admitiu. – Provavelmente houve um tempo em que Loree acreditou que meu amor por ela era real.

– Então você acha que seu amor foi real para ela?

– É, se ela acreditava nisso, era real para ela.

– O que nos leva à seguinte pergunta: o seu amor por ela era real para você, Tony? Você a amava de verdade?

Tony sentiu de imediato suas defesas internas se erguerem gerando um desconforto associado àquela suposta acusação. Normalmente, esse seria o momento de mudar de assunto, de fazer alguma observação espirituosa ou sarcástica para evitar que suas emoções fossem expostas, e desviar o rumo da conversa para tópicos mais leves e irrelevantes. Mas ele não tinha nada a perder com aquele diálogo. Nunca mais voltaria a ver aquele homem, e estava intrigado. Fazia muito tempo, pensou, que uma conversa não se aprofundava tão depressa, e ele tinha permitido isso. Já que se tratava de um sonho, a segurança era total.

– Sinceramente? – Ele fez uma pausa. – Acho que não sabia como amá-la, ou como amar qualquer pessoa, por sinal.

– Obrigado, Anthony, por admitir isso. Você tem razão, mas o fato é que ela acreditava no seu amor e, ainda que ele não existisse, esse sentimento se tornou tão real para ela que Loree construiu uma vida ao redor dele... duas vezes.

– Não precisava trazer isso à tona – murmurou Tony, desviando o olhar novamente.

– É só uma observação, filho, não um julgamento. Vamos ao segundo exemplo, pode ser? – Ele esperou Tony digerir tudo aquilo e então continuou: – Vamos supor, a título de ilustração, que exista de fato um Deus, um ser de...

– Não acredito em nada disso! – exclamou Tony.

– Não estou tentando convencê-lo de nada, Tony – afirmou Jack. – Não é para isso que estou aqui. Não se esqueça de que estou morto, e você está... confuso. Quero apenas dar um exemplo para mostrar a diferença entre realidade e verdade. É disso que estamos falando, não é?

Ele sorriu e Tony não pôde deixar de sorrir de volta. Havia uma gentileza genuína naquele homem, capaz de desarmar qualquer um.

– Então vamos supor que esse Deus seja bom o tempo todo, que ele nunca minta, nunca engane ninguém e diga sempre a verdade. Um dia, esse Deus vem até você, Anthony Spencer, e diz o seguinte: "Tony, nada jamais conseguirá separá-lo do meu amor, nem a morte, nem a vida, nem um mensageiro do Céu, nem um monarca da Terra, nem o que acontece hoje, nem o que possa acontecer amanhã, nem nada em todo o Universo criado por Deus. Nada tem o poder de separá-lo do meu amor." Você escuta Deus lhe dizer isso, mas não acredita. Não acreditar se torna a sua realidade, e então você cria um mundo em que a descrença na palavra de Deus, ou no amor dele, ou mesmo no próprio Deus é a pedra fundamental do edifício da sua vida. Mas eis uma pergunta que está no centro de muitas outras: a sua incapacidade de acreditar na palavra desse Deus faz com que o que ele disse não seja verdade?

– Sim – respondeu Tony depressa demais. Então, pensando melhor, mudou de ideia. – Quer dizer, não. Espere, deixe-me pensar um pouco.

Jack se calou, deixando Tony remoer seus pensamentos antes de falar.

– Está bem – respondeu Tony –, se o que você supõe sobre Deus for verdade... e real, então imagino que minha crença não mudaria nada. Acho que estou começando a entender o que você diz.

– Ah, é? – desafiou Jack. – Então, deixe-me perguntar o seguinte: se você escolhesse não acreditar na palavra desse Deus, o que "experimentaria" em relação a ele?

– Hã, eu experimentaria... – Tony estava se esforçando para encontrar as palavras certas.

– Uma separação? – falou Jack, preenchendo a lacuna. – Tony, você teria uma sensação de separação, porque a separação é o que você acreditava ser a "realidade". A realidade é aquilo em que você acredita, mesmo que aquilo em que acredita não exista. Deus lhe diz que a separação não é verdadeira, que nada pode "realmente" separar você do amor dele, nenhum comportamento, nenhuma experiência, nem mesmo a morte e o inferno, seja qual for a forma como ele aparece em sua imaginação. Mas como você acredita que a separação é real, cria sua própria realidade baseada em uma mentira.

Aquilo era demais para Tony, e ele se virou para o outro lado, passando as mãos no cabelo.

– Então como uma pessoa pode saber qual é a verdade? O que é a verdade?

– Arrá! – exclamou Jack, dando um tapa no ombro de Tony. – Pôncio Pilatos ressurge dos mortos. E aí, meu rapaz, está a maior de todas as ironias! Ali, no momento mais decisivo de toda a história, cara a cara com a verdade, ele, como muitos de nós costumamos fazer, declarou que essa verdade não existia, ou melhor, declarou que "ele" não existia. Por sorte, e para o bem de todos nós, Pilatos não tinha o poder de transformar algo real em algo que não era verdade. – Ele fez uma pausa antes de continuar. – E nem você, Tony.

O tempo congelou por alguns instantes e o chão tremeu um pouco, como se um pequeno terremoto tivesse ocorrido nas profundezas abaixo dos seus pés. Jack abriu seu sorriso mais enigmático e declarou:

– Bem, creio que isso significa que meu tempo com você, por ora, está acabado.

– Espere! – exclamou Tony. – Ainda tenho perguntas. Para onde você está indo? Não pode ficar? Ainda não entendo onde estou. Por que estou aqui? Se este não é exatamente o inferno, o que é? E você também disse algo sobre aqui não ser exatamente o meu lar? O que significa isso?

Jack virou-se para encarar Tony uma última vez.

– Tony, o inferno é acreditar e viver na realidade quando ela não é a verdade. Potencialmente, você poderia fazer isso para sempre, mas deixe-me dizer uma verdade, quer você escolha acreditar ou não, e quer ela seja real ou não para você. – Jack fez outra pausa. – Independentemente do que você acredite sobre a morte e o inferno, eles não são uma verdadeira separação.

O chão voltou a tremer, dessa vez com mais intensidade, e Tony se apoiou contra o muro de pedra. Quando voltou a olhar na direção de Jack, ele tinha desaparecido e já era noite.

De repente, Tony se sentiu exausto, cansado até a medula. Sentou-se outra vez, recostando-se contra a estrutura colossal, e olhou para a estrada e para a paisagem cujas cores começavam a adquirir tons de cinza. Sua boca estava seca e pegajosa, e ele tateou à sua volta, na esperança de que

Jack tivesse deixado seu cantil, mas suas mãos não encontraram nada. Puxando os joelhos para junto do corpo, ele garantiu um pouco de proteção, encolhendo-se para se proteger do frio que chegava sorrateiramente, como um ladrão que roubasse pequenas lascas de calor.

Aquilo já era demais! Um vento gelado começava a soprar, mandando suas perguntas para longe, como pedaços de papel espalhados por um vendaval. Será que aquele era o fim? Finalmente? Conseguia ouvir o vazio se aproximar, um nada voraz aparentemente determinado a extrair dele os últimos resquícios de calor.

Tony tremia descontroladamente quando uma luz surgiu, um brilho azulado que cercava os olhos castanho-escuros mais bonitos que ele já vira. Aquilo o fazia lembrar-se de uma pessoa, mas não conseguia recordar quem. Alguém importante.

Lutando para manter a consciência, ele conseguiu formular a seguinte pergunta:

– Quem sou eu? Não, espere, onde estou?

O homem se sentou e aninhou Tony em seus braços, despejando com cuidado outro líquido mais quente em sua boca. Ele sentiu o calor da bebida se espalhar e ser absorvido pelo centro gélido de seu corpo, irradiando-se a partir dali. A tremedeira foi abrandando até parar, e ele relaxou nos braços do homem.

– Pronto – sussurrou o homem, acariciando sua cabeça. – Você está seguro, Tony.

– Seguro? – Tony voltou a se sentir esmagado pela escuridão. Seus olhos estavam pesados, seus pensamentos, turvos e lentos. – Seguro? Nunca estive seguro.

– Shhhh. – Novamente a mesma voz. – Está na hora de descansar. Não vou embora. Nunca deixarei de abraçá-lo, Tony.

– Quem é você?

Se o homem respondeu, Tony não ouviu, enquanto a noite, como um cobertor, o envolvia numa carícia e ele adormecia em segurança, sem nenhum sonho ou desejo.

4

O LAR É ONDE ESTÁ O CORAÇÃO

Eu desejo, como qualquer ser humano, sentir-me
em casa onde quer que esteja.

– Maya Angelou

Luz do sol?

Sentia novamente a luz do sol. Mas desta vez ela parecia diferente, mais fraca e suave. Tony se levantou, sobressaltado. Onde estava agora? Com a pergunta, tudo lhe voltou à mente em um instante: o túnel, os caminhos com suas inúmeras escolhas, a porta, o irlandês que se chamava Jack, o outro homem.

O outro homem? Essa era a última coisa de que se lembrava. Será que ainda estava sonhando? Seria aquilo um sonho dentro de um sonho? Ele tinha adormecido, ou sonhado que adormecera? O sol atravessava as cortinas, iluminando o recinto o suficiente para fazê-lo perceber que acordara em um quarto improvisado. Um colchão fino cobria um estrado de molas afundado no meio. A coberta que o mantivera aquecido estava puída e rasgada, mas limpa.

Puxando a cortina, ele espiou a mesma vasta paisagem rural que vira brevemente do portal na muralha. Quando tinha sido isso? Na noite passada, no dia anterior, ou nunca? Muros de pedra se erguiam ao longe, e dentro deles lavouras se estendiam a céu aberto e árvores se espalhavam pelo terreno, algumas crescendo em pequenos aglomerados, outras, isoladas. Umas poucas construções salpicavam a paisagem, quase imperceptíveis e nada especiais.

Tony ouviu alguém bater à porta. Três batidas, como antes, e ele se endireitou contra a parede, preparando-se para se ver novamente do outro lado.

– Entre? – disse ele, mais como uma pergunta do que como um convite.

– Pode abrir a porta? – falou uma voz ligeiramente familiar do outro lado. – Minhas mãos estão ocupadas e não consigo abri-la.

– Hã, claro, desculpe – disse Tony enquanto puxava a porta para dentro.

Lá estava o mesmo estranho de antes, com seus olhos castanho-escuros penetrantes, e Tony lembrou-se de repente da palavra "seguro". O homem tinha dito que ele estava "seguro". No momento tinha sido um alívio, mas agora era profundamente desconcertante.

– Posso entrar? – perguntou o homem com um sorriso, segurando uma bandeja com café e bolinhos doces. Ele parecia ter a mesma idade de Tony. Usava calça jeans, uma blusa quadriculada, e sua pele bronzeada parecia tingida pelo sol e pelo vento.

De repente, Tony se deu conta de que usava uma camisola hospitalar azul e branca, e ao sentir uma corrente de ar percebeu que ela era aberta nas costas. Parecia ao mesmo tempo estranhamente apropriado e perturbador. Sentindo-se exposto, usou uma das mãos para fechar a abertura da melhor forma possível.

– Claro, desculpe – tornou a falar, sem saber o que mais deveria fazer. Então segurou a porta aberta para que o homem pudesse entrar.

– Trouxe seus favoritos: café, *donuts* de creme e manga do Voodoo Donuts e um de geleia do Heavenly Donuts. O jeito quase perfeito de se começar um dia.

– Hã, obrigado! – Tony pegou uma caneca de café fumegante, um *latte* de baunilha com a espuma perfeita, com direito a uma pena desenhada na superfície. Tomou um gole de café, deixando o sabor assentar na boca antes de engolir, e sentou-se com cuidado na beirada da cama de molas. – Não vai tomar nada?

– Não, gosto mais de chá, e já tomei o suficiente esta manhã. – O homem puxou uma cadeira mais para perto de Tony e se sentou. – Imagino que tenha muitas perguntas, filho. Pode fazê-las, e eu responderei de maneira que você possa entender.

– Estou sonhando?

O homem se recostou na cadeira e sorriu.

– Bem, você começou com uma pergunta bem complexa, e temo que não vá gostar muito da resposta. Se você está sonhando? Sim e não. Deixe-me ver se consigo responder à pergunta que você queria fazer, e não à que fez. Anthony, você está em coma, no hospital no alto da colina, e também está aqui.

– Espere um instante, estou em coma?

– Pois é, estou bem aqui e também me ouvi dizer isso.

– Estou em coma? – Tony não conseguia acreditar. Ele se recostou e, sem pensar, deu outro gole em sua bebida escaldante. – E isto aqui? – perguntou, meneando a cabeça em direção ao café.

– Chama-se café.

– Eu sei, mas é... real? Como posso estar em coma e bebendo um *latte*?

– Isso é algo que você não entenderia se eu tentasse explicar.

– Não acredito que estou em coma – repetiu ele, perplexo.

O homem se levantou e pousou a mão no ombro de Tony.

– Vamos fazer o seguinte: preciso resolver umas coisas, mas vou estar logo aqui em frente. Por que você não organiza suas perguntas e depois me encontra lá fora? Suas roupas estão penduradas naquele armário, junto com suas botas. Quando estiver pronto, é só sair.

– Está bem – foi tudo o que Tony conseguiu dizer, mal erguendo os olhos para o homem enquanto ele saía do quarto.

Estranhamente, fazia sentido. Se ele estava em coma, então aqueles acontecimentos não passavam de devaneios do seu inconsciente profundo. Não se lembraria de nada daquilo. Nada do que via era real ou verdadeiro. Esse pensamento o fez pensar no irlandês chamado Jack, e ele sorriu para si mesmo. A conclusão foi acompanhada de uma sensação de alívio. Pelo menos, ele não estava morto.

Tony bebericou seu *latte*. O gosto parecia real, mas algo no cérebro provavelmente era capaz de estimular a memória e criar uma pseudorrealidade, como o ato de beber café, ou, pensou ele enquanto pegava um *donut* de manga e dava uma mordida, comer algo desse tipo. Uau, se você pudesse comercializar isso de alguma forma, seria um produto imbatível: zero caloria, nenhum dos efeitos colaterais relacionados ao café ou ao açúcar e nenhum problema de fornecimento.

Ele balançou a cabeça diante do completo absurdo daquela experiência, mas logo perguntou-se: um acontecimento que não é real e jamais será lembrado pode ser chamado de experiência?

Com uma última mordida no *donut*, Tony decidiu que era hora de enfrentar o que quer que o esperasse do outro lado da porta. Embora seguramente não fosse se lembrar de tudo aquilo, ele já estava ali e não tinha nada a perder por dançar conforme a música, fosse ela qual fosse. Assim, vestiu-se depressa, grato por sua imaginação ter lhe fornecido água quente para lavar o rosto. Respirando fundo, saiu do quarto.

Olhando à sua volta, percebeu que saía da lateral de uma casa de fazenda que já conhecera dias melhores. A pintura descascava, e tudo nela parecia desgastado, muito abaixo do padrão a que Tony estava acostumado, absolutamente desprovida de qualquer luxo. Seu quarto dava para uma varanda ampla que contornava toda a lateral da casa, também em mau estado de conservação. O estranho estava recostado contra a balaustrada, cutucando os dentes com uma folha de grama, à espera.

Tony se juntou a ele e lançou um olhar para a extensão da propriedade. Era uma mistura estranha, aquele lugar. Parte dele parecia relativamente bem cuidada, mas a maior parte estava largada à própria sorte e desorganizada. Atrás de uma cerca quebrada próxima dali, ele notou os resquícios quase irreconhecíveis de um jardim abandonado, tomado por cardos, espinheiros e pelo matagal, com um carvalho antigo no centro, do qual pendia um balanço deteriorado que mal se movia na brisa. Mais adiante, havia um velho pomar, sem frutos. O terreno parecia castigado, exaurido. Por sorte, tufos de flores silvestres da montanha e uma ou outra rosa povoavam algumas das piores cicatrizes do terreno, como se oferecessem consolo ou lamentassem a morte de um ente querido.

Devia haver algo de errado com o solo, supôs Tony. Água e sol havia de sobra, mas grande parte dependia do que estava debaixo da superfície. A brisa mudou de direção, e ao sentir o perfume inconfundível de loureiro, doce e suave, Tony se lembrou de sua mãe. Era sua planta favorita.

Se, como ele suspeitava, aquilo tudo fosse uma criação de seu cérebro tentando encontrar um rumo ao conectar pensamentos e imagens arquivadas, fazia sentido que ele sentisse uma tranquilidade surpreendente e inesperada. Algo ali o atraía, ou pelo menos, repercutia dentro dele. "Seguro", havia sido a palavra que o homem lhe dissera. Não exatamente uma palavra que ele teria escolhido.

– Que lugar é este? – perguntou Tony.

– É uma habitação – respondeu o homem, com o olhar distante.

– Uma habitação? O que é exatamente uma habitação?

– Um lugar para viver, para se abrigar, para chamar de lar, uma morada. – O homem disse essas palavras como se amasse aquele lugar.

– Lar? Hã, Jack usou essa palavra para se referir a este lugar, embora tenha dito que não era "exatamente" meu lar. Além disso, afirmou que também não era "exatamente" o inferno, seja lá o que isso quer dizer.

O homem sorriu.

– Você não conhece Jack. Ele tem muito jeito com as palavras.

– Não entendi tudo o que ele disse, mas acho que compreendi o básico de uma parte: a diferença entre realidade e verdade.

– Humm – fez o homem, calando-se em seguida, como se não quisesse interromper o raciocínio de Tony.

Eles ficaram ali parados por alguns instantes, lado a lado, cada qual observando o lugar através de óticas diferentes: um cheio de compaixão, o outro apreensivo e um pouco consternado.

– Então, quando diz que isso aqui é uma habitação, está falando sobre esta casa caindo aos pedaços ou está incluindo toda a propriedade?

– Estou incluindo tudo, tudo o que você viu ontem, tudo o que está dentro desses limites, e tudo o que está fora deles, tudo. Mas aqui – acrescentou ele, abarcando o espaço ao seu redor com um gesto – é o centro, o coração da habitação. O que acontece aqui, muda tudo.

– Quem é o dono?

– Ninguém. Este lugar não foi feito para ter um "dono". – Ele pronunciou esta última palavra como se fosse um pouco repulsiva e deixasse um gosto ruim na boca. – Ele foi feito para ser livre, aberto, irrestrito... nunca para ter um dono.

Houve alguns segundos de silêncio enquanto Tony refletia sobre como formular corretamente sua próxima pergunta.

– Então quem "pertence" a este lugar?

Um sorriso brincou no canto da boca do homem antes de ele responder.

– Eu pertenço!

– Você mora aqui? – perguntou Tony sem pensar. É claro que morava. Aquele estranho era uma projeção complexa do seu subconsciente, e de alguma forma Tony estava interagindo com ele. Além do mais, ninguém poderia viver ali, no meio do nada, sozinho daquele jeito.

– Sem dúvida.

– E vive aqui sozinho?

– Não sei. Nunca vivi sozinho.

Isso atiçou a curiosidade de Tony.

– O que quer dizer? Não vi mais ninguém aqui. Ahhh, você está falando de Jack? Existem mais pessoas como ele por aqui? Posso conhecê-las?

– Não há ninguém como Jack. E quanto aos outros, tudo no seu devido tempo. – Ele se detém. – Não há pressa. – Outro silêncio se seguiu, quase desconfortável de tão longo.

Durante essas pausas, Tony vinha tentando evocar alguma imagem ou memória que pudesse dar sentido ao que via, mas nada lhe vinha à mente. Nenhuma cena, nenhuma ideia e, até onde conseguia se lembrar, nenhuma fantasia sua parecia se relacionar com aquilo. Como era possível que tudo o que via fosse simplesmente uma projeção de um cérebro sedado em coma? Não conseguia entender.

– Então, há quanto tempo vive aqui?

– Uns 45 anos, mais ou menos. Uma vida, na opinião de alguns. Uma simples gota no oceano, na verdade.

– Caramba – retrucou Tony, balançando a cabeça, num tom de voz malicioso, com um quê de superioridade. Que louco escolheria viver naquele fim de mundo por todo aquele tempo? Ele ficaria doido em 40 horas, quanto mais em 40 anos.

Tentando ser discreto, Tony olhou de esguelha para o estranho, que ou não percebeu, ou simplesmente não deu importância. Embora tivesse acabado de conhecê-lo, Tony já gostava dele. Parecia ser uma daquelas raras pessoas que se sentiam totalmente à vontade com elas mesmas e em paz com tudo ao seu redor. Não parecia haver segunda intenção em seus atos, ele não dava a impressão de tentar tirar vantagem ou encontrar pontos vulneráveis como a maioria das pessoas que Tony conhecia. Talvez *contentamento* fosse a palavra. Não que alguém com o mínimo de juízo pudesse se contentar em estar ali, naquela solidão. Para Tony, *contentamento* e *tédio* eram sinônimos. Talvez aquele cara fosse apenas ignorante, não conhecesse nada melhor por não ter viajado nem estudado. Mas lá estava ele, um elemento inesperado dentro de alguma projeção subconsciente de Tony. Devia significar alguma coisa.

– Então, será que você pode me dizer quem é? – Essa era a pergunta mais óbvia.

O homem se virou para encará-lo, e Tony se viu diante daqueles olhos incrivelmente penetrantes.

– Tony, eu sou aquele que sua mãe lhe disse que nunca deixaria de abraçá-lo.

Depois de levar alguns instantes para digerir a resposta, Tony recuou um passo.

– Jesus? Você? Você é o Jesus?

O homem ficou calado, limitando-se a encará-lo de volta, enquanto Tony baixava os olhos até o chão para se concentrar. Então, de repente, tudo fez sentido. É claro que aquele era Jesus! Ele escrevera seu nome na lista. Quem melhor para evocar em um coma induzido por medicamentos do que Jesus, o maior arquétipo de todos, uma fantasia enterrada nos recônditos mais profundos da sua rede neural? E lá estava ele, uma projeção neurológica que não existia de fato, que não era concreta.

Ele ergueu os olhos a tempo de ver o estranho lhe dar um tapa na cara, com força suficiente para doer, mas não a ponto de deixar marca. Tony ficou chocado e sentiu, na mesma hora, a raiva vir à tona.

– Só estou ajudando você a perceber como a sua imaginação é poderosa – disse o homem com uma risada, seu olhar ainda gentil e bondoso. – Não é impressionante como uma projeção que não existe de fato, que não é concreta, possa dar um tapa desses?

Se houvesse mais alguém ali, Tony teria ficado constrangido e furioso. Porém estava mais espantado e surpreso que qualquer outra coisa.

– Perfeito! – anunciou, depois de reorganizar as ideias. – Está vendo, quer prova melhor do que essa? O verdadeiro Jesus nunca daria um tapa em alguém – afirmou.

– Baseado em que você pode afirmar isso? Em sua experiência pessoal? – O homem que se dizia Jesus estava sorrindo, divertindo-se com a situação. – Não esqueça, Tony, que você está convencido de que eu sou um Jesus gerado por um subconsciente sob o efeito de sedativos. Você mesmo introduziu esse dilema. Ou eu sou quem estou dizendo, ou, no fundo, você acredita em um Jesus capaz de dar um tapa na cara de alguém. Você decide.

O homem que se dizia Jesus ficou parado ali, com os braços cruzados, observando Tony se debater com o problema lógico. Por fim, Tony voltou a erguer a cabeça e respondeu:

– Então imagino que deva mesmo acreditar que Jesus é uma pessoa que poderia me dar um tapa na cara.

– Ah! Bom para você. Os mortos *realmente* sangram! – Jesus riu e passou o braço em volta do ombro de Tony. – Pelo menos você procura se manter fiel às suas crenças, mesmo quando elas não são verdadeiras, e apesar das dificuldades que trazem para a sua vida. É uma maneira difícil de viver, mas compreensível.

Tony encolheu os ombros e riu também, sem entender a referência a mortos que sangram. Como se os dois soubessem para onde estavam indo, desceram juntos os degraus da varanda e começaram a subir uma colina em direção a um bosque distante. Vistas de baixo, as árvores pareciam estar reunidas no ponto mais alto da propriedade, dentro dos limites da muralha de pedras, mas acima de onde ele havia encontrado Jack pela primeira vez. Dali, provavelmente, era possível ver todo o perímetro e talvez até o vale que se estendia além da extremidade oposta da muralha. Enquanto caminhavam, Tony continuou a fazer perguntas, pois o homem de negócios que havia dentro dele estava intrigado.

– Você está aqui há 40 e tantos anos, mas este lugar me parece em péssimas condições. Não me leve a mal, mas isso é o melhor que conseguiu fazer?

Em vez de retrucar, o homem que se dizia Jesus refletiu sobre o comentário.

– Você deve ter razão. Acho que não sou muito bom nisso. Este lugar é apenas uma sombra do que era no início. Houve uma época em que tudo isso era um jardim selvagem e magnífico, sem fronteiras, encantador e livre.

– Não quis parecer... – Tony começou a falar, mas Jesus descartou o pedido de desculpas com um gesto. – É que não lembra muito um jardim – concluiu Tony.

– É uma obra em construção – suspirou Jesus, soando ao mesmo tempo resignado e determinado.

– Para mim, parece mais uma batalha inglória – acrescentou Tony, tentando não parecer muito negativo. Não conseguia evitar o velho hábito de encontrar uma maneira de se manter superior nas conversas.

– Pode demorar um pouco, mas não vou perder – respondeu o outro com serenidade.

– Não quero ser indelicado, mas não acha que esse projeto está demorando demais? Você poderia fazer muita coisa para limpar o terreno, cultivá-lo, fertilizá-lo, ver as plantas crescerem. Acho que este lugar tem potencial. Alguns profissionais resolveriam isso num piscar de olhos. Talvez uma escavadeira de terraplenagem? Notei algumas partes em que os muros estão começando a desmoronar. Você poderia contratar um engenheiro e um arquiteto, alguns pedreiros, e deixar esse lugar tinindo em cerca de seis meses, e até chamar uma equipe para pôr esta casa abaixo e reconstruí-la.

– Isto, Tony, é um terreno vivo, não um canteiro de obras. Algo real, que respira, não uma construção que pode ser erguida à força. Sempre que você dá mais valor à técnica do que ao relacionamento e ao processo, sempre que tenta acelerar o desenvolvimento da consciência e forçar a compreensão e a maturidade a crescerem antes do tempo, é nisto – disse ele, apontando para todos os lados da propriedade – que você se transforma.

Tony não soube dizer se Jesus estava usando "você" no sentido geral ou se estava falando dele. De todo modo, preferiu não perguntar.

– Só podemos nos mover na velocidade e na direção que a própria terra permite – prosseguiu Jesus. – É preciso nos relacionarmos com ela de forma honrosa e reverente, e deixar que a terra nos fale a partir de seu coração. Então, por uma questão de respeito, devemos escolher nos submeter à sua ideia de "real" e, ainda assim, continuar a amá-la em busca da verdade, sem qualquer hesitação, custe o que custar. Não viver para a terra dessa forma é o mesmo que nos unirmos aos seus agressores, destruidores e usurpadores, e então qualquer esperança de que ela possa ser curada estaria perdida.

– Espere um instante – disse Tony, um pouco perturbado à medida que tentava assimilar o que estava ouvindo. – Você está falando por metáforas, e estou tendo dificuldade em entender o sentido delas. Está se referindo à terra como se ela fosse quase uma pessoa, alguém que você conhece e ama. Como pode ser isso, se ela não passa de um monte de rochas, colinas, flores silvestres, mato, água e tudo o mais?

– É exatamente por isso – disse Jesus enquanto tocava o ombro de Tony e o apertava de leve – que você não consegue entender o que estou dizendo. Não usei uma única metáfora, enquanto você usou várias. É porque você continua a acreditar em suas metáforas e a viver dentro delas que não consegue enxergar a verdade.

Tony parou de andar, ergueu as mãos como se quisesse abarcar tudo à sua volta e anunciou dramaticamente para sustentar seu argumento:

– Mas isto aqui é só terra! Não é uma pessoa. É apenas terra, pó!

– Ah, Tony, você mesmo acabou de dizer... do pó ao pó. Terra, pó!

Essa era a ligação que ele tinha deixado passar! A ideia em si era um choque, desconcertante em suas implicações. Ele tornou a encarar aqueles olhos e encontrou as palavras, com medo do que estava prestes a sugerir.

– Está me dizendo que tudo isso – não só o que vi do lado de dentro da muralha, mas também tudo o que está fora dela – é um ser vivo?

O homem que se dizia Jesus não desviou o olhar.

– Estou dizendo muito mais do que isso, Tony. Estou dizendo que este ser vivo... é você!

– Eu? Não, isso não é verdade. Não pode ser. – Ele se sentiu esmagado por um punho invisível que o esmurrava no estômago. Virou-se e recuou alguns passos, cambaleante, enquanto olhava para trás e ao longe. Num piscar de olhos, sua visão havia mudado, seus olhos tinham se aberto, mas, desesperado, ele não queria enxergar através deles. Já julgara aquele lugar a partir de uma posição superior e indiferente, declarando que se tratava de uma terra de ninguém, um entulho que nem sequer valia a pena salvar. Essa tinha sido sua avaliação. Tony tentara ser educado e soar encorajador, mas o que dissera não expressava sua verdadeira opinião sobre aquele lugar. Ele teria destruído tudo o estivesse vivo ali, enterrado debaixo do asfalto e substituído por concreto e aço. Aquele era um terreno feio e sem valor, digno apenas de destruição.

Tony caiu de joelhos e cobriu os olhos com as mãos, em busca de novas mentiras que escondessem o vazio deixado pela ausência das anteriores, ou de garantir uma nova ilusão que pudesse oferecer refúgio, proteção e conforto. Mas é impossível apagar o que foi visto. A honestidade forçou-o a tirar as mãos do rosto, e a clareza obrigou-o a escutar. Ele voltou a olhar, dessa vez mais profundamente. Não encontrou nada que lhe despertasse admiração ou afeto. Aquele lugar estava total e completamente devastado, uma mancha triste em um mundo que, de outra forma, poderia vir a ser fascinante. Se aquilo de fato fosse ele, o seu próprio coração, então Tony era, na melhor das hipóteses, uma grande decepção. Na pior delas, odiava tudo o que lhe dissesse respeito.

Chorar era uma fraqueza que ele detestava, algo que ele havia jurado, quando criança, nunca mais fazer. Mas, dessa vez, não conseguiu se conter. Em questão de instantes, estava aos soluços. Uma represa erguida ao longo dos anos se rompeu e ele se viu incapaz de resistir. Não conseguia saber se eram as emoções que o faziam tremer, ou se a terra estava literalmente estremecendo sob os seus pés.

– Não pode ser verdade, é simplesmente impossível – berrava Tony, tentando não olhar para o homem que se dizia Jesus. Então, um grito inesperado veio do fundo de seu ser: – Não quero que isso seja verdade! – Ele implorou. – Por favor, diga-me que é mentira. Isso é tudo o que sou? Um ser humano doente e deplorável, um traste? É nisso que se resume a minha vida? Sou tão solitário e repulsivo assim? Por favor, diga-me que não é verdade.

Ondas de autopiedade e desprezo por si mesmo o castigavam, até ele sentir que o próprio tecido de sua alma estava prestes a se rasgar. Um choque contundente fez seus joelhos cederem, derrubando-o no chão. Aquele que se dizia Jesus ajoelhou-se para abraçá-lo, deixando-o chorar em seus braços, forte o bastante para conter a dor e a frustração insuportáveis com sua bondade e ternura. Era como se a única coisa que o impedisse de se despedaçar fosse a presença daquele homem.

Em meio a um turbilhão de emoções, Tony sentiu sua mente se libertar das amarras que a prendiam. Tudo o que sempre havia considerado real e correto estava se reduzindo a pó e cinzas. Mas então, como um relâmpago, o oposto se revelou: e se ele estivesse na verdade encontrando sua mente, seu coração, sua alma? Tony fechou os olhos com força e soluçou, querendo nunca mais tornar a abri-los, nunca mais voltar a encarar a vergonha do que ele era, do que havia se tornado.

O homem que se dizia Jesus entendeu e apertou o rosto molhado de lágrimas de Tony contra o seu ombro. Assim que uma onda de emoção começava a amainar, outra o atingia, e ele era levado novamente pela correnteza, a pressão às vezes tão intensa que ele tinha a sensação de estar sendo virado pelo avesso. Onda após onda, anos de emoções enterradas e esperando vir à tona ganhavam finalmente expressão e voz.

Aos poucos, o choro convulsivo foi amainando até desaparecer. Um silêncio se fez, intercalado por pequenos espasmos que sacudiam seu corpo. Durante todo esse tempo, o homem que se dizia Jesus não deixou de abraçá-lo. Então, quando a calma finalmente se instalou por completo, o homem falou.

5

EIS QUE SURGE UM HOMEM

A dor pode nos fazer lembrar que estamos vivos,
mas o amor nos faz lembrar por quê.

– Trystan Owain Hughes

—Ouça minha voz, Tony. – Jesus estava novamente acariciando seus cabelos, como faria com uma criança, com um filho. – Todo ser humano é um universo em si mesmo. Os seus pais se juntaram a Deus para criar uma alma que jamais deixaria de existir. Eles, como coartífices, forneceram os materiais, genéticos ou não, que foram combinados de forma única para criar uma obra-prima imperfeita, mas ainda assim extraordinária. Então tomamos em nossas mãos o que eles nos trouxeram, acrescentando o que somente nós poderíamos dar: vida. Você foi concebido, um milagre vivo, um universo dentro de um multiuniverso, não isolado e desconectado, mas programado e feito para viver em comunidade, da mesma forma que Deus é uma comunidade.

– Sei. Milagre vivo? – fungou Tony, fraco de tanto lutar contra o mare-moto de emoções. Achava que as lágrimas haviam secado, que seu reser-vatório estava vazio, mas outras surgiram diante desse pensamento, es-correndo pelo seu rosto e pingando de seu queixo. – Não sou nada disso.

– Para que você possa dizer "não sou", antes precisa haver um "eu sou" – encorajou-o Jesus. – Imagens e aparências dizem pouco. O lado de dentro é maior do que o lado de fora quando seus olhos estão prontos para ver.

– Não sei bem se quero ver, ou saber – murmurou Tony. – Dói demais. E, seja como for, não acredito que nada disso, inclusive você, seja real. Mesmo assim, ainda sinto tanta vergonha. Preferiria voltar à minha cegueira, a não enxergar nada.

– A dor é real e verdadeira. Acredite em mim, Tony. Uma transformação sem esforço nem dor, sem sofrimento, sem uma sensação de perda, é apenas uma ilusão de verdadeira mudança.

– Odeio isso – declarou Tony enquanto outro breve espasmo percorria seu corpo. – É impossível para mim. E confiança? Esta é uma palavra que nem consta do meu vocabulário. Confiança não é a minha praia.

– Com certeza – falou Jesus com uma risadinha. – Mas é a *minha*.

Tony ainda não tinha se movido nem aberto os olhos, mantendo a cabeça abaixada e apoiada contra o peito daquele homem. Sentia-se idiota e vulnerável, mas não queria sair daquela posição.

– Não sei o que fazer – confessou Tony. – Posso lhe contar de quem sinto mais falta agora? – Ele abriu os olhos e respirou fundo. – Sinto muita falta da minha mãe.

Jesus tirou de algum lugar um lenço vermelho que Tony aceitou agradecido, antes de assoar o nariz.

– Tony, sua mãe foi a última pessoa em quem você confiou. Você não pode fazer nada disso sozinho ou nem mesmo do seu próprio jeito. Foi criado em comunidade para existir em comunidade, feito à imagem e semelhança de um Deus que nunca conheceu nada que não fosse comunidade, comunhão.

– Deus, uma comunidade?

– Sempre. Eu lhe disse que nunca estive sozinho. Nunca fiz nada por conta própria. O relacionamento está na base de quem eu sou.

– Nunca entendi nada disso.

– Não se preocupe. Não foi feito para ser entendido, e sim experimentado.

Tony tornou a respirar fundo.

– Então, o que aconteceu comigo? Se este lugar sou eu, como me tornei um deserto tão devastado e sem vida?

– Do seu ponto de vista, você diria que a "vida" aconteceu para você. Grandes e pequenas perdas a cada dia, o acúmulo e a aceitação de mentiras e traições, a ausência de seus pais quando você precisou deles, o fracasso dos sistemas, as escolhas que fez para se proteger e que, embora o tenham mantido vivo, também inibiram sua capacidade de estar aberto para as coisas que poderiam curar seu coração.

– E do seu ponto de vista?

– Do meu ponto de vista, não foi a vida, mas a morte, essa não realidade para a qual você nunca foi feito. Foi o contrário do amor, da luz, da verdade, da liberdade... ou seja, a morte.

– Então eu estou morrendo? Esse é o motivo por trás de tudo isso?

– Filho, você vem morrendo desde o dia em que foi concebido. Embora a morte seja um mal monstruoso, os seres humanos passaram a imaginá-la como algo muito mais poderoso do que ela realmente é. Na verdade, é como se uma luz estivesse projetando as sombras da morte em proporções terríveis, gigantescas, no cenário de sua existência, e agora você estivesse com medo até dessas sombras.

– Não entendo.

– Esta é uma conversa com várias camadas de profundidade, muitas das quais não atingiremos hoje. Por ora, entenda que um dos maiores motivos para você temer a morte é a sua percepção atrofiada e reduzida da vida. A imensidão e a grandiosidade da *vida* absorvem e erradicam a todo instante o poder e a presença da morte. Você acredita que a morte é o fim, um evento que aniquila todas as coisas que realmente importam. Portanto, ela se torna uma grande muralha, a barreira que impede, de forma inevitável, a alegria, o amor e o relacionamento. Você vê a morte como a palavra final, a separação definitiva.

– Mas a verdade é que – prosseguiu ele – a morte não passa de uma sombra dessas coisas. O que você chama de morte é de fato uma espécie de separação, mas não como você imagina. Você deixou que o medo do momento em que dará seu último suspiro definisse sua existência, concentrou-se apenas nele, em vez de reconhecer a onipresença da morte em tudo o que o cercava: em suas palavras, em seu toque, em suas escolhas, tristezas, descrença, mentiras, julgamentos, rancores, preconceitos, busca pelo poder, traições, fugas. O "evento" chamado morte é apenas uma pequena expressão dessa presença, mas você transformou essa expressão em tudo o que existe, sem perceber que está nadando no oceano da morte todos os dias da sua vida.

O homem se deteve por alguns instantes. Então, continuou:

– Tony, você não foi feito para a morte, mas a morte também não foi feita para este universo. Inerente ao evento da morte, há uma promessa, um batismo nesse oceano que irá salvá-lo, e não afogá-lo. Os seres humanos degradaram a vida e trouxeram essa "não vida" para a sua existência. Então, por respeito a vocês, nós a cerzimos desde o início em uma tapeçaria mais ampla. Agora, vocês experimentam essa tensão latente entre vida e morte todos os dias, até serem libertados pelo evento da morte, mas foram criados para lidar com essa ameaça em comunidade, dentro de um relacionamento, não em um isolamento egocêntrico, como é o caso deste seu pequeno lugar aqui.

– E todos aqueles caminhos, as várias trilhas que saem daqui?

– Tony, eles começam aqui, dentro de todo esse estrago. Ninguém está vindo para cá. Todos partiram.

Por um instante, a mágoa se ergueu como um predador à espreita, mas logo voltou a desaparecer. Ele decidiu reconhecer o que estava pensando.

– Eu os afugentei, não foi?

– Quando você não lida com a morte, Tony, todas as pessoas do seu mundo ou se tornam um catalisador para o sofrimento, ou morrem para você. Às vezes, é mais fácil enterrá-las em alguma parte da sua propriedade do que simplesmente mandá-las embora.

– Então a morte vence? – Tony sabia o que de fato estava perguntando, e se aquele homem fosse realmente... quem ele dizia ser, então também saberia.

– Às vezes parece que sim, não é mesmo? Mas não, quem ganha é a vida! A vida continua vencendo. Sou a prova concreta disso.

– Então você não é só um mito, uma história da carochinha? Espera mesmo que eu acredite que renasceu dos mortos? – Tony queria ouvi-lo dizer isso.

– Ah, é preciso muito mais fé para acreditar que não renasci. Que fui espancado até ficar irreconhecível, pregado à cruz, que tive o coração perfurado por uma lança, fui enterrado em uma tumba e, ainda assim, de alguma forma ressuscitei, me livrei da mortalha, removi uma pedra de uma tonelada, derrotei a guarda de elite do templo e comecei um movimento que, supostamente, tem tudo a ver com a verdade da vida e a ressurreição. Será que tudo isso se baseia numa mentira?

Tony olhou para aquele homem cujas palavras pareciam compor uma moldura de humor e triunfo, apesar de a imagem no quadro revelar um sofrimento profundo.

– Isso é só uma história! – exclamou Tony. – Uma história para fazer a gente se sentir melhor, ou se iludir, achando que a vida tem algum sentido ou propósito. É uma fábula moralista contada por pessoas fracas a moribundos.

– Tony, eu renasci dos mortos. Quebrei a ilusão do poder e domínio da morte. O amor do Pai do Céu e o poder do Espírito Santo trouxeram-me de volta à vida e demonstraram que qualquer ideologia de separação seria para sempre insuficiente.

– Você sabe que eu não acredito em nada disso, não sabe? – retrucou Tony, irritado. – Ainda nem acredito que você exista. Não sei o que deu em mim. Quero dizer, é claro que houve esse judeu, um rabino chamado Jesus que fez uma série de coisas boas, levando as pessoas a inventarem um monte de histórias a seu respeito, dizendo que ele fez milagres e até renasceu dos mortos. Essas mesmas pessoas fundaram uma religião, mas ele morreu. Como qualquer outra pessoa, ele morreu, e como a morte é definitiva, você não pode existir. Você é apenas a voz da minha mãe ecoando em alguma parte do meu subconsciente.

– Nossa, você quase me convenceu – disse Jesus com um sorriso zombeteiro. – Neste momento, Tony, você está passando pelo que costumam chamar de uma crise de fé. Geralmente, isso acontece no momento do evento que se chama morte física, mas já que nunca existiram fórmulas que governassem os relacionamentos, e como você ainda não está morto, deve estar acontecendo alguma coisa especial e misteriosa.

Tony ficou surpreso.

– Está me dizendo que não sabe por que eu estou aqui?

– Não! Papai ainda não compartilhou comigo essa parte do seu desígnio. – O homem se inclinou para a frente, como se fosse contar um segredo. – Ele sabe que eu gosto de surpresas.

– Espere um instante. Achei que você devia ser Deus.

– Eu não devia ser Deus, eu sou Deus!

– Então como não sabe por que estou aqui?

– Como eu disse, porque meu Pai não me contou.

– Mas, se você é Deus, não sabe de tudo?

– Sim, eu sei.

– Mas acabou de dizer que não sabia...

– Tony – interrompeu Jesus –, você não pensa em termos de relacionamento. Vê tudo através da lógica de uma independência isolada. Algumas respostas às suas perguntas irão deixá-lo completamente perplexo e não farão o menor sentido, porque você não tem uma estrutura de referências que permita assimilá-las.

Tony balançou a cabeça concordando, absolutamente perplexo.

– Parte do milagre de que eu, sem nunca deixar de ser Deus, tenha me unido à raça humana está no fato de eu não ter sido um mero ator que entrou para o elenco de uma peça, mas de ter me tornado totalmente humano, de forma real e eterna. Nunca deixei de ser plenamente Deus, plenamente o criador. É verdade agora e tem sido desde o início dos tempos que todo o Universo existe dentro de mim e que eu mantenho sua unidade, sustentando-o, mesmo agora, neste exato momento... o que inclui você, bem como todas as coisas já criadas. A morte jamais poderia dizer isso. Ela não é capaz de unificar nada.

Tony balançava a cabeça, tentando entender tudo aquilo, apesar de, no íntimo, continuar resistindo.

– Assim – Jesus prosseguiu –, de fato eu poderia recorrer ao meu conhecimento como Deus para saber por que você está aqui, mas tenho um relacionamento com meu Pai, e ele não me contou nada, então confio que ele me dirá o motivo se for importante para mim conhecê-lo. Até lá, trilharei esse caminho com você aqui e agora, com fé e confiança, para descobrir as surpresas que Papai reservou para nós.

– Você está fundindo as minhas ideias! – exclamou Tony, erguendo as mãos e sacudindo a cabeça. – Estou muito confuso.

– Essa era a resposta mais simples que eu poderia lhe dar – disse Jesus com uma risadinha. – Talvez até pudesse começar a fazer algum sentido para você.

– Ora, muito obrigado! – retrucou Tony. – Então, deixe-me ver se eu entendi: você é Deus, mas não sabe por que eu estou aqui.

– Exatamente, mas meu Pai e o Espírito Santo sabem, e se eu precisar, também saberei.

Tony continuou balançado a cabeça enquanto se levantava e sacudia a poeira do corpo. Como é que aquilo poderia ser uma projeção do seu subconsciente? Estavam falando de coisas que ele nunca sequer cogitara.

Era tudo tão desconcertante. Lentamente, os dois se viraram e tornaram a subir a colina.

– Então, deixe-me ver se entendi – Tony começou a recapitular. – Existe um Pai, o seu Pai, e você seria o Filho?

– E o Espírito Santo – acrescentou Jesus.

– Mas quem é o Espírito Santo?

– Deus.

– Estamos falando de cristianismo, certo? Então, você está me dizendo que qualquer pessoa que acredite em você acredita em três deuses? Os cristãos são politeístas?

– Muita gente, além dos cristãos, acredita em mim. Os cristãos existem há apenas cerca de dois mil anos. Se eles são politeístas? De jeito nenhum.

Jesus parou e virou-se novamente para encarar Tony, indicando que o que tinha a dizer era importante.

– Preste atenção, Tony. Existe somente um Deus. A escuridão da escolha pela independência deixou a humanidade cega em relação a essa verdade tão simples. Então, antes de qualquer coisa, um só Deus. Por mais que discordem quanto aos detalhes – e os detalhes e desentendimentos são substanciais e importantes –, os judeus com suas facções, a variedade de cristãos, os muçulmanos com suas divisões internas, todos concordam com o seguinte: existe apenas um Deus, não dois, três, ou mais, apenas um.

– Espere, mas você acabou de dizer que... – atalhou Tony, mas Jesus ergueu a mão, impedindo-o de terminar.

– Os judeus foram os primeiros a exprimir essa ideia no Shemá, as palavras iniciais do seu livro sagrado: "Ouça, ó Israel: O Senhor, o nosso Deus, é o único Senhor!" Mas as escrituras judaicas falam deste "único" Senhor como uma pluralidade. "*Façamos* o Homem à *nossa* imagem e semelhança." Isso nunca foi pensado como uma contradição em relação ao fato de Deus ser apenas um, mas como uma expansão da natureza desse "um". Na raiz da compreensão judaica, estava a ideia de que *essencialmente*, e uso essa palavra com muito cuidado, essencialmente esse "um" era singular, mas, ao mesmo tempo, uma pluralidade de indivíduos, uma comunidade.

– Mas... – Jesus tornou a levantar a mão e Tony se calou.

– O que vou dizer é uma simplificação grosseira, mas os gregos, pelos quais tenho muito carinho, a começar por Platão e Aristóteles, deixaram o mundo obcecado com a ideia de um só Deus, mas, como não entenderam a parte da pluralidade, optaram por uma singularidade indivisível, além de qualquer ser e relacionamento, um motor imóvel, impessoal, inalcançável, mas pelo menos bom, seja lá o que isso signifique.

Após uma breve pausa, Jesus prosseguiu:

– E eis que surjo, de forma alguma contradizendo o Shemá, mas expandindo-o. Declarei da forma mais simples possível: "O Pai *e eu* somos um e bons", o que é, em essência, uma declaração de relacionamento. Como você deve ter percebido, isso resolveu tudo, e finalmente os religiosos chegaram a um consenso quanto a suas ideologias e doutrinas, todos se entenderam e viveram felizes para sempre...

Jesus olhou para Tony, que o encarava com as sobrancelhas erguidas numa expressão interrogativa.

– Estou sendo irônico, Tony. – Ele sorriu, os dois se viraram novamente e continuaram a caminhar.

– Voltando à minha história – prosseguiu Jesus –, durante as primeiras centenas de anos depois da minha encarnação, muitos, como Irineu e Atanásio, entenderam. Eles viram que Deus em si é um relacionamento: três pessoas diferentes, mas tão maravilhosamente próximas a ponto de serem uma unidade. "Unidade", Tony, é diferente de "um", que é isolado e independente. A diferença é o relacionamento: três pessoas unidas, porém distintas.

Jesus fez uma pausa.

Tony balançou a cabeça, tentando entender o sentido daquelas palavras. Não se lembrava de ter tido alguma vez uma conversa como essa, e isso o incomodava. Estava intrigado, mas não sabia por quê.

– Quer saber o que aconteceu em seguida? Quando as coisas começaram a dar errado?

Tony assentiu, e Jesus continuou:

– Os gregos, com seu amor pelo isolamento, influenciaram Agostinho e, mais tarde, Tomás de Aquino, para dar apenas dois exemplos. Assim começou um cristianismo não relacional. Em seguida, vieram os reformadores, como Lutero e Calvino, que se esforçaram ao máximo para expulsar novamente os gregos do Santo dos Santos, mas seus cadáveres mal haviam esfriado quando os gregos foram ressuscitados e chamados de volta para ensinar em suas escolas religiosas. A tenacidade das ideias equivocadas é uma coisa impressionante, não acha?

– Começo a perceber isso – admitiu Tony –, mas não sei se estou entendendo melhor do que quando você começou a explicar. Tudo isso é fascinante, mas irrelevante para mim.

– Ah, tudo o que você precisa saber é o seguinte: no coração de toda a existência há uma dança de amor altruísta e fraterno, uma comunhão. Nada é mais profundo, mais simples ou mais puro.

– Isso soa muito bonito; se ao menos fosse verdade...

– Olhe, chegamos – interrompeu Jesus.

O caminho entrava em um bosque e se estreitava até dar passagem somente a uma pessoa. Tony foi à frente, sentindo-se grato pelo fato de o caminho não ter desvios. Quando deixou as árvores para trás e entrou em uma clareira, notou que estava sozinho. A clareira dava para uma barreira de pedra gigantesca, que se erguia até quase perder de vista. Uma escada de terra subia até uma construção de barro modesta, um casebre, composto apenas de dois cômodos, mas que dava vista para todo o vale. Ele notou a silhueta de uma mulher sentada em um banco de madeira encostado na parede do que ele imaginou ser a casa em que ela vivia. O homem que se dizia Jesus já estava ali, conversando com a mulher, sua mão pousada com carinho no ombro dela.

Enquanto Tony subia os cerca de 100 degraus da escada, pôde ver que ela era idosa, um tanto gorda, com cabelos negros brilhantes que caíam em duas tranças amarradas com contas lapidadas de várias cores. Usava um vestido simples e folgado de algodão cru, preso por um cinto também de contas, e um xale bordado em volta dos ombros. Seus olhos estavam fechados, o rosto voltado para cima. Era indígena, das tribos nativas da América do Norte.

– Anthony – saudou-o Jesus –, esta é Wiyan Wanagi. Pode chamá-la de Kusi, ou Vovó, se quiser. Vocês precisam conversar. Como ela sabe por que você está aqui, vou deixá-los a sós, embora eu nunca esteja ausente de fato. – Em um piscar de olhos, ele desapareceu, ou ficou invisível.

– Obrigado, Anpo Wicapi – disse ela com ternura.

E voltando-se para Tony:

– Sente-se! – Apontou para o espaço vazio ao seu lado no banco, sem abrir os olhos, sua voz grave e retumbante.

Ele obedeceu. Os dois ficaram sentados em silêncio, ela com os olhos ainda fechados, Tony observando a extensão de terra que se estendia como um manto abaixo deles. A partir dali, ele quase conseguia ver o outro lado da muralha, a alguns quilômetros de distância, e à esquerda, claramente perceptível, a propriedade decrépita na qual tinha acordado. Então aquele lugar desolado era o seu coração, se é que podia acreditar no que tinha ouvido. Não era exatamente um lar, mas também não era o inferno. Embora, no momento, a segunda hipótese parecesse mais verdadeira.

Eles ficaram calados pelo que pareceram horas, mas talvez não tivessem passado nem 10 minutos. Tony não estava acostumado à tranquilidade nem ao silêncio. Aguardou, sentindo a pressão aumentar dentro dele.

Por fim, pigarreou.

– A senhora quer...

– Shhhh! Estou ocupada!

Ele esperou novamente até não conseguir mais se controlar.

– Hã, ocupada fazendo o quê?

– Jardinagem. Muitas ervas daninhas.

– Ah – murmurou ele, sem querer admitir que aquilo não fazia o menor sentido. – E o que exatamente estou fazendo aqui?

– Perturbando – ela respondeu. – Sente-se. Inspire, expire, fique parado.

E então ele permaneceu ali, tentando não se mexer, enquanto as imagens, emoções e perguntas se acumulavam pouco a pouco, como as águas de um rio caudaloso. Por hábito, tirou o calcanhar direito do chão, balançando o pé para cima e para baixo, sem notar essa tentativa de controlar o nervosismo e a tensão que sentia.

A mulher, sem abrir os olhos e mal se movendo, pousou a mão sobre o joelho dele, fazendo-o parar lentamente.

– Por que está correndo tão rápido? – Sua voz era suave e jovem para o corpo que a emitia.

– Não estou correndo – ele respondeu. – Estou apenas sentado aqui como a senhora mandou.

Ela não moveu a mão forte e calejada, e ele conseguia sentir o calor que emanava de seu toque.

– Anthony, por que você sempre acha que convites equivalem a expectativas?

Ele sorriu. Sabia que não precisava responder, porque ela já conhecia seus pensamentos. Convites *eram* expectativas. Sempre havia uma segunda intenção, às vezes óbvia, outras vezes oculta, mas sempre havia. Existia outra maneira de viver no mundo? Mas a pergunta daquela senhora o deixou intrigado.

– Então estamos apenas sentados aqui – ele refletiu, sem esperar nenhuma resposta.

– Não, Anthony, não estamos *apenas* sentados... mas orando.

– Orando? Para quem a senhora está orando?

– Não estou orando "para" – ela respondeu, ainda sem abrir os olhos. – Estou orando "com".

Ele tentou esperar um pouco, mas não tinha esse hábito.

– Então, com quem a senhora está orando? – perguntou.

– Com você! – respondeu a mulher, seu rosto se desdobrando em um sorriso, enquanto a luz da tarde se escondia em suas rugas, suavizando-as.

– Mas – ele retrucou, balançado a cabeça como se ela pudesse vê-lo – eu não estou orando.

Ela tornou a sorrir, mas não disse nada.

Os dois ficaram quase uma hora sentados ali, ele jogando suas preocupações e medos em pequenos barcos imaginários que, mentalmente, mandava embora no córrego que corria não muito longe de onde estavam sentados. Aprendera esse truque nas aulas de controle da raiva que a Justiça o tinha mandado fazer. Um a um, os barcos sumiam de vista, cada qual levando um pouco da carga, até não restar mais nada e ele se sentir confortável na companhia daquela mulher, respirando fundo o ar límpido. Não conseguiria explicar por quê, mas tornou a se sentir... seguro.

Finalmente, ele foi o primeiro a falar:

– Desculpe, mas esqueci o seu nome.

Ela abriu um sorriso, um facho de luz que iluminou seu rosto, suavizando ainda mais seus traços e parecendo clarear a noite que caía.

– Vovó... me chame de Vovó.

Ele riu.

– Então está bem, Vó – disse Tony, afagando-lhe a mão.

Os olhos dela se abriram pela primeira vez e ele se viu novamente diante daquelas mesmas incríveis fontes de luz castanhas. Estava olhando para Jesus, mas não como antes.

– Não é Vó. É Vovó. Entendido? – ela afirmou meneando a cabeça, e ele se viu repetindo o gesto.

– Hã, sim, Vovó – gaguejou Tony em tom de desculpa. – Não sei bem se entendo a diferença.

– É óbvio que não! Mas eu perdoo você por isso.

– Como? – Ele ficou surpreso. – A senhora me perdoa por algo que eu nem mesmo entendo?

– Preste atenção, meu amor... – Ela se deteve, e Tony sentiu algo muito doloroso e doce ao ouvi-la usar aquele termo tão especialmente carinhoso. Deixou que a sensação o invadisse, e a mulher também esperou antes de prosseguir. – Grande parte do que você precisa perdoar nas outras pessoas, e especialmente em si mesmo, é a ignorância que machuca. Não é só de propósito que as pessoas magoam umas às outras. Na maioria das vezes, elas simplesmente não sabem agir de outra forma. Não sabem ser algo diferente, algo melhor.

Tony queria mudar de assunto. Aquela mulher estava atiçando emoções que ele preferia deixar adormecidas. Já tinha sido um longo dia.

– Então, onde a senhora mora? – Não conseguia imaginar que alguém vivesse naquele lugar. Parecia mais uma casinha de ferramentas de jardinagem malconstruída.

– Eu vivo onde quer que esteja. – Foi sua resposta lacônica.

– Não, não é isso que eu quero dizer – começou Tony, mas ela o interrompeu.

– Eu sei o que quer dizer, Anthony, mas você não sabe o que está perguntando.

Tony não soube como reagir. Raramente isso acontecia, mas por sorte ela o salvou.

– Então – disse Vovó enquanto se levantava e se espreguiçava –, você trouxe alguma coisa para comer?

Embora soubesse que seus bolsos estavam vazios, ele os conferiu rapidamente para se certificar.

– Não, sinto muito. Não trouxe.

– Tudo bem – disse ela com um sorriso. – Eu tenho bastante comida. – E, com essas palavras, deu uma risadinha e foi em direção ao casebre de barro, de onde uma luz quente escapava das fendas e rachaduras. Ele se levantou e tornou a olhar para a extensão daquele terreno, enquanto o cair da noite começava a apagar todas as cores. De onde estava, podia ver algumas luzes espalhadas de forma irregular, pequenos pontos brancos, a maioria no interior ou nas proximidades da casa decadente. Também ficou surpreso ao notar, quase no final da propriedade, um conjunto de luzes mais fortes. Não se lembrava de ter visto nenhuma outra construção, embora não tivesse procurado.

Ele se esticou uma última vez, tentando se livrar das câimbras, depois atravessou os poucos metros até a entrada e parou para espiar dentro do casebre. O interior era mais amplo do que parecia do lado de fora, mas talvez fosse apenas uma ilusão causada pela maneira como ela aproveitava o espaço. Um fogo ardia contra uma das paredes, a fumaça subindo e desaparecendo através de uma complexa série de coberturas, provavelmente para evitar que a chuva apagasse as chamas, mas permitindo que a fumaça escapasse.

– Posso entrar? – ele perguntou.

– Claro, você é sempre bem-vindo aqui! – ela respondeu, calorosa, chamando-o com um gesto. Ele viu cobertores no chão, e embora houvesse o risco de estar violando algum tipo de protocolo, decidiu se sentar sobre eles, surpreendendo-se ao notar como eram macios e felpudos. Ela não pareceu se ofender, e Tony se acomodou, observando a mulher alternar-se entre o que tinha a aparência e o cheiro de um cozido, e alguns pães sírios que assavam numa pedra sobre o fogo. Simples, convidativo e, ele pensou com um sorriso, sem nenhuma expectativa.

Tony se deteve, estudando os movimentos ritmados de Vovó entre o cozido e o pão, quase uma dança.

– Posso fazer uma pergunta?

– Você quer saber por que eu vivo aqui, neste "casebre". Acho que foi essa a palavra que usou, fruto de sua visão sofisticada.

Não adiantava negar.

– Sim, era isso que eu estava me perguntando. Por quê, então?

– Foi o melhor que você pôde me oferecer – ela respondeu, sem desviar a atenção do seu trabalho.

– Como assim, o melhor que "eu" pude lhe oferecer? Não tive nada a ver com isso. Eu poderia construir uma casa muito melhor para a senhora, mas não isso. Como pode pensar que...?

– Não faz mal, Tony! Eu não tenho expectativas. Sou grata por ter encontrado este pequeno lugar dentro do seu coração. Não possuo muitas coisas – ela sorriu, como se um pensamento secreto tivesse passado pela sua cabeça – e faço das mais simples dádivas o meu lar. Não há o menor motivo para se sentir mal ou envergonhado. Sou muito grata, e estar aqui é uma alegria!

– Então... como isto aqui sou eu, e de certa forma o meu mundo, eu pude construir apenas essa casa minúscula para a senhora? Ao passo que, para Jesus, construí um lugar maior, mas que ainda assim não passa de um casarão caindo aos pedaços...? – Ele ficou triste, sem saber bem por quê.

– É uma alegria para ele estar aqui, também. Jesus aceitou de braços abertos o convite.

– Convite? Não me lembro de ter convidado Jesus, tampouco a senhora. Nem sei direito quem a senhora é. Nem mesmo se tinha ideia de que esse lugar existisse para eu convidar alguém para cá.

Foi então que ela se virou para ele, lambendo a colher que estava usando para mexer o cozido.

– Não foi você quem fez o convite, Anthony. Se dependesse só de você, provavelmente nunca teríamos tido a oportunidade de viver aqui.

Mais uma vez confuso, Tony hesitou antes de perguntar:

– Mas, se não fui eu quem fez o convite, então quem foi?

– O convite veio de Papai. De Deus Papai.

– O Pai de Jesus... quer dizer, Deus Pai? – Tony ficou surpreso e irritado. – Por que ele convidaria a senhora para cá?

– Bem, apesar de tudo o que você acredita ou não a respeito dele e, por sinal, quase nada do que acredita é verdade... apesar disso, Papai cuida de você com um amor incansável. É por isso que estamos aqui. Para dividir esse amor. – Estendeu para ele uma tigela de cozido, junto com um pano limpo para ser usado como guardanapo.

Tony ficou nervoso! Lá estava a armadilha, o motivo oculto, a razão pela qual tudo aquilo, além de perigoso, era uma mentira. Quem quer que fosse aquela mulher, e por mais que ele se sentisse tão atraído por ela quanto por Jesus, ela tinha confirmado sua suposição mais fundamental, a verdadeira mágoa que ele sabia viver no centro da sua dor. Se havia um Deus, tratava--se de um monstro, um farsante cruel que brincava com o coração das pessoas, que fazia experimentos para ver até que ponto os seres humanos conseguiam suportar o sofrimento, que jogava com seus anseios para que eles começassem a ter confiança, somente para verem tudo o que consideravam precioso ser destruído. Surpreso diante de sua própria fúria e tentando se acalmar, ele provou o cozido da mulher. Deu certo. Os sabores pareceram aplacar sua ira e apaziguá-lo.

– Uau! – ele exclamou.

– Ótima palavra, *uau*, uma das minhas favoritas – disse ela com uma risadinha. – Não há de quê, Anthony.

Ele a observou. Estava se servindo do cozido também, de costas para ele. O fogo destacava sua presença cheia de dignidade, e parecia gerar um perfume invisível, o que conferia ao recinto uma atmosfera de liturgia. Não fazia sentido que Jesus e aquela mulher estivessem de alguma forma relacionados ao Deus de que falavam com tanta consideração. Se a mulher notou sua tensão, não demonstrou.

– Então este Deus Pai vive aqui... no meu mundo? – ele perguntou, com uma certa rispidez na voz, pensando sobre o conjunto de luzes nos limites da propriedade.

– Não, pelo menos não como uma habitação. Anthony, você nunca criou um lugar para ele, pelo menos não dentro dessas muralhas. Embora nunca esteja ausente, ele também aguarda por você na floresta, fora das muralhas do seu coração. Ele nunca força relacionamentos. É respeitoso demais para isso.

Os modos de Vovó eram suaves como uma pluma. Tony preferiria ter sentido decepção na voz dela. Com isso, ele saberia lidar. A gentileza era muito escorregadia e intangível. Com a mesma rapidez com que surgira, a raiva voltou a ser enterrada em outro bocado de cozido, e ele mudou de assunto.

– Isto está uma delícia! Há temperos aqui que nem consigo reconhecer.

Ela sorriu, agradecida.

– É invenção minha, a receita é um segredo de família, nem pergunte.

Ela ofereceu um pão sírio que Tony molhou no cozido e mordeu em seguida. O pão também era diferente de tudo o que ele já havia provado na vida.

– Bem, se a senhora abrisse um restaurante, iria acabar com a concorrência.

– Sempre um homem de negócios, hein, Anthony? Alegria e prazer só têm valor se você puder transformá-los em mercadorias? Nada melhor do que represar um rio e transformá-lo em um charco, não é?

Ele percebeu como tinha sido grosseiro, e começou a se desculpar. Ela ergueu a mão.

– Anthony, não precisa. Foi apenas uma observação, não um julgamento. Não espero que você seja diferente do que é. Conheço você, mas também sei como foi criado, e pretendo continuar a trazer essa essência à tona, buscando-a nas profundezas daquele lugar perdido.

Ele voltou a se sentir desconfortável, como se aquelas palavras o tivessem de certa forma despido.

– Hã, obrigado, Vovó – disse, mudando novamente de assunto, na esperança de encontrar um tópico mais seguro. – Por falar em comida, nas minhas atuais condições, estando em coma e tudo o mais, eu preciso mesmo comer?

A resposta dela foi rápida e direta.

– Não! Você está sendo nutrido no hospital por tubos de alimentação. Mas não considero isso uma boa refeição.

Vovó largou a tigela e se inclinou para a frente em seu banquinho, capturando a atenção de Tony.

– Escute bem, Tony, você está morrendo.

– Bem, Jesus disse que todos nós estamos...

– Não, Anthony, não é disso que estou falando. Você está em um quarto de hospital e sua morte física se aproxima. Você está morrendo.

Ele se recostou e tentou assimilar a informação.

– Então eu estou aqui porque estou morrendo? Todo mundo passa por essa intervenção, ou seja lá o que for...? Qual o sentido disso? Salvar minha alma? – Ele podia sentir os cabelos da nuca se arrepiarem à medida que o sangue lhe subia ao rosto e sua irritação aumentava. – Se vocês são Deus, então por que não fazem nada a respeito? Por que simplesmente não me curam? Por que não enviam algum pastor até o hospital para orar por mim e impedir que eu morra?

– Anthony... – ela começou a falar, mas Tony já estava de pé.

– Eu estou morrendo, e a senhora fica sentada aqui sem fazer nada. Posso não ser grande coisa, e é claro que arruinei totalmente minha vida, mas será que não tenho nenhuma importância para vocês? Não tenho nenhum valor? Nem que seja porque minha mãe me amava, e ela era uma pessoa boa e religiosa... isso não basta? Por que estou aqui? – Seu tom de voz foi ficando mais alto, e sua ira escapava pelas fendas dos seus medos. Ele procurava desesperadamente alguma forma de controle. – Por que me trouxeram aqui? Para poderem esfregar na minha cara que eu não presto para nada?

Saiu pela porta em direção à noite que caíra. Com os punhos cerrados, começou a andar de um lado para outro à beira da escada quase invisível sob a luz bruxuleante que o fogo emitia de dentro da casa. Logo em seguida, virou-se e voltou, desta vez, com determinação.

Vovó continuava no mesmo lugar, limitando-se a observá-lo com seus olhos radiantes. Pela segunda vez em poucas horas, Tony conseguia sentir outra represa começando a se romper dentro dele, e com todas as forças, tentou contê-la. Não foi suficiente. Sabia que deveria sair correndo, mas seus pés estavam fincados no chão, e suas palavras vieram à tona em jorros de emoção. Estava perdendo o controle. De repente, começou a gritar e balançar os braços, preso entre a fúria e a desolação.

– O que exatamente a senhora quer de mim? Quer que eu confesse meus pecados? Que convide Jesus para a minha vida? Parece meio tarde para isso, não acha? Ele parece ter encontrado uma maneira de estar bem no meio dessa confusão toda. Não percebe como estou envergonhado de mim mesmo? Não está vendo? Eu me odeio. Como poderia não me odiar? O que devo fazer agora? Não entende? Eu esperava... – E foi então que ele verbalizou a crença que havia dominado toda a sua vida, tão profunda que só teve consciência dela quando a expressou em palavras: – Eu esperava... que a morte fosse o fim. – Ele soluçava, mal conseguindo completar suas palavras. – De que outra forma poderia me safar do que fiz? Como posso escapar de mim mesmo? Se o que está dizendo é verdade, não me restam esperanças. Não percebe? Se a morte não é o fim, não tenho mais esperanças!

6

DISCUSSÕES ACALORADAS

Tudo o que emite luz deve suportar o calor do fogo.

– Viktor Frankl

Ele acordou, ainda no casebre da Vovó. Sentou-se sobre as cobertas. Estava totalmente escuro lá fora, e o frio da noite se esgueirava pelas mantas penduradas na entrada, dando-lhe arrepios. Duas figuras estavam aconchegadas diante do fogo, conversando. Eram Jesus e Vovó que falavam baixinho sobre como o muro que cercava a propriedade tinha sido gravemente danificado pelos terremotos daquela noite. Percebendo que ele estava acordado, ambos ergueram a voz para incluí-lo.

– Bem-vindo de volta, Tony – disse Jesus.

– Obrigado, eu acho. O que aconteceu comigo?

– Uma mistura de coma e de fúria – observou Vovó.

– Sim, me perdoe.

– Oh, não se desculpe – tranquilizou-o Jesus. – O que você admitiu para si mesmo foi extraordinário! Não menospreze o que fez por estar envergonhado. Nós achamos muito profundo.

– Ótimo – resmungou Tony, enfiando-se de volta nas cobertas. – Estou apaixonado pela morte. Que reconfortante. – Então ele tornou a se sentar, um pensamento surgindo em sua mente. – Mas, se isso é verdade, por que estou lutando tanto para continuar vivo?

– Porque a vida é o normal, e a morte, a anomalia – afirmou Jesus. – Você não foi feito nem criado para a morte, então sua natureza é combatê-la. A questão não é que esteja apaixonado pela morte, mas sim que está determinado a se entregar a algo maior do que você mesmo, algo fora do seu controle que talvez possa salvá-lo da sua sensação de culpa e vergonha. Você basicamente se envergonhou até a morte.

– O que me faz lembrar de outras pessoas que conheço – acrescentou Vovó.

– Ah, agora estou me sentindo muito melhor – disse Tony, tapando a cabeça com o cobertor. – Por que não me dão um tiro logo?

– Temos uma ideia melhor, se você estiver disposto a ouvir.

Tony tirou lentamente o cobertor da cabeça e se levantou, pegando um banquinho e puxando-o em direção ao calor das chamas.

– Sou todo ouvidos. Não que eu não possa pensar em algo melhor para fazer, ou nos milhões de lugares em que preferiria estar neste momento, mas vá em frente. Também não me comprometo a concordar, e ainda não tenho certeza se acredito nisso tudo, então... Estou falando demais, não estou?

Vovó abriu um sorriso.

– Avise-nos quando tiver acabado. Tempo é o que não nos falta.

– Está bem, já acabei. Vocês disseram que têm uma ideia melhor do que me darem um tiro. – *Essa é boa*, pensou ele. Deus, tendo uma ideia. Será que isso é possível? Se você sabe de tudo, como pode ter uma "ideia"? Tony ergueu os olhos e notou que eles o encaravam. – Desculpe, já acabei.

Jesus começou a falar:

– Tony, este é um convite, não uma expectativa.

– Então por que não me dizem logo se vou concordar? – interrompeu Tony com um suspiro. – Acho que assim poderíamos poupar tempo.

Jesus olhou para Vovó, que concordou com a cabeça.

– Então está bem, vamos logo com isso. O que eu preciso fazer?

– Não quer saber com o que está concordando? – perguntou Jesus.

– Eu escolhi livremente concordar? Não fui coagido de alguma maneira?

– Você escolheu livremente.

– Tudo bem, acredito em você. – Ele se recostou, um pouco surpreso consigo mesmo. – Quase odeio admitir, mas estou começando a me acostumar com essa coisa de não saber. Você precisa entender que eu nunca faço isso. Quero dizer, eu nunca corro um risco ou confio em alguém sem algum tipo de garantia ou de contrato... Imagino que não queira assinar nada do gênero, ou quer?

– Nunca precisei disso. – respondeu Jesus, rindo.

– Então, o que devo fazer?

– Nós vamos... esperar. Vamos ficar observando o fogo apagar.

Tony foi tomado por uma estranha tranquilidade, talvez por causa de sua confissão recente e de sua catarse emocional. Fosse qual fosse o motivo, ele respirou fundo e puxou o banquinho para mais perto do braseiro que dançava e estalava, encantado com seu próprio brilho.

– Jesus, por acaso já lhe disse que você tem... olhos extraordinários? – Ele quis falar "olhos lindos", pois foi a primeira coisa que lhe veio à mente, mas teve medo de que soasse inadequado.

– É, sempre me dizem isso. São os olhos do meu Pai.

– De José, você quer dizer? – perguntou Tony.

– Não, não de José – respondeu Jesus. – José foi meu padrasto, não tenho nenhuma herança genética dele. Fui adotado.

– Ah – disse Tony, apontando para cima –, você está falando do seu Pai Deus.

– Exatamente.

– Não gosto dele – admitiu Tony.

– Você não o conhece – afirmou Jesus, com sua voz calorosa e gentil.

– Não quero conhecê-lo – respondeu Tony.

– Tarde demais, meu irmão – retrucou Jesus. – Tal Pai, tal Filho.

– Hum – resmungou Tony, e eles ficaram novamente em silêncio por algum tempo, hipnotizados pela dança do calor e da fumaça à medida que as chamas consumiam com voracidade sua presa. Por fim, Tony perguntou:

– O seu Pai, ele é o Deus do Antigo Testamento?

Foi Vovó quem respondeu, levantando-se para se espreguiçar.

– Ai, o Deus do Antigo Testamento! Ele me dá arrepios! – E, com essas palavras, ela se virou e atravessou uma cortina de mantas enredadas, voltando para seu quarto. Jesus olhou para Tony e os dois riram, voltando a encarar as brasas que se apagavam.

Tony baixou a voz.

– Jesus, quem exatamente é essa mulher... a Vovó?

– Eu escutei isso. – Veio a voz do quarto.

Tony sorriu, mas decidiu ignorá-la.

Jesus se aproximou dele.

– Como você, ela é da tribo Lakota.

– Como eu? – Tony ficou surpreso. – O que quer dizer com isso?

– Tony, todos somos de alguma tribo. Eu sou da tribo de Judá, enquanto você tem sangue lakota nas veias.

– Tenho? – Ele mal conseguia acreditar. – Ela é minha... – Tony fez uma pausa. – Ela é minha avó de verdade?

– Só em termos de sangue, água e Espírito, mas não em termos de carne. Você não é parente dela, mas ela é sua parenta.

– Não entendo.

Jesus sorriu.

– Isso lhe causa surpresa? Deixe-me responder de outra forma. Aquela mulher forte, corajosa e bonita que está lá dentro é o Espírito Santo.

– Aquela indígena é o Espírito Santo?

Jesus assentiu, e Tony balançou a cabeça.

– Não é exatamente o que eu esperava. Achava que o Espírito Santo fosse, sei lá, mais fantasmagórico, tipo um campo de força, ou coisa parecida, e não – sussurrou – uma velha. – Baixou mais ainda a voz, até que ficasse quase inaudível, para acrescentar: – Que mora numa cabana.

– Ah-ah! – Jesus soltou uma gargalhada e a voz tornou a vir de dentro do quarto:

– Posso ficar fantasmagórica. Se é o que você quer, posso fazer isso também... e, se acha que não gosto de cabanas, então não me conhece muito bem.

A naturalidade das brincadeiras e da relação entre eles era novidade para Tony. Não havia nenhuma tensão subjacente, nenhuma casca de banana ou armadilhas escondidas nas suas conversas. Ele não conseguia sequer detectar alguma segunda intenção por trás do que diziam. Era real, autêntico, compassivo, tranquilo, agradável e parecia quase perigoso.

Alguns minutos se passaram antes de Jesus falar, sua voz pouco mais que um sussurro.

– Tony, você está prestes a iniciar uma jornada...

Ele gargalhou.

– Isso parece mais com algo que Vovó diria: "Você está prestes a iniciar uma jornada, meu neto"... Como se isso – ele abriu os braços para indicar tudo ao seu redor – não pudesse ser considerado uma jornada.

Jesus deu uma risadinha.

– Parece mesmo com algo que ela diria. Seja como for, nessa sua "jornada" é importante você se lembrar de que nunca estará sozinho, independentemente do que possa parecer e de como você se sinta.

– Eu preciso mesmo saber disso? – Ele estendeu a mão e tocou o braço de Jesus. – Estou sentado aqui tentando não me lembrar de que já concordei com tudo. Então, se sua intenção é me deixar nervoso, não está funcionando.

Jesus tornou a rir, um riso baixinho e sincero, dando a Tony o conforto de que estava de fato presente para ele, completamente do seu lado.

– Minha intenção não é deixá-lo nervoso. Só quero que saiba que nunca o abandonarei.

Tony respirou fundo, tentando encontrar as palavras certas antes de falar.

– Acho que acredito em você, pelo menos até onde acredito em tudo isto aqui. Não sei bem por que, talvez por causa da minha mãe, mas acho que acredito. – Ele fez uma pausa antes de acrescentar: – Aliás, obrigado por aquilo tudo. Quero dizer, durante minha crise no caminho até aqui.

Jesus afagou seu ombro, um reconhecimento silencioso do que ele acabara de dizer, e prosseguiu:

– Vovó e eu queremos lhe dar um presente que você poderá dar a alguém na sua jornada.

Como se estivesse esperando a deixa, Vovó abriu a cortina que separava os cômodos e voltou para se sentar com eles. Ela havia desfeito suas tranças; seus cabelos negros caíam soltos e livres, estabelecendo um contraste com seu rosto enrugado porém radiante. Sua presença e movimento transmitiam conforto e naturalidade.

Vovó se espreguiçou e se coçou debaixo do queixo, onde um botão estava faltando em seu vestido.

– Estou ficando velha – ela resmungou –, mas fazer o quê?

– Sei lá! – provocou Tony. Aquela mulher supostamente era mais velha do que o Universo. – Tente fazer exercícios e cuidar da alimentação – sugeriu ele com um sorriso, que ela retribuiu.

Em seguida, ela se deixou cair sobre o banquinho ao lado de Tony e se remexeu um pouco até encontrar uma posição confortável, ao mesmo tempo retirando das dobras de sua roupa o que pareciam feixes de luz. Ele ficou observando, atônito, enquanto ela unia várias pontas, combinando-as e conectando-as sem pensar. Mas quando a luz tocava a luz, suas cores se mesclavam e a transformação começava. Uma faixa de azul-claro iridescente se tornava mil tons dançantes de verde; vermelho ondulava contra púrpura, enquanto raios brancos atravessavam todo o conjunto. A cada novo tom e nuance, um timbre quase inaudível começava, unindo-se aos demais para criar uma harmonia que Tony conseguia sentir, fisicamente, dentro do corpo. Entre os dedos dela surgiam formas, espaços negros em meio aos fragmentos de luz que possuíam três dimensões ou mais.

Os padrões e as figuras tornavam-se cada vez mais complexos e, de repente, de dentro da escuridão profunda que preenchia os espaços vazios, pequenas explosões começaram a surgir, fogos de artifício como diamantes multicolores suspensos em fundo negro. Primeiro, ficaram paradas no vazio, reluzentes e brilhantes, mas, à medida que seus tons se uniam, elas entravam numa dança coreografada com precisão, porém livre. Era totalmente cativante, e Tony se deu conta de que estava prendendo a respiração enquanto assistia. Teve a impressão de que a menor brisa, até mesmo um sussurro, poderia enviar suas criações em direções imprevisíveis e talvez até catastróficas. Vovó abriu mais os braços para conter aquele tesouro, e Tony testemunhou a evolução de uma estrutura que parecia impossível, como se seus olhos pudessem observar a cena de uma maneira que sua mente não conseguia processar. Ele agora sentia as harmonias no peito, como se brotassem de dentro dele, e a música parecia crescer, assim como a complexidade das configurações. Ondas muito finas de cor brilhante se entrelaçavam com determinação, cada contato criando uma integração quântica, filamentos de certezas aleatórias, correntes de ordem caótica.

De repente, Vovó riu como uma criancinha e comprimiu essa imensidão até ela estar contida entre as palmas de suas mãos em concha. Por fim, ela fechou as mãos até Tony só conseguir ver a luz pulsando em meio aos espaços entre seus dedos. E então, trouxe o conjunto até a boca, como se quisesse reacender uma brasa, mas, em vez disso, soprou como um mágico cósmico, abrindo os braços e espalmando as mãos ao mesmo tempo, como se desenhasse um coração no ar. A glória havia desaparecido.

Ela sorriu para Tony, que continuava boquiaberto.

– Gostou?

– Estou sem palavras – disse ele, esforçando-se para falar. – Foi o espetáculo mais emocionante que já vi, ouvi ou até mesmo senti na vida. O que eram aquelas coisas?

– Fios – ela respondeu em tom causal. – Sabe cama de gato? – Ele assentiu, pensando na brincadeira que fazia quando criança. – Essa é a minha versão. Ajuda a me manter concentrada.

– Então... – hesitou ele, sem querer soar ignorante, mas ainda assim sentindo a necessidade de perguntar. – ...o que acabei de ver, aquilo que acabou de fazer, a senhora fez tudo de improviso ou era um esquema de algo mais específico?

– Pergunta brilhante, Anthony. O que você viu, ouviu e sentiu é uma amostra muito pequena de algo muito específico.

– Que seria...? – perguntou Tony, ansioso.

– Amor! Amor altruísta e fraterno!

– Aquilo era amor? – perguntou ele, mal acreditando no que ouvia.

– Uma pequena amostra de amor. Uma brincadeira de criança, porém muito real e verdadeira. – Ela tornou a sorrir e Tony se recostou, tentando compreender o significado de suas palavras. – Só mais uma coisa, Anthony. Você certamente não notou, mas deixei de propósito algo fundamental de fora da minha pequena composição. Você ouviu e sentiu as harmonias de luz, pelo menos de modo superficial, mas não notou que faltava a melodia, notou?

Era verdade, Tony não tinha ouvido uma melodia, somente uma sinfonia de harmonias.

– Não entendo. O que é a melodia que está faltando? – perguntou ele.

– Você, Anthony! Você é a melodia! Você é a razão da existência do que testemunhou e considera tão incomensuravelmente majestoso. Sem você, o que viu não teria significado nem forma. Sem você, teria simplesmente... caído aos pedaços.

– Eu não... – Tony começou a falar, baixando os olhos para o chão de terra, que ele sentiu se mover ligeiramente debaixo dos seus pés.

– Não tem problema, Anthony. Sei que ainda não acredita muito em nada disso. Você está perdido, olhando para cima de dentro de um poço muito profundo, e consegue ver apenas o que é superficial. Este não é um teste em que você possa falhar. O amor jamais o condenará por estar perdido, mas tampouco deixará você ficar sozinho nas profundezas, embora também nunca vá forçá-lo a sair dos seus esconderijos.

– Quem é a senhora? – perguntou ele, erguendo a cabeça para olhar dentro daqueles olhos, quase conseguindo ver neles o que acabara de testemunhar em suas mãos. Naquele momento, "Espírito Santo" parecia uma descrição vaga, sem muito conteúdo.

Ela manteve o olhar cravado no dele, sem hesitar.

– Anthony, eu sou aquela que é mais do que você jamais poderia imaginar, mas que ainda assim sustenta seus anseios mais profundos. Sou aquela que sente por você um amor inabalável, e sou aquela em quem você pode depositar sua confiança. Sou a voz no vento, o sorriso na lua, o revigoramento da vida que é a água. Sou a brisa comum que pega você de surpresa, e sua própria respiração. Sou fogo e fúria contra tudo o que você acredita não ser a Verdade, tudo o que o magoa e o impede de ser livre. Sou a Tecelã, você é minha cor favorita e ele – concluiu ela, inclinando a cabeça na direção de Jesus –, ele é a tapeçaria.

Fez-se um silêncio sagrado e, durante algum tempo, eles ficaram apenas observando as brasas arderem, acendendo-se e apagando-se sucessivamente, oscilando conforme os caprichos de uma brisa invisível.

– Está na hora – sussurrou Vovó.

Jesus pegou a mão de Tony.

– O presente de que falei mais cedo, Tony, é que, na jornada que está prestes a iniciar, você poderá escolher curar fisicamente uma pessoa, mas só uma. Assim que escolhê-la, a sua jornada chegará ao fim.

– Posso curar uma pessoa? Está me dizendo que sou capaz de curar quem eu quiser? – perguntou ele, surpreso diante da ideia. Na mesma hora, seus pensamentos se voltaram espontaneamente para a cama de hospital de Gabriel, quando a mão de seu filho de cinco anos se soltou da sua, e depois para o seu próprio corpo em um quarto de UTI. Ele baixou os olhos para o que restava do fogo, esperando que ninguém mais soubesse no que ele havia pensado, apesar de àquela altura já aceitar ser improvável que pudesse acontecer. Depois de pigarrear, perguntou, apenas para se certificar de que havia entendido: – Qualquer uma?

– Desde que a pessoa já não esteja morta – comentou Vovó. – Não que seja impossível, mas geralmente não é uma boa ideia.

A visão de Tony se desacelerou, como se estivesse enxergando quadro a quadro, e suas palavras se embaralharam também.

– Deixe-me ver se entendi. Qualquer um! Posso curar qualquer pessoa que quiser? Tenho o poder de curar? – Embora não soubesse ao certo se sua pergunta fazia algum sentido, mas não teve dúvidas de que Vovó e Jesus tinham entendido.

Jesus se inclinou na direção dele.

– Na verdade, você não pode curar ninguém, não sozinho, mas estarei do seu lado, e a pessoa por quem decidir orar, eu a curarei através de você. Mas esse tipo de cura física é, no fim das contas, temporária. Até aqueles que são curados pela fé acabam por morrer um dia.

– Qualquer um?

– Sim, Tony, qualquer um. – Jesus sorria, mas seu sorriso estava começando a escapar de seu rosto, e Tony estendeu a mão para tentar colocá-lo de volta no lugar.

– Então, está bem – murmurou, suas palavras quase incompreensíveis. – Ótimo! Mas me responda uma coisa: eu tenho que acreditar para isso dar certo? – Ele voltou a olhar para o fogo, já quase apagado, embora o calor que emanava fosse intenso. Não sabia ao certo se ouvira a resposta, porém mais tarde acharia que Jesus dissera o seguinte:

– A cura nada tem a ver com você, Tony.

Ele se recostou, deixando-se levar.

7

Deixando-se levar

Você sabe que quanto mais próximo estiver do seu destino,
mais se deixará levar para longe dele.

– Paul Simon

A noite havia caído em Portland. Em algum lugar acima das nuvens, pairava uma lua cheia – e o habitual aumento no número de pacientes durante essa fase lunar já havia começado a atravancar as salas de espera da emergência do hospital. Por sorte, a UTI Neurológica do sétimo andar estava quase sem atividade, exceto pelos procedimentos de rotina, acompanhados das repetições programadas de aparelhos de monitoramento e outros equipamentos eletrônicos, enquanto a equipe médica e os funcionários dançavam conforme o ritmo de expectativas bem definidas e previsíveis.

A Dra. Victoria Franklin, chefe do Departamento de Neurocirurgia, estava fazendo sua ronda noturna com um grupo de alunos que a seguia como um bando de pintinhos tentando acompanhar a mãe, cada qual buscando impressioná-la. Era uma negra baixinha e um tanto sem graça, mas seus olhos e atitude chamavam atenção.

Sua próxima parada era o quarto 17. Aproximando-se da beirada da cama, a residente-chefe correu os olhos pela informação na prancheta.

– Nosso paciente é o Sr. Anthony Spencer – ela começou. – Daqui a duas semanas ele fará 46 anos, isto é, se sobreviver até seu aniversário. É um empresário que já nos agraciou com sua presença duas vezes no passado, uma por um tendão calcâneo rompido e outra por um leve quadro de pneumonia, mas, fora isso, sempre teve boa saúde. Chegou na noite passada apresentando traumatismo em dois pontos do crânio, um corte de tamanho considerável na testa e uma concussão provavelmente ocorrida quando ele caiu no local onde foi encontrado, o que resultou em sangramento no ouvido direito.

– Um sangramento desse tipo é indicativo de...? – perguntou a Dra. Franklin.

– Sinal de Battle para fratura da base do crânio – respondeu a residente. E prosseguiu: – O paciente quase entrou em parada cardiorrespiratória quando os socorristas estavam tentando estabilizá-lo, então foi transportado imediatamente para cá, onde os exames por imagem confirmaram a existência de hemorragia cerebral subaracnóidea, revelando também um meningioma localizado no lobo frontal, na linha média sob a foice do cérebro.

– Então o que temos aqui? – perguntou a médica.

– Uma combinação bastante incomum de três processos. Traumatismo, aneurisma e tumor.

– De que lado do cérebro está o tumor?

– Hã, não sabemos, mas ele estava usando o relógio no pulso direito.

– O que significa que...? – ela perguntou, voltando-se para outro de seus alunos.

– Hã, que ele é canhoto?

– E por que isso é importante?

Enquanto a sessão de perguntas e respostas no quarto 17 continuava por mais algum tempo, outra interação, acalorada, estava ocorrendo no prédio ao lado, mais precisamente no décimo andar do Hospital Pediátrico Doernbecher.

Molly Perkins estava com raiva e cansada. A vida de uma mãe solteira era dura, mas, em dias como aquele, parecia impossível. Deus supostamente não dava mais do que se podia suportar, mas Molly se sentia no limite de suas forças. Por acaso Deus incluía a bagagem que ela própria havia acrescentado ao peso que deveria carregar? Será que ele levava em consideração o que as outras pessoas traziam e jogavam sobre os seus ombros? Ela esperava que sim.

Molly e o médico de plantão estavam no meio de uma conversa semelhante a muitas outras que tiveram ao longo de quase quatro meses. Ela sabia que aquele homem não era responsável por sua dor, mas mesmo assim deixou que seu sofrimento transbordasse sobre ele. Como triste objeto da frustração daquela mulher sofrida, ele acolheu, com toda a bondade e paciência, as emoções de Molly. Sua preciosa filha de 14 anos, Lindsay, estava à beira da morte a poucos metros de onde os dois conversavam, seu corpo devastado não só pela leucemia, mas também pelos medicamentos convocados para a batalha dentro daquela pequena, trêmula e enfraquecida ilha de humanidade. Molly sabia muito bem que aquele hospital estava cheio de outros pacientes como Lindsay, em guerra com o próprio corpo, mas no momento ela estava exausta demais para se importar com qualquer pessoa além de sua filha.

Pessoas compassivas, como o médico que Molly castigava verbalmente, estavam entre os muitos soldados determinados a vencer a guerra, e embora mais tarde talvez chorassem as baixas no conforto e na segurança de seu lar, em serviço eles mantinham as emoções sob controle. Eram também assombrados pela culpa de continuar a viver, rir, se divertir e amar, enquanto outros, muitas vezes jovens e inocentes, não conseguiam ser salvos apesar de todos os seus esforços.

Pais como Molly Perkins precisavam de respostas e notícias tranquilizadoras que pudessem apaziguar suas inúmeras incertezas, mesmo quando não parecia haver qualquer esperança. Os médicos podiam oferecer apenas mais fatos, boletins e tentativas de explicação que talvez conseguissem suavizar as probabilidades e o inevitável. Graças a Deus havia vitórias, mas as derrotas pareciam ter muito mais peso, especialmente quando se sucediam.

– Vamos fazer mais uma bateria de exames amanhã, Sra. Perkins, e então saberemos se estamos perto do ponto em que a contagem de leucócitos chega a zero. Sei que já ouviu isso muitas vezes, portanto sinto muito se por acaso estiver soando repetitivo. A senhora vai poder estar aqui? Fica mais fácil para Lindsay quando a senhora está presente.

– Sim, eu estarei aqui. – Ela ajeitou a mecha de cabelo louro que, por mais que tentasse, sempre parecia fugir ao seu controle. O que seu chefe diria dessa vez? Em algum momento a paciência dele iria se esgotar. Embora ela fosse horista, o que significava que só recebia se batesse o ponto, suas faltas atrapalhavam as escalas. Por mais que a maioria das pessoas parecesse entender e se adaptar àquele terremoto que abalava seu mundo, elas tinham a própria vida, a família e os filhos à sua espera.

Ela olhou para uma cadeira próxima onde estava Cabby, seu filho de 16 anos, ocupado em folhear o álbum de retratos de amigos e parentes que geralmente trazia para matar o tempo, balançando-se de leve para a frente e para trás, como se sacudido por uma brisa ou música invisíveis. Ele estava entretido, e isso era bom. Molly precisava ficar de olho no filho.

Cabby notou a atenção da mãe e ergueu os olhos, lançando-lhe seu sorriso lindo, radiante, e acenando com afeto. Ela mandou um beijo para o seu primogênito, fruto do que achara que fosse um amor verdadeiro. Ted tinha sido seu companheiro fiel, até o momento em que viu pela primeira vez o rosto arredondado de Cabby, seus olhos amendoados e seu queixo pequeno. De repente, o idealismo romântico que incendiara a paixão dos dois saiu dos trilhos e chocou-se contra a realidade das obrigações cotidianas.

Ambos saudáveis, com o otimismo ingênuo da juventude, o casal tinha ignorado as vantagens dos exames pré-natais oferecidos gratuitamente pelo plano de saúde. Não que saber com antecedência fosse alterar de alguma forma a decisão de Molly. Depois do choque inicial diante da deficiência do filho, ela viu nascer dentro de si um amor intenso e crescente pelo seu garotinho, percebendo ao mesmo tempo que o amor de Ted por ela minguava. Ela jamais esqueceria a expressão amarga de decepção no rosto do marido. Molly se recusou a ceder às suas fraquezas ou fugir, enquanto ele fazia exatamente o contrário.

Alguns homens, quando confrontados com sua própria mortalidade ou com a vergonha e o estorvo que uma criança com necessidades especiais traz para a vida deles, justificam sua covardia com palavras bonitas e fogem pela porta dos fundos. Ted nem se deu ao trabalho de dizer adeus. Três dias depois de Cabby nascer, Molly voltou para o minúsculo apartamento de três cômodos em cima do bar que administrava, e não havia qualquer sinal de que Ted sequer tivesse estado ali. Desde então, anos se passaram sem que ela nunca mais o visse ou tivesse notícias suas.

A chegada do inesperado revela o que mora no fundo do coração de um homem. Uma pequena ambiguidade, a exposição de uma mentira insignificante, um par a mais no cromossomo 21, a imposição da realidade sobre o imaginado ou idealizado, quase qualquer fato inesperado pode fazer com que as engrenagens da vida travem e a fachada de controle desmorone para revelar a arrogância e a covardia.

Por sorte, a maioria das mulheres não vê a fuga como uma opção, e Molly reagiu à decepção entregando-se de corpo e alma ao filho. Resolveu batizá--lo de Carsten, em homenagem ao seu bisavô, não só porque gostava do nome, mas também por ter ouvido histórias interessantes sobre o homem. Cabby foi o nome que o menino inventou para si mesmo, pois achava mais fácil de pronunciar.

Cerca de um ano depois de trazer Cabby para casa, ela se deixou cair na lábia de um rato de bar sedutor e mulherengo, com um rosto confiável e um toque irresistível. Ela sabia que não deveria se envolver, mas os fardos cotidianos abafaram os alertas, e os anseios de seu coração falaram mais alto do que as sirenes de alarme. Para ele, Molly era apenas mais uma conquista vazia, uma maneira de amar a si mesmo através do corpo de outra pessoa por uma noite. Para ela, o envolvimento dos dois serviu de catalisador para a mudança. Com a ajuda da assistência social, de alguns amigos e de uma igreja cujos muros de pedra abrigavam corações vivos, ela conseguiu se mu- dar, encontrar um novo trabalho e, nove meses depois, Lindsay Anne-Marie Perkins, com seus 3,5 quilos de pura saúde e cabelos negros, chegou a uma comunidade que a recebeu de braços abertos. Agora, 14 anos depois, era sua filha que estava sucumbindo a uma doença, enquanto Cabby, seu filho de 16 anos com síndrome de Down e a mente de uma criança de oito, estava forte e cheio de vida.

– Desculpe, eu me distraí – ela disse. O médico assentiu, compreensivo. – A que horas os exames serão realizados?

– Gostaríamos de começar por volta das 14 horas, e os exames se esten- derão praticamente até o fim do dia. É um bom horário para a senhora?

O médico esperou sua resposta enquanto ela calculava mentalmente o que precisaria fazer para alterar sua programação. Quando balançou a ca- beça em concordância, ele prosseguiu:

– Que tal darmos uma olhada nos últimos resultados dela? – Ele apontou para uma sala ao lado e acrescentou: – Posso acessá-los no computador em questão de minutos, depois lhe pedirei que assine alguns papéis, responde- rei a qualquer pergunta que tiver e então poderei liberar a senhora.

Ela tornou a olhar para Cabby, mas ele continuava concentrado nas fo- tos. Não parecia perceber nada do que estava acontecendo, cantarolando para si mesmo e fazendo movimentos exagerados com os braços e as mãos, como se regesse uma orquestra invisível. Geralmente, um dos muitos jovens voluntários do hospital a ajudava a cuidar dele, mas nenhum havia chegado ainda.

Os boletins médicos, as assinaturas, perguntas e explicações demoraram mais do que Molly previra, e o tempo passou voando. Ela finalmente se permitiu fazer a pergunta mais difícil, tentando se preparar para a resposta.

– Pode me dizer quais são as chances reais de Lindsay? Quero dizer, obrigada por se dar ao trabalho de explicar tudo isso para mim outra vez... mas quais são as chances dela?

Ele estendeu a mão para tocar seu braço.

– Sinto muito, Sra. Perkins, mas simplesmente não sabemos. Para sermos realistas, sem um transplante de medula as chances da sua filha são de menos de 50%. Lindsay reagiu bem à quimioterapia, mas, como a senhora sabe, tem sido penoso e extremamente desgastante para ela. Sua filha é uma lutadora, e às vezes isso faz toda a diferença. Continuaremos com as baterias de exames e a reavaliar nossas opções.

Só então Molly se lembrou de que estava há um bom tempo sem saber de Cabby. Olhou para o relógio de parede. Quase 20 minutos, o que era tempo demais. *Oh, não*, pensou enquanto pedia licença às pressas, prometendo ao médico que estaria ali no dia seguinte.

Como temia, Cabby tinha sumido, levando com ele o álbum de fotografias, mas deixando para trás um saco vazio de biscoitos em formato de peixes dourados, um lanche que eles não tinham levado para o hospital. Molly conferiu as horas. Se ao menos o turno de Maggie não tivesse acabado, poderia contar com ela. Maggie era uma enfermeira veterana que fazia plantões no Departamento de Oncologia/Hematologia do hospital pediátrico. As duas dividiam uma casa, e ela era a melhor amiga de Molly.

Ela desceu correndo em direção à ala e encaminhou-se para o quarto 9, que era o de Lindsay. Sua filha estava adormecida, e não havia sinal de Cabby. Após perguntar a algumas pessoas, Molly concluiu que provavelmente ele tinha ido na direção dos elevadores. Cabby adorava apertar botões, e foi para lá que ela se dirigiu.

Esconde-esconde sempre tinha sido a brincadeira preferida do filho, e por isso Molly e Cabby eram íntimos da polícia local, para a qual ela telefonava com alguma frequência pedindo ajuda para localizá-lo. Em mais de uma ocasião, ele saíra de casa e voltara sem que a mãe notasse. Semanas, às vezes até meses depois, Molly descobria um objeto ou ferramenta desconhecidos escondidos no quarto do filho. Cabby adorava câmeras e tirar fotografias, embora fosse tímido e evitasse aparecer nas fotos. Em uma dessas escapadelas, ele descobriu uma porta destrancada na casa de um vizinho, entrou, pegou uma câmera, voltou para casa e a escondeu debaixo da cama. Dois meses depois, quando Molly a encontrou e foi questioná-lo, Cabby a conduziu sem titubear até a casa do vizinho e devolveu a câmera ao seu verdadeiro dono, que compreendeu o que acontecera. *Tomara que ele não encontre o departamento de radiologia*, pensou ela.

Seguindo as indicações das pessoas que o haviam visto, ela atravessou a passarela que conectava o hospital pediátrico ao prédio principal, onde encontrou o álbum de família, e chegou por fim aos elevadores que conduziam até a UTI, o último lugar em que queria ter que procurá-lo. Cabby não tinha nenhuma noção do que era socialmente aceitável. Seu objetivo na vida era fazer amizade com qualquer pessoa, quer ela estivesse desperta ou inconsciente, e considerando sua paixão por luzes e botões, a UTI era um paraíso para ele. Finalmente, com a ajuda de um bom número de enfermeiras, voluntários e funcionários, ela conseguiu canalizar sua busca para a UTI Neurológica e, mais especificamente, para o quarto 17. De alguma forma, Cabby conseguira driblar todas as medidas de segurança. Molly aproximou-se sem fazer barulho. Não queria assustá-lo nem correr o risco de incomodar o paciente do quarto 17.

Cabby estava ali havia quase cinco minutos quando Molly o encontrou. O quarto estava na penumbra e silencioso, e, para a alegria do seu filho, aparelhos eletrônicos espalhavam-se por toda a parte, cada qual fazendo seu respectivo bipe ou zumbido, oscilando de acordo com diferentes ritmos e compassos. Cabby gostava dali. Era mais legal do que do lado de fora. Após alguns minutos de exploração, ficou surpreso ao descobrir que havia um homem dormindo na cama.

– Acorda! – ordenou Cabby, puxando o homem pelo braço, sem sucesso.

Em seguida, Cabby fez "Shhhhhh", como se houvesse mais alguém no quarto.

O homem estava ferrado no sono, e Cabby notou haver tubos incômodos saindo de sua boca. Tentou puxar um, mas estava tão preso que ele desistiu, voltando sua atenção para as várias máquinas às quais o homem estava conectado. Ficou observando as luzes, fascinado pelas cores alternantes e as ondas verdes que algumas delas produziam, enquanto outras simplesmente piscavam, apagando e acendendo sem parar.

– Cacete! – murmurou ele, soltando sua interjeição preferida.

Havia muitos botões ali, e Cabby sabia o que fazer com eles. Estava prestes a girar um dos maiores quando, por impulso, inclinou-se para dar um beijo na testa do homem adormecido.

– Mas que...?! – exclamou uma voz alta.

Cabby ficou petrificado, sua mão pairando a centímetros do botão. Olhou para o homem, que também continuava imóvel, adormecido. Havia mais alguém ali, porém, embora seus olhos já houvessem se ajustado à penumbra, ele não conseguia enxergar ninguém. Lentamente, levou um dedo à boca e tornou a fazer "Shhhh!" o mais forte que pôde.

Neste exato momento, a porta se abriu.

– Cabby!

Ele tinha sido encontrado. Fim da brincadeira, pelo menos por enquanto, e num piscar de olhos estava nos braços da mãe. Abriu um largo sorriso, enquanto Molly se desculpava baixinho para as pessoas que a haviam ajudado a buscá-lo.

ᘒᘓ

Tony se deixou levar. Sentia-se aquecido e confortável enquanto era projetado, com a cabeça jogada para cima, pela escuridão total, porém envolvente. Não havia nada a fazer além de aproveitar a sensação de ser carregado, erguido e finalmente depositado em um quarto repleto de zumbidos, bipes e luzes piscantes.

Olhou para baixo e ficou chocado ao ver seu próprio corpo. Não parecia muito bem.

– Mas que...?! – exclamou, tentando recordar como tinha chegado ali. Adormecera na sala do casebre de barro de Vovó, diante de uma fogueira, com Jesus ao seu lado. O que ela tinha dito? Ah, sim, que estava na hora. E agora lá se encontrava ele, olhando para si mesmo em um quarto de hospital, conectado a tubos que pareciam desconfortáveis, e a todo o tipo de parafernália mecânica de última geração.

Ficou observando na penumbra enquanto um dedo gorducho se erguia até onde seus lábios deveriam estar.

– Shhhh! – sussurrou alguém com energia.

Tony concluiu que esse era um bom conselho, especialmente quando uma porta se abriu e uma mulher parou ali, olhando para ele, brava, porém aliviada. Ele a ouviu exclamar "Meu bebê", ou "Quibe", o que não fazia o menor sentido, mas uma onda de algo maravilhoso derramou-se sobre ele e uma série de imagens desconexas veio em seguida. Teve um vislumbre do chão, de algumas peças de mobília e de aparelhos, e então saiu voando em direção àquela mulher estranha, e foi envolvido por seu abraço. Por instinto, estendera os braços, mas sentiu apenas uma pressão vazia e, embora conseguisse perceber o próprio corpo, não havia nada palpável para agarrar ou em que pudesse se apoiar. Mas não era necessário. Apesar do que estava acontecendo do lado de fora, uma força o mantinha reto e firme, como se ele estivesse preso dentro de um giroscópio. A única coisa que parecia consistente era a janela de visão diante da qual ele estava suspenso. Às vezes, e apenas por alguns brevíssimos instantes, ela escurecia. Mesmo quando se chocou contra a mulher, ele não sentiu o impacto, mas pôde perceber o cheiro doce de seu perfume misturado a um leve odor de transpiração nervosa.

Onde será que eu fui parar agora?, perguntou-se Tony.

8

O QUE É A ALMA DE UM HOMEM?

Leio a Bíblia com frequência,
e tento lê-la da forma certa.
Até onde consigo entender, ela não
passa de uma luz incandescente.

– Blind Willie McTell

Tony tentou desesperadamente processar a confusão de imagens, mas sentia-se preso a um carrossel de emoções em um parque de diversões cósmico.

A mulher agachou-se e olhou dentro dos seus olhos, a centímetros de seu rosto.

– Cabby, você precisa parar de brincar de esconde-esconde sem me dizer. Especialmente quando estivermos visitando Lindsay, está bem?

Seu tom de voz era firme, porém gentil, e Tony se viu assentindo junto com Cabby, fossem quem fossem aqueles dois. Logo estava sendo arrastado pelos corredores do hospital, descendo um elevador e saindo em direção a um estacionamento, onde entraram em um Chevy Caprice, modelo antigo, e apertaram os cintos.

Que lata-velha, pensou Tony, sentindo uma pontada de dor na consciência ao fazer esse julgamento impulsivo. Era um hábito arraigado demais para ser largado de uma hora para outra.

Enquanto desciam uma colina, Tony finalmente reconheceu que estava na estrada sinuosa que atravessava o bosque entre o hospital e a cidade. Era quase como se aquela mulher estivesse seguindo para o seu apartamento. Mas quando chegaram à Macadam Avenue, deixaram seus prédios para trás e continuaram em direção à Sellwood Bridge, atravessaram a ponte e embrenharam-se por ruas estreitas nos arredores da escola secundária do bairro.

Pelo menos isso Tony já havia entendido: ele estava "dentro" da cabeça de alguém, um garoto chamado Cabby que talvez fosse filho da mulher que dirigia aquele carro.

Como não sabia ao certo quem poderia ouvi-lo se falasse alguma coisa, disse baixinho:

– Cabby?

O garoto levantou a cabeça de repente.

– O quê? – veio a voz arrastada.

– Eu não disse nada, querido! – falou a mulher ao volante. – Estamos chegando em casa. Maggie vai fazer o jantar hoje, tenho refrigerante e de sobremesa sorvete de baunilha. O que você acha?

– Tá bem!

– Depois você vai direto para cama, certo? Tivemos um longo dia, e amanhã preciso voltar ao hospital para visitar Lindsay outra vez, está bem?

– Tá bem. Cnabby vai!

– Amanhã não, meu amor. Você tem escola, e Maggie quer que você vá à igreja com ela à noite. Não vai ser ótimo? Ir à igreja e ver seus amigos?

– Tá bem.

Tony agora sabia que estava dentro da cabeça de um garoto que não era a pessoa mais articulada do mundo. Também percebeu que, embora estivesse vendo através dos olhos de Cabby, era mais como olhar por uma janela. Manter seu próprio campo de visão independentemente da direção em que Cabby estivesse olhando, desde que o garoto mantivesse os olhos abertos, era uma sensação estranha. Os breves momentos de escuridão eram suas piscadas, mas Tony já estava quase acostumado.

Tentou vislumbrar o rosto de Cabby no retrovisor, mas estava longe demais do campo de visão do menino para isso.

– Cabby, quantos anos você tem? – perguntou Tony.

– Dezesseis – respondeu Cabby, começando a procurar pela voz.

– Isso mesmo, Cabby, 16. Você é o meu garotão. Quem te ama, Cabby? – As palavras carinhosas vieram do banco da frente, e tinham um tom que trazia conforto e normalidade. Tony sentiu Cabby relaxar.

– Mamãe!

– Acertou de novo! E sempre vou te amar, Cabby. Você é meu raio de sol!

Ele assentiu, enquanto continuava olhando ao seu redor no banco de trás, tentando descobrir quem estava escondido ali.

Chegaram a uma casa modesta de quatro quartos em um bairro igualmente modesto e estacionaram. Um sedã mais novo estava parado na rua, com um amassado visível na parte traseira, do lado do motorista. Quando chegaram ao hall, Cabby parecia saber de cor a rotina, tirando seu casaco e pendurando-o em um dos ganchos na parede, depois as botas, abrindo os fechos de Velcro. Guardou-as no lugar apropriado, ajeitou dois outros pares e seguiu sua mãe até a cozinha, onde uma mulher estava diante de uma panela contendo algo que cheirava muito bem e fumegava em cima do fogão.

– Maggie! – gritou Cabby, correndo em direção à negra de corpo bonito e bem fornido, que usava um avental para proteger o uniforme do hospital.

– Ora, ora, e quem é este bonitão que acabou de chegar? – disse ela com um sorriso radiante, apertando-o contra o peito.

– Cnabby! – anunciou ele, e Tony pôde sentir o amor sem limites que aquele garoto sentia por ela.

Tony não estava simplesmente enxergando através dos olhos do menino. Conseguia sentir as emoções que permeavam seu mundo interior, sua alma, e a confiança transbordante por aquela mulher.

– Ora, ora, se não é o Cabby, o primeiro e único Carsten Oliver Perkins, meu garotão preferido. Não vai me dar um daqueles beijos especiais?

Cabby deu-lhe um beijo estalado, jogou a cabeça para trás e riu.

– Tô com fome!

– Aposto que sim. Por que não vai lavar as mãos enquanto eu sirvo para você sua sopa de macarrão preferida, com cogumelos e ervilhas?

– Tá bem!

Cabby foi correndo até o banheiro, onde pegou o sabonete e abriu a torneira. Tony olhou para o espelho, e pela primeira vez viu o rapaz em cuja mente ele tinha se intrometido. Bastou um olhar para Tony se dar conta de que Cabby era um menino com síndrome de Down. Isso explicava seus problemas de comunicação, assim como as interações com as pessoas à sua volta. Cabby se aproximou do espelho e sorriu para Tony, como se conseguisse vê-lo, um sorriso bonito, rasgado, que o iluminou por dentro e por fora.

Tony nunca tinha conhecido um "retardado" antes. Nem sabia direito como deveria chamá-los; talvez hoje em dia fosse "deficiente mental", ou algo parecido. Suas opiniões em assuntos que não fossem profissionais poderiam não ser baseadas nem em provas concretas nem na experiência, mas Tony agarrava-se a elas. Pessoas improdutivas como Cabby serviam apenas para drenar os recursos da sociedade, e só tinham valor para suas próprias famílias. Acreditava que eram toleradas apenas por conta de ideologias liberais, não por possuírem qualquer valor intrínseco. Tony se lembrava de ter expressado esse tipo de ponto de vista em público, sem o menor peso na consciência. Era fácil criar uma categoria de pessoas, como "retardados" e "deficientes", e julgar esse grupo como um todo. Agora, ele começava a se perguntar se não seria essa a raiz de todos os preconceitos. Era tão mais simples do que considerar cada pessoa como um indivíduo, capaz de amar e ser amado.

Na hora de comer, os três deram as mãos e Molly se voltou para Cabby.

– Cabby, a quem devemos agradecer hoje?

O que se seguiu foi uma lista de pessoas que, cientes ou não, tinham conquistado um lugar no coração agradecido daqueles três. Da lista constavam eles próprios, Jesus, Lindsay, os médicos e enfermeiros do hospital, Ted, o fazendeiro que cultivara os legumes que havia na sopa, os leiteiros que ordenharam as vacas para fazer a manteiga, o leite e especialmente o sorvete, os amigos da escola e mais um monte de gente que ajudava a revelar o amor de Deus. Tony quase soltou uma gargalhada quando Cabby pegou um pedaço de pão às escondidas durante a prece de ação de graças.

Ao longo da refeição, ele ficou ouvindo e aproveitando a experiência. Enquanto Cabby comia, Tony podia sentir os sabores da sopa e do pão fresco, e tudo surtia um efeito dentro de Cabby, especialmente o sorvete de baunilha e o refrigerante. Ao observar, através de seus olhos, o diálogo às vezes silencioso e entrecortado entre Maggie e Molly, Tony descobriu que Lindsay era a irmã mais nova de Cabby, e que estava internada com uma doença muito grave. Molly já tomara as providências para poder faltar ao trabalho no dia seguinte, enquanto Maggie, que dividia a casa com ela, cuidaria de Cabby, buscando-o na escola e levando-o ao culto da igreja à noite.

Quando Cabby teve que fazer xixi antes de ir para cama, Tony desviou o olhar, constrangido, mas pôde sentir um alívio ao qual nunca dera a menor importância antes. Eram essas pequenas coisas que compunham a vida cotidiana. Detalhes que, apesar de fundamentais, muitas vezes passavam despercebidos. Cabby vestiu seu pijama do Homem-Aranha, escovou os dentes e deitou-se na cama.

– Pronto – gritou ele, e em seguida Molly entrou no quarto, acendendo a luz do abajur sobre o criado-mudo e apagando a do teto. Então sentou-se na cama ao lado do filho e inclinou-se na direção dele, segurando seu rosto. Tony pôde sentir Cabby abrindo-se emocionalmente para ela, tentando lhe dizer algo. O melhor que conseguiu fazer foi tocá-la, afagando suas costas.

– Tá bem, mamãe! Tá bem?

Ela respirou fundo.

– Sim, Cabby, eu estou bem. Tenho você, Lindsay, Maggie e Jesus. Foi um longo dia e mamãe está cansada, só isso.

E então ela tornou a se inclinar, descansou a cabeça no peito de Cabby e começou a cantarolar algo que Tony não ouvia desde... quando? Desde que era criança. Agora, na voz daquela mulher, estava ouvindo a canção que sua mãe costumava cantar, e de repente sentiu uma tristeza profunda. Lágrimas escorreram pelo seu rosto, enquanto aquela mãe cantava: "Jesus me ama, disso eu sei."

Cabby cantou junto, com uma voz arrastada e titubeante, "JE-SUS MI ĀĀMA." Tony tentou acompanhá-los, mas não conseguia se lembrar da letra, suas emoções transbordando numa cascata de lembranças e nostalgia.

– Cabby, querido, por que você está chorando? – perguntou Molly, limpando as lágrimas do rosto do filho.

– Triste! – Cabbie cutucou o peito com os dedos. – Triste!

ಬಲ

Tony despertou com os olhos cheios de lágrimas. Sentou-se e respirou fundo. Vovó estava cutucando seu peito para acordá-lo, e lhe deu o que parecia ser uma xícara de café, mas que cheirava a chá.

– Tome, assoe o nariz! – ela ordenou, entregando-lhe um pedaço de pano limpo. – Deveríamos lhe dar um bom nome indígena, como Aquele-Que-Chora-À-Toa.

– Como quiserem – foi tudo o que ele conseguiu responder. Ainda se encontrava sob o efeito daquelas emoções inesperadas, e os resquícios delas estavam demorando a se dissipar.

Por fim, conseguiu organizar seus pensamentos o suficiente para perguntar:

– Como é possível uma coisa dessas?

– O fogo quântico é muito poderoso – disse ela, rindo. – Pense em quem está fazendo essa pergunta: um sujeito em coma na cidade de Portland, no Oregon, perguntando a uma lakota dentro de sua própria alma como ele foi parar nos olhos de um menino muito especial ali mesmo em Portland, no Oregon. – Com uma risadinha, ela acrescentou: – Acho que dá para entender.

– É claro que sim. – Foi a vez de Tony sorrir, mas logo ficou sério. – Então tudo aquilo está mesmo acontecendo? Lindsay está mesmo doente, e Cabby, a mãe dele e Maggie também existem?

– Sim, em tempo real – respondeu Vovó.

– E isso aqui não está acontecendo em tempo real? – perguntou Tony.

– É outro tipo de tempo real – ela resmungou. – Mais como um tempo intermediário. Não faça perguntas, apenas beba isto.

Ele obedeceu, a princípio desconfiado, mas logo percebendo que estava enganado ao se preparar para algo repugnante quando os sabores do líquido encheram seu peito, aquecendo-o por completo e deixando uma sensação gratificante.

– Também não vou responder a isso – ela afirmou, antecipando-se à pergunta. – Acredite, você não está mesmo querendo saber. E não me venha dizer que eu poderia ficar rica se comercializasse a receita.

Tony olhou torto para ela, mas não insistiu. Em vez disso, perguntou:

– Então por que fui para lá, e por que estou de volta?

– Existem muitos motivos para você estar aqui – ela começou a falar. – Papai nunca faz nada por um motivo só, e a maioria deles você jamais irá entender ou conhecer. É tudo parte da tapeçaria.

– Mas pode pelo menos me dizer um desses motivos? – ele insistiu.

– Um deles, meu amor, foi fazê-lo ouvir sua mãe cantar para você. Só isso já seria motivo de sobra. – Ela atirou mais lenha no fogo e empurrou a madeira até ficar convencida de que estava na posição ideal. Tony refletiu a fundo sobre aquela resposta, e por alguns instantes suas emoções ficaram tão à flor da pele que ele teve medo de se expressar.

– Concordo – admitiu enfim. – Foi um bom motivo, mas muito doloroso.

– Não há o que agradecer, Anthony.

Os dois ficaram calados por alguns instantes. Tony olhou para o fogo. Vovó arrastou seu banco para mais perto, até poder tocá-lo.

– E por que estou aqui agora, e não lá?

– Cabby está dormindo, e ele preferiu que você ficasse de fora dos seus sonhos – ela disse, como se fosse a explicação mais lógica.

– Ele preferiu? – Tony olhou para Vovó, que continuava observando o fogo. – Como assim, ele preferiu? Cabby sabia da minha presença?

– O espírito dele, sim.

Tony não respondeu, limitando-se a ficar sentado ali, esperando, com as sobrancelhas erguidas, fazendo a si mesmo uma pergunta que ele sabia ser do conhecimento de Vovó.

– Tentar explicar um ser humano – ela começou a falar –, um ser que é uma unidade, uma coisa só, mas que ao mesmo tempo comporta espírito, alma e corpo, é como tentar explicar Deus: Espírito, Pai e Filho. A compreensão está na experiência e no relacionamento.

Ele esperou, sem ao menos saber como fazer as próximas perguntas.

– Cabby, assim como você – ela prosseguiu –, é um espírito que interpenetrou uma alma, que interpenetrou um corpo. Mas não é uma simples interpenetração. Na verdade, é uma dança, uma participação.

– Obrigado.

Ele se recostou e tomou outro gole, deixando o líquido escorrer bem devagar pela garganta a fim de saboreá-lo a cada centímetro.

– Ajudou muito, Vovó.

– Foi Deus quem inventou o sarcasmo – ela disse sorrindo.

Tony também sorriu, enquanto ela matinha um expressão impassível para impressioná-lo, ele pensou. E funcionou.

– Está bem, me dê outra chance. A senhora disse que ele preferiu?

– Anthony, tal como no seu caso, o corpo de Cabby está danificado e sua alma também, mas seu espírito está vivo e gozando de boa saúde. No entanto, o espírito dele está sujeito à relação com as partes avariadas do seu ser, com seu corpo e sua alma. Às vezes, as palavras são muito inadequadas para transmitir o que quero dizer. Quando digo "seu corpo", ou "sua alma", ou "seu espírito", parece que cada um desses elementos é uma coisa separada ou uma parte de que você é dono. Seria mais correto se você compreendesse que você "é" seu corpo, que "é" sua alma e que "é" seu espírito. Você é um todo que interpenetra e é interpenetrado, uma unidade na diversidade, mas, essencialmente, uma comunhão.

– Isso não faz muito sentido para mim. Acredito na senhora, mas não sei exatamente no que estou acreditando. Acho que mais percebo do que entendo o que está me dizendo. – Ele fez uma pausa. – Sinto muita pena dele.

– De Cabby? Ele falou a mesma coisa de você.

Tony ergueu os olhos, surpreso.

– Isso mesmo, não fique sentindo pena dele. O defeito de Cabby é apenas mais óbvio que o seu. Cabby o exibe para quem quiser vê-lo, enquanto você manteve o seu escondido da melhor forma possível. Cabby tem uma sensibilidade e receptores internos muito mais bem desenvolvidos que os seus. Ele consegue ver coisas para as quais você é cego, pode notar se uma pessoa é boa ou perigosa muito mais rápido que você, e tem uma percepção muito mais aguçada. Tudo isso está apenas limitado por uma incapacidade de se comunicar, por um corpo e uma alma avariados que refletem um mundo avariado.

Vovó fez uma pausa e prosseguiu:

– Então não comece a fazer comparações e a se sentir mal. Você e Cabby estão traçando jornadas diferentes porque são indivíduos diferentes, únicos. A vida nunca deveria ser uma questão de comparações ou de competições.

Tony respirou fundo.

– Então o que é exatamente uma alma? – ele quis saber.

– Ah, esta é uma pergunta profunda, para a qual não existe uma resposta exata. Como disse, não se trata de uma posse, mas de uma vivência. É o Cabby-que-se-lembra, o Cabby-que-imagina, o Cabby-que-cria, que sonha, que se emociona, que deseja, que ama, que pensa. Mas Cabby na qualidade de alma está aprisionado dentro dos limites do que Cabby é na qualidade de um corpo imperfeito.

– Não parece justo.

– Justo? – resmungou Vovó. – Essa é boa. Anthony, não existe nada de justo em um mundo imperfeito, cheio de pessoas imperfeitas. A justiça tenta ser justa, mas falha em cada uma de suas tentativas. Nunca há nada de justo na graça ou no perdão. Punições jamais trazem justiça. Confissões não tornam as coisas justas. A vida não é uma questão de oferecer a recompensa justa pelo desempenho correto. Contratos, advogados, doenças, poder, nada disso está interessado em justiça. Talvez seja melhor retirar essas palavras mortas de suas línguas e se concentrar em palavras vivas, como *misericórdia, bondade, perdão* e *graça*. Quem sabe assim você não para de se preocupar tanto com os seus direitos e com o que considera justo. – Ela interrompeu seu sermão e ergueu os olhos. – Enfim, só para você ficar sabendo...

Eles se calaram por alguns instantes, observando novamente o fogo arder.

– Então, por que não conserta Cabby? – perguntou Tony baixinho.

Vovó respondeu no mesmo tom.

– Anthony, Cabby não é um brinquedo quebrado, uma coisa que possa ser consertada. Ele não é uma propriedade que possa ser reformada. É um ser humano, um ser vivo que existirá para sempre. Quando Molly e Teddy escolheram conceber...

– Teddy? – perguntou ele.

– Sim, Teddy, Ted, Theodore, o ex-namorado de Molly, o pai de Cabby, e sim, ele abandonou Molly e o próprio filho.

Tony olhou para Vovó, com os lábios cerrados, comunicando sem palavras sua desaprovação e veredito.

– Anthony, você não sabe quase nada a respeito desse homem, só o que supôs a partir de um trecho de conversa. Enquanto você o considera um canalha, eu o considero uma ovelha desgarrada, um filho perdido, ou... – ela meneou a cabeça em sua direção – ... um neto perdido.

Ela o deixou refletir sobre o próprio julgamento e debater-se com as implicações de como ele interpretava tudo e todos. Isso o fez sentir-se enojado. Estava face a face, no seu íntimo, com outra escuridão gigantesca que guardara preciosamente por anos a fio, e que crescera à medida que ele lutava para se justificar racionalmente. Por mais que fizesse uma ginástica mental ou tentasse ocultar seu impulso inicial de julgar o próximo, ele vinha à tona de forma cada vez mais horrenda e aterrorizante, uma ameaça capaz de destruir nele tudo o que um dia poderia ter sido considerado bom.

Tony sentiu a mão de alguém em seu ombro, e isso bastou para tirá-lo de suas reflexões sombrias. O rosto de Vovó estava colado ao seu, e ele sentiu que se acalmava pouco a pouco.

– Este não é o momento para autodesprezo, Anthony – ela disse com brandura. – É importante que você perceba que precisou da capacidade de julgar para sobreviver quando era criança. Ela ajudou a manter tanto você quanto seu irmão em segurança. Vocês dois estão vivos hoje em parte porque a capacidade de julgar era uma de suas ferramentas. Porém, com o tempo, esse tipo de ferramenta se torna debilitante e prejudicial.

– Mas eu vi o que há dentro de mim. É tão feio. Como posso mudar? – ele perguntou, quase implorando.

– Você vai mudar, meu amor, quando começar a confiar em algo mais.

A onda de escuridão recuara, mas Tony sabia que ela continuava por perto, como um monstro à espreita, aguardando a próxima oportunidade. Por enquanto, tinha sido domada pela presença daquela mulher. Aquilo não era mais um jogo ou uma aventura inofensiva. Era uma guerra, e parecia que o campo de batalha era seu coração e sua mente. Algo velho e rancoroso estava em conflito com algo que começava a vir à tona.

Vovó lhe trouxe outra bebida, desta vez de aspecto terroso e forte. Ele pôde senti-la descer pela garganta e se espalhar pelo corpo. Um arrepio percorreu sua espinha, e ele sorriu, satisfeito.

– Não adianta perguntar. Não vou dizer, nem tenho interesse em vender a receita – Vovó resmungou.

Tony riu.

– Estávamos no meio de um conversa, não estávamos? Sobre Cabby, se não me engano? – ele disse.

– Mais tarde – ela respondeu. – Agora, está na hora de você voltar.

– Voltar? Quer dizer, voltar para dentro de Cabby? – ele perguntou, e Vovó assentiu. – Mas a senhora não precisa, sei lá, fazer alguma coisa?

– Fogo quântico? – ela disse, abrindo seu sorriso desdentado. – Aquilo foi só uma brincadeira de criança, só um pouco de – ela sacudiu os quadris – espetáculo! Não, não preciso fazer nada. Só mais uma coisa, Anthony: quando estiver numa situação difícil, e você vai perceber quando for o caso, simplesmente dê uma volta.

– Uma volta? – perguntou ele, confuso.

– Isso, uma volta, você sabe... – então Vovó se levantou de um salto, girando um pouco o corpo, dando apenas um quarto de volta. – Como um daqueles passinhos de dança coreografada.

– Pode fazer de novo, só para eu gravar bem? – ele provocou.

– Não – ela respondeu com um sorriso. – Uma vez é mais do que suficiente. E também não espere voltar a ver isso.

Os dois riram.

– Agora vá embora! – Era quase uma ordem.

E então ele partiu.

9

ALVOROÇO NA CONGREGAÇÃO

*De todas as coisas que me dão medo, a única que sei que
não vai me machucar são as mulheres.*

– Abraham Lincoln

Tony chegou no final do café da manhã, e a julgar pelos restos no prato de Cabby, percebeu que ele tinha comido burrito com frango, feijão e queijo. Pela sensação de saciedade e contentamento que o invadia, era obviamente sua comida preferida.

– Cabby você tem uns 20 minutos para brincar antes de ir para a escola. Maggie vai buscar você hoje e levar para o culto na igreja, porque eu tenho que visitar Lindsay, está bem?

– Tá bem.

– E adivinha? Maggie vai preparar frango para o jantar e me disse que vai deixar você desossar a carne para ela, certo?

Cabby ficou todo empolgado e levantou a mão espalmada para que a mãe batesse nela com a sua. Feliz da vida, foi saltitando até o seu quarto e fechou a porta. Em seguida, tirou de baixo da cama um estojo de guitarra e o abriu. Dentro, havia uma pequena guitarra de brinquedo vermelha e uma máquina fotográfica que parecia cara. Satisfeito ao ver que estava tudo em ordem, fechou o estojo, prendeu as travas e tornou a escondê-lo debaixo da cama. Quando olhou em volta, viu um de seus livros ilustrados favoritos e começou a folheá-lo. Tocando as figuras dos animais, grunhiu algo inteligível o suficiente para Tony perceber que Cabby sabia o nome de cada um. Mas como havia um animal que ele não conhecia, ou cujo nome não conseguia pronunciar, o menino ficou sentado ali, cutucando a figura.

Tony não conseguiu resistir.

– Ca-ra-mu-jo – disse impulsivamente, e congelou num susto.

Cabby também ficou petrificado. Fechou o livro com força e passou quase 10 segundos sentado, totalmente imóvel, seus olhos correndo por todo o quarto para ver de onde tinha saído a voz. Por fim, tornou a abrir o livro devagar e cutucou várias vezes a figura.

– Caramujo – repetiu Tony, resignado, sabendo que o estrago já estava feito.

– Cacete! – exclamou Cabby, balançando-se para a frente e para trás, e levando a mão à boca.

– Cabby?! – Ele ouviu a voz da mãe vinda do outro quarto. – Quantas vezes já disse para não usar essa palavra? Não quero você falando isso, está bem?

– Tá bem! – gritou Cabby, curvando-se, sufocando o riso e a empolgação no travesseiro. – Cacete! – sussurrou de novo.

Sentando-se de volta, abriu novamente o livro e, desta vez, cutucou a figura devagar, de propósito. Cada vez que fazia isso, Tony repetia "Caramujo", o que fazia Cabby mergulhar outra vez a cabeça no travesseiro numa crise de risos.

Ele rolou para o chão, olhando rapidamente debaixo da cama para se certificar de que não havia ninguém escondido ali. Conferiu seu armário que, além das coisas de sempre, estava vazio. Chegou até a espiar, titubeante, atrás da cômoda. Por fim, parou no meio do quarto e disse bem alto:

- Cadê você?

– Precisa de alguma coisa, Cabby? – perguntou a mãe.

– Cabby, eu vou fazer de novo, mas shhhhh – disse Tony.

– Nãum! – gritou Cabby para a mãe, sussurrando "Cacete", e dobrando-se outra vez para a frente.

Tony também estava rindo, contagiado pela alegria do menino.

Cabby abafou as risadas da melhor forma possível e levantou a camisa em busca da voz misteriosa. Examinou o próprio umbigo e estava prestes a baixar as calças quando Tony disse:

– Cabby, pare. Não estou dentro das suas calças. Estou... – ele se deteve, tentando encontrar as palavras. – Estou no seu coração, e posso ver através dos seus olhos e conversar com você em seus ouvidos.

Cabby cobriu os olhos.

– Bem, agora não consigo ver – respondeu Tony.

Cabby então começou a tapar e destapar os olhos sem parar, enquanto Tony ia relatando o que aparecia para ele. Finalmente, Cabby parou e foi andando até o espelho da cômoda. Olhou bem dentro dos próprios olhos, como se assim pudesse enxergar a voz. Com toda a determinação, afastou-se, olhou para sua imagem no espelho e, colocando as duas mãos no peito, anunciou:

– Cnabby.

– Cabby – repetiu Tony –, meu nome é To-ny! To-ny!

– Tõ-ni. – Não saiu tão claro ou bem pronunciado, mas Cabby tinha entendido. O que aconteceu em seguida pegou Tony de surpresa. Um sorriso rasgado e radiante surgiu no rosto do menino, e ele levou as duas mãos ao coração, exclamando: – Tõ-ni... amigo!

– Sim – disse a voz, com ternura e carinho. – Tony e Cabby são amigos.

– *Yessss!* – exclamou o menino, erguendo a mão no ar para que o outro batesse nela. Quando percebeu que não havia ninguém ali, bateu assim mesmo na mão invisível da voz invisível.

Então, Tony foi pego de surpresa pela segunda vez. Olhando de volta para o espelho e esforçando-se para pronunciar as palavras, Cabby perguntou:

– Tõ-ni ama Cnabby?

Tony se viu encurralado pela pergunta de três palavras. Cabby fizera um esforço para perguntar, mas Tony não sabia como responder. Se ele amava Cabby? Nem conhecia direito aquele garoto. Por acaso sabia amar qualquer pessoa? Será que um dia tinha sabido o que era amor? E se nunca soubera, como conseguiria reconhecê-lo quando o encontrasse?

O menino esperava, com a cabeça erguida, por uma resposta.

– Sim, eu amo você, Cabby – ele mentiu. Na mesma hora, Tony sentiu a decepção do menino.

De alguma forma, Cabby sabia. Ele baixou os olhos, mas a tristeza durou apenas alguns segundos. O menino tornou a erguer a cabeça.

– Uhn-ia – ele disse.

Uhn-ia?, perguntou-se Tony. O que queria dizer aquilo...? Mas então Tony entendeu. Cabby estava tentando dizer "um dia"... um dia Tony iria amá-lo. Ele esperava que fosse verdade. Talvez Cabby soubesse de coisas que ele não sabia.

CꞨꞨꙀ

Eles chegaram à turma para alunos especiais onde Cabby (e, portanto, Tony) passaria a maior parte do dia. O espaço para estudantes com deficiência mental, que servia a cerca de uma dezena de adolescentes, dividia um campus com uma escola secundária repleta de alunos não deficientes, mas ficava separado do prédio principal. As atividades eram constantes, e Tony ficou impressionado com as habilidades que Cabby dominara apesar de suas limitações. Seu nível de leitura estava abaixo do pré-escolar, mas ele conseguia fazer cálculos matemáticos simples. Cabby era especialmente bom no uso da calculadora – inclusive apanhou duas às escondidas ao longo da manhã, e guardou na mochila. Também possuía uma habilidade considerável para escrever palavras, quase como se fossem desenhos, que copiava com capricho do quadro em um dos vários cadernos já cheios delas.

Tony ficou calado, tentando não chamar atenção para si ou para Cabby. O rapaz havia entendido muito bem que aquilo deveria ser um segredo dos dois, mas, sempre que podia, procurava um espelho, se aproximava dele e sussurrava:

– Tõ-ni?

– Sim, Cabby, continuo aqui.

Cabby então sorria, acenava com a cabeça, e os dois voltavam a sair correndo.

A bondade e a paciência dos professores e funcionários, assim como de alguns dos alunos da escola que apareciam para ajudar, surpreenderam Tony. Quantas pessoas, perguntou-se, dedicavam tempo e cuidados a vidas alheias todos os dias?

No almoço, Cabby comeu sobras requentadas do burrito do café da manhã, um palitinho de queijo e biscoitos recheados de figo, como se cada um fosse seu alimento preferido. A aula de ginástica foi uma mistura de dança e comédia de erros, mas todos sobreviveram. Apesar de ser um estranho e um prisioneiro naquele mundo, cada experiência dava a Tony uma forte sensação de realidade. A vida era assim, ao mesmo tempo comum, mas extraordinária e surpreendente. Onde ele estivera durante todos aqueles anos? *Eu estava escondido*, foi a resposta que lhe veio à mente. Essa talvez não fosse toda a verdade, mas sem dúvida era parte dela.

O tempo passado com aquelas crianças era uma inesperada alegria misturada com um questionamento sofrido para ele, pois tornava óbvias suas falhas como pai. Durante certo tempo, ele se empenhara em tentar, chegando até a ler alguns livros sobre paternidade e dando o melhor de si, mas depois de Gabriel... bem, ele tinha deixado o cuidado com os filhos nas mãos de Loree e voltado para o mundo mais seguro do trabalho, da produção e da propriedade. Qualquer pontada de arrependimento era empurrada de volta para os recônditos da sua alma, onde poderia ser ignorada com mais facilidade.

Maggie chegou pontualmente, ainda com seu uniforme do hospital. Ao entrar, iluminou o recinto com seu ar de profissionalismo e gentileza. Depois de levar Cabby e Tony para casa em seu carro amassado, ela se pôs a limpar o frango e improvisar alguns acompanhamentos, colocando tudo no forno para assar. Cabby, um pouco aborrecido porque nenhuma de suas duas novas calculadoras tinham escapado da revista final da escola, ocupou-se montando quebra-cabeças, colorindo desenhos e jogando Zelda, um videogame em que era campeão. De vez em quando, ele sussurrava "Tõ-ni?" só para conferir, e, quando Tony respondia, sempre era recompensado com um sorriso.

Quando o frango já havia esfriado o suficiente, Cabby lavou as mãos e o desossou com rapidez e eficiência. Suas mãos estavam engorduradas, assim como seu queixo e sua boca, na qual alguns bocados de suas partes favoritas tinham ido parar. O jantar foi complementado com purê de batatas e cenouras cozidas.

– Cabby, precisa de ajuda para escolher as roupas para irmos à igreja? – perguntou Maggie.

– Posso ajudar você – sussurrou Tony, como se Maggie pudesse ouvi-lo.

– Nãum – murmurou Cabby, sorrindo no caminho para o quarto.

Os dois vasculharam o armário e as gavetas de Cabby até concordarem com a roupa adequada: calça jeans, cinto, uma camisa de mangas compridas com botões de pressão e tênis pretos com fecho de Velcro. O processo foi demorado (e o cinto especialmente difícil de colocar), mas, quando acabou de se vestir, Cabby voltou correndo para se apresentar a Maggie.

– Olhe só para você – ela exclamou. – Que rapaz mais lindo! Escolheu todas essas roupas sozinho?

– Tõ... – Cabby começou a falar.

– Shhhhh! – fez Tony.

– Shhhhh! – repetiu Cabby, levando um dedo aos lábios.

– Como assim, "shhhhh!"? – perguntou Maggie com uma risada. – Até parece que não vou dizer nada depois de ver como meu Cabby está bonito e crescido. Quero anunciar para o mundo inteiro. Vá brincar um pouco enquanto eu me arrumo.

Igreja, pensou Tony. Ele não colocava o pé numa igreja desde o tempo em que vivera com sua última família adotiva religiosa. Na época, ele e Jake eram obrigados a ficar sentados em silêncio pelo que pareciam horas, em bancos de madeira semelhantes a instrumentos de tortura. Apesar do desconforto, eles muitas vezes conseguiam cair no sono, embalados pelo monólogo enfadonho do pastor. Tony sorriu para si mesmo, lembrando-se de como ele e Jake tinham bolado um plano para "aceitar Jesus" certa noite na igreja, achando que isso os faria ganhar pontos com a família, o que de fato aconteceu. A princípio, a atenção que a conversão dos dois recebeu valeu a pena, mas logo ficou claro que "aceitar Jesus no seu coração" aumentava drasticamente as expectativas de obediência total a uma série de regras que eles não tinham previsto. Tony logo passou a quebrar seus votos, tornando-se um "apóstata", uma categoria que, conforme descobriria mais tarde, era muito pior do que ser simplesmente pagão. Já era difícil o suficiente sobreviver como uma criança adotada. Mas uma criança adotada que renegasse sua fé era infinitamente pior.

Maggie e Cabby, no entanto, pareciam empolgados com a perspectiva de ir à igreja, e Tony ficou curioso. Talvez as coisas tivessem mudado durante seus anos de afastamento.

Maggie, uma mulher linda e curvilínea, aplicou uma quantidade razoável de maquiagem, botou um vestido que, apesar de discreto, ressaltava suas formas mais atraentes, e calçou sapatos de salto alto vermelhos que combinavam com a cor de suas unhas. Olhou-se rapidamente no espelho, ajustando o vestido e encolhendo de leve a barriga. Por fim, assentiu com a cabeça, como se aprovasse o conjunto, apanhou seu casaco e pegou Cabby pela mão.

Em questão de minutos chegaram ao estacionamento da Igreja Cristã Maranata, o templo que Maggie frequentava na cidade, e que Cabby muitas vezes também visitava. Era um culto de meio de semana, além de ser a noite da juventude, de modo que o lugar estava animadíssimo, os mais jovens e os mais velhos compondo uma mistura de entusiasmo e religiosidade. Tony ficou impressionado com a variedade de idades e raças, os mais abastados ombro a ombro com os mais humildes. A naturalidade da convivência era surpreendente, assim como a sensação generalizada de gentileza e afeto. Tudo bem diferente do que ele se lembrava.

No caminho para as salas de aula das crianças, Maggie parava para conversar com uma ou outra pessoa, evidenciando sua personalidade magnética e cativante. Estava entretida numa dessas conversas, quando Tony ouviu Cabby sussurrar:

– Tõ-ni?

– Estou aqui, Cabby. O que foi? – ele perguntou.

– Tá vendo? – Cabby estava apontado para o outro lado do recinto, em direção a um casal de adolescentes esquecidos do mundo ao seu redor, de mãos dadas e sussurrando bobagens inofensivas. Tony sorriu por dentro. Havia muito tempo que ele tinha parado de notar esse tipo de amor inocente. Achava mesmo que se esquecera de sua existência.

Cabby, no entanto, parecia um pouco agitado, como se estivesse puxando o braço de Tony.

– O que houve, Cabby? Você está bem? – ele perguntou.

– Nã-orada – murmurou Cabby.

– Cabby – respondeu Tony, pensando ter entendido. – Aquela garota? Você gosta dela?

– Ela... nãum. – Ele balançou a cabeça. – Cnabby quer...

Foi então que Tony compreendeu. Cabby queria uma namorada. Tony sentia um desejo apaixonado em Cabby, e notou quando uma lágrima solitária brotou devagar no canto do seu olho e escorreu silenciosamente pelo rosto. De alguma forma, aquele rapaz tinha consciência de que havia no mundo uma doçura fora do seu alcance, e estava compartilhando esse anseio com ele. Cabby jamais vivenciaria uma dádiva que Tony tratara com um desdém insensível: o amor de uma mulher. Cabby desejava e valorizava aquilo que ele tinha descartado duas vezes, sem pensar. Mais uma vez, Tony percebeu como eram superficiais suas suposições sobre a maturidade do coração daquele menino de 16 anos. Não chegava a ser um autojulgamento vergonhoso, mas Tony não deixava de se sentir exposto, desconfortável. Tinha a sensação de estar desenvolvendo uma consciência nova, algo que não sabia muito bem se queria ter.

Sou mesmo um babaca, pensou Tony.

– Sinto muito, Cabby – falou, num sussurro quase inaudível.

Cabby fez que sim com a cabeça, ainda observando o jovem casal.

– Uhn-ia – murmurou em resposta.

Maggie o puxou pela mão para que continuassem andando, enquanto Tony ficava quieto, abalado. Chegaram à sala de aula e, enquanto ela assinava os papéis de entrada para Cabby, Tony escutou dois garotos rirem, um deles falando alto o bastante para ser ouvido:

– Olha o retardado!

Cabby também ouviu, e virou-se para encarar os meninos. Através dos olhos de Cabby, Tony viu uma dupla de adolescentes com cara de bobos rindo e apontando em sua direção. Cabby se esforçou ao máximo para lhes dar uma resposta apropriada, mas mostrou-lhes o dedo errado, o indicador bem levantado e com o braço dobrado na altura do cotovelo, sem conseguir recordar direito o que os amigos da escola haviam lhe ensinado.

– Dedo errado, Cabby, use o do meio – sugeriu Tony.

Cabby olhou para a própria mão, tentando decidir qual era o dedo do meio, mas logo desistiu, erguendo as duas mãos e balançando todos os dedos na direção dos meninos.

– Ah-ah! – riu Tony. – Isso aí, mostre todos os dedos para eles! Muito bem!

Cabby olhou para baixo com um sorriso, encantado com o elogio, mas então ficou encabulado. Tornou a levantar uma das mãos, acenando de leve.

– Para – falou, envergonhado.

– Ah-ah!, não ligue para esses garotos, Cabby – incentivou Maggie. – Eles não receberam uma boa educação em casa. Não têm inteligência suficiente nem para saber como são idiotas. Enfim, já assinei sua folha de entrada e volto daqui a uma hora para pegar você e irmos para casa. Tem um monte de amigos seus aqui, e a Tia Alisa também está. Você se lembra da Tia Alisa, não lembra?

Ele fez que sim com a cabeça, e estava prestes a entrar na sala quando, inexplicavelmente, virou-se para o canto ao lado da porta e sussurrou: "Tchau, Tõ-ni!". Tony foi pego de surpresa, e antes que pudesse falar qualquer coisa, Cabby virou-se e jogou-se nos braços de Maggie, dando-lhe um abraço apertado.

– Meu Deus! – exclamou Maggie. – Cabby, você está bem?

Ele levantou a cabeça e assentiu, abrindo seu sorriso rasgado e sincero.

– Ótimo! – disse Maggie. – Agora, se precisar de mim, alguém vai me chamar, mas, de qualquer jeito, daqui a pouco eu volto.

– Tá bem! – ele respondeu, e ficou esperando.

Como já fizera milhares de vezes, ela se agachou e deixou Cabby beijar sua testa. Mas, desta vez, sentiu uma brisa atravessar seu corpo. *Minha nossa, Espírito Santo*, Maggie pensou. *Obrigada e volte sempre!* Em seguida, depois de dar outro abraço em Cabby, encaminhou-se para o templo.

Então, Tony deixou-se levar novamente.

◦◦◦

Ele entendeu de imediato o que tinha acontecido, mas só percebeu que era o beijo que possibilitara o salto quando já estava a caminho. A sensação foi a mesma de antes, a cabeça jogada para cima e para trás, a escuridão calorosa e envolvente, e então ele passou a ver o mundo através dos olhos de Maggie. O encanto infantil e os tons simples de vermelho, verde e azul vibrantes da alma de Cabby foram substituídos por um ambiente mais velho e elaborado, com texturas e padrões mais profundos, de maior complexidade, e um espaço e maturidade mais amplos.

No caminho para o templo, sem se dar conta do ocorrido, Maggie decidiu ir ao banheiro. Acenou com a cabeça para várias mulheres antes de conferir sua aparência no espelho e dar uma ajeitada no vestido, e estava prestes a sair quando decidiu que seria melhor fazer xixi. O culto poderia durar muito tempo, e ela não queria perder nada.

Tony entrou em pânico, e quando Maggie se preparava para tirar a calcinha, ele gritou: "Pare!"

Foi exatamente o que Maggie Saunders fez. Ela parou: de respirar, de se mover, de tirar a calcinha, parou tudo durante quase cinco segundos. Então gritou a plenos pulmões:

– Homem! Tem um homem aqui!

Como uma explosão de confetes, as mulheres saíram correndo do banheiro feminino, em pânico. De alguma forma, no meio da confusão, Maggie conseguiu recompor-se. Ofegante e gesticulando muito, tentou explicar a situação para um grupo de pessoas que tinham aparecido, atraídas pelo grito. Elas a acalmaram um pouco, ouviram sua história e entraram no banheiro com alguma cautela. O que se seguiu foi uma busca atenta em cada cabine, que não resultou em nada. Ela as obrigou a olhar uma segunda vez, repetindo que um homem certamente falara com ela, embora ninguém tivesse ouvido nada.

Como não havia mais nada a fazer, o grupo começou a se dispersar. Nenhuma das mulheres estava disposta a entrar no banheiro. Exceto Maggie. Morrendo de vergonha, ela decidiu voltar e ver com os próprios olhos.

Sua busca atenta confirmou que não havia homem algum ali. Finalmente, ela desistiu e jogou um pouco de água no rosto para se acalmar. Olhando para o espelho a fim de se certificar de que não havia ninguém escondido atrás dela, Maggie respirou fundo várias vezes e o pico de adrenalina começou a passar. À medida que seu corpo relaxava, ela se lembrou do que estava fazendo antes do tumulto, e tornou a abrir uma das cabines, preparando-se novamente para baixar a calcinha.

– Pelo amor de Deus, Maggie, pare!

Como a Igreja Cristã Maranata é tranquila e civilizada, ninguém naquele templo estava preparado para ver Maggie sair correndo pela segunda vez do banheiro feminino, abanando os braços e a bolsa no ar, como uma louca. Certamente já haviam testemunhado muitas vezes o Espírito Santo em ação, mas, embora as pessoas pudessem ficar bastante agitadas nessas ocasiões, não faziam muito estardalhaço e sempre se comportavam bem.

Mas ninguém nunca tinha visto o Espírito assumir o controle de alguém dessa forma. Como uma pequena bomba atômica, Maggie Saunders entrou no templo durante o segundo refrão de "Oh Happy Day" e disparou pelo corredor central, gritando:

– Estou possuída! Estou possuída!

Mais tarde, alguns diriam ter achado uma enorme coincidência o fato de ela ter saído correndo logo para cima do pastor Clarence Walker, o melhor partido da congregação, um verdadeiro santo e pilar da igreja.

O pastor Walker levantou-se ao ouvir o tumulto, mas cometeu o erro de ir até o corredor para avaliar melhor a situação. Uma vez lá, ficou petrificado ao presenciar a mulher que vinha em sua direção como um trem descarrilado. Quando chegou à velocidade máxima, um dos saltos de Maggie se partiu, lançando-a sem a menor cerimônia nos braços abertos do pastor Clarence. Embora ele fosse alguns centímetros mais alto, ela era alguns quilos mais pesada, e eles caíram no chão, o decoro e a virtude religiosa voando por todo lado. Clarence perdeu o fôlego, com Maggie montada em cima dele, sacudindo os ombros e gritando: "Estou possuída!"

O coral ficou pasmo, embora alguns dos membros tivessem tentado continuar o terceiro refrão de "Oh Happy Day". Tudo aconteceu tão rápido que pelo menos metade dos presentes apenas ouviu algo, mas não chegou a presenciar o ocorrido, e a maioria não sabia ao certo se deveria gritar amém ou balançar lenços em reconhecimento à obra do Espírito Santo. Alguns se ajoelharam, acreditando que um renascimento acabava de começar. Alguns fiéis sentados ali perto aproximaram-se da dupla engalfinhada, na esperança de ajudar, alguns orando e estendendo as mãos. Foi um pandemônio.

Um jovem corpulento tapou a boca de Maggie com a mão firme até ela parar de gritar e, com a ajuda de outros dois, tirou-a de cima do pastor Clarence, que mal conseguia respirar. Ambos foram rapidamente conduzidos até a sala de orações lateral, enquanto o diretor musical, pensando rápido, fez o coral e a congregação entoarem um hino mais tranquilo.

Maggie enfim se acalmou o suficiente para tomar um gole d'água, enquanto duas mulheres afagavam suas mãos e diziam sem parar: "Louvado seja o Senhor" e "Louvado seja Jesus". Ela estava muito aflita. Tinha ouvido a voz daquele homem – duas vezes. Mas não importava. Tudo o que Maggie queria àquela altura era mudar-se para junto de seus parentes distantes no Texas, viver como eremita e morrer esquecida pelo mundo.

Tony estava ao mesmo tempo horrorizado pelo que havia causado e divertindo-se muito com aquela inesperada reviravolta. Ainda conseguia ouvir as melodias comoventes de "Amazing Grace" vindas de trás da porta fechada, mas, pela primeira vez, estava pronto para vibrar e gritar na igreja. O segundo pico de adrenalina de Maggie o deixara em polvorosa, e ele ainda estava eufórico. *Se a igreja é isto*, pensou, *preciso voltar mais vezes.*

Assim que se recuperou o suficiente, o pastor Clarence sentou-se diante de Maggie e pegou suas mãos. Ela não conseguia encará-lo. Os dois já se conheciam havia algum tempo, e aquele comportamento não combinava nem um pouco com a mulher pela qual ele sentia um afeto inegável, embora platônico e contido.

– Maggie... – Ele fez uma pausa. O que queria realmente dizer era "Maggie, que droga é essa?", mas conseguiu falar com calma, em um tom paternal. – Maggie – recomeçou –, você pode explicar para mim, para nós, o que aconteceu?

Maggie queria morrer. Antes, esperava ter um envolvimento maior com aquele homem, mas agora tinha arruinado qualquer esperança, esmagando-a com seu corpo no carpete do templo, na frente de Deus e de todos. Respirou fundo e, totalmente humilhada, sem desgrudar os olhos do chão, disse que tinha ouvido um homem falar com ela, quando foi ao banheiro, mas depois de uma busca minuciosa, ninguém fora encontrado. Depois, Maggie prosseguiu, contando que tinha voltado ao banheiro e escutando de novo a mesma voz.

– Clarence... quero dizer pastor Walker, só pode ter sido um demônio. – Maggie finalmente ergueu a cabeça para encará-lo, implorando com os olhos que Clarence acreditasse nela ou pelo menos lhe desse alguma explicação plausível. – O que mais...?

– Shhh, calma, Maggie. – Ele ainda a estava chamando pelo primeiro nome, o que era um bom sinal. – O que essa voz disse para você?

Maggie tentou se lembrar. Estava tudo misturado na sua cabeça, e ela não sabia bem.

– Acho que ele disse: "Cristo está lá fora. Pare, Maggie!" É do que me lembro, mas tudo aconteceu tão depressa.

Clarence a encarou, desejando poder dizer algo que pudesse ajudá-la ou consolá-la, mas não tinha a menor ideia do que seria.

Sabendo que ele estava sem palavras, Maggie tentou dar uma sugestão:

– Pastor Walker, por que Cristo estaria lá fora? E por que me pedir para parar?

Clarence balançou a cabeça, ganhando tempo, enquanto orava silenciosamente por uma iluminação, mas sem sucesso. Achou que talvez fosse melhor mudar de tática.

– Então você acha mesmo que foi um demônio?

– Não sei. Foi o que me veio à cabeça. Será que estou possuída por um demônio, Clarence, hã, quero dizer, pastor Walker?

– Eu tenho certeza de que não sou um demônio! – exclamou Tony enfaticamente. – Não sei bem o que é um demônio, mas não sou nada disso.

– Oh, meu Deus! – exclamou Maggie, desfalecendo e arregalando os olhos. – Ele está falando comigo agora!

– Quem? – perguntou Clarence.

– O demônio – respondeu Maggie. De repente, uma onda de raiva avermelhou seu rosto. – Não venha falar comigo, seu demônio das profundezas do inferno... em nome de Jesus...

– Maggie – interrompeu Clarence. – O que ele disse?

Ela tornou a encará-lo.

– Que não é um demônio. É claro que ele só podia dizer isso!

– Meu nome é Tony – ele acrescentou a fim de ajudar, divertindo-se muito mais com aquela situação do que deveria.

Maggie levou a mão à boca e acrescentou por entre os dedos cerrados:

– Ele disse que se chama Tony.

Clarence tentou não soltar uma gargalhada.

– Você está possuída por um demônio que diz que não é um demônio e que se chama Tony?

Ela assentiu, e Clarence voltou a perguntar, contendo o riso:

– Maggie, esse seu demônio tem sobrenome?

– *Meu* demônio? – ela disse, ofendida pela insinuação. – Ele não é *meu* demônio e é claro que não tem sobrenome. Qualquer um sabe que demônios não têm...

– É claro que tenho – atalhou Tony. – Meu sobrenome é...

– Cale a boca – murmurou Maggie. – Não me venha dizer que tem sobrenome, seu demônio mentiroso das profundezas do inferno.

– Maggie – prosseguiu Tony –, sei que você é amiga de Molly, e também sei a respeito de Lindsay e Cabby.

– Oh, meu Deus. – Ela apertou mais forte a mão de Clarence. – É um espírito familiar. Ele acabou de me dizer que sabe tudo sobre Molly, Cabby e...

– Maggie, preste atenção – disse Clarence, largando com cuidado a mão dela. – Acho que preciso orar por você agora... hã, acho que todos nós precisamos. Sabe como gosto de você. Não entendo que tipo de pressão talvez esteja sofrendo nesse momento, mas quero que saiba que estamos do seu lado. Se você, Molly, ou Lindsay e Cabby precisarem de qualquer coisa, é só pedir.

Foi então que Maggie teve certeza de que Clarence e os demais nunca iriam acreditar que havia um demônio falando com ela. Quanto mais insistia, pior ficava a situação. Estava na hora de calar a boca antes que eles chamassem ajuda profissional.

Todos se juntaram ao seu redor, e Maggie deixou que eles a ungissem com um óleo perfumado da Terra Sagrada. Então fizeram uma longa oração, tentando encontrar as palavras certas para auxiliar Deus naquele estranho acontecimento. E isso ajudou. Maggie foi invadida por uma tranquilidade e por uma certeza de que tudo melhoraria de alguma forma, por mais que parecesse impossível naquele momento.

– Minha nossa, está ficando tarde – disse ela enquanto todos se levantavam. – Tenho que buscar Cabby antes que me atrase mais ainda.

Alguns a abraçaram, enquanto outros tentavam não dar a impressão de que temiam ser contaminados pela possessão que ela tivesse. Maggie arriscou um olhar de desculpas para Clarence, que, com muita elegância, sorriu e abraçou-a. Ela o manteve em seus braços por um instante a mais do que deveria, mas calculou que provavelmente este seria o último abraço dos dois, e que ela desejava algo para guardar de lembrança.

– Obrigada a todos pelas orações e pela ajuda.

Mas não pela compreensão, ela pensou. A própria Maggie não entendia. Um dia, aquilo tudo seria uma ótima história para contar, mas, por enquanto, ela não queria ver mais ninguém na sua frente, a não ser Cabby e Molly.

10

DUAS MENTES

A tragédia é uma ferramenta para conquistarmos sabedoria, não um exemplo de como devemos conduzir nossa vida.

– Robert Kennedy

Quando Maggie e Cabby chegaram em casa, Molly já os esperava na porta da frente. Ela ergueu uma sobrancelha ao notar que a amiga vinha cambaleando por causa do sapato vermelho sem salto. Seu vestido tinha dois rasgos e seu cabelo estava todo desgrenhado.

– Nossa! Parece que perdi um culto e tanto – deduziu Molly.

– Amiga – Maggie começou a falar, rindo e balançando a cabeça enquanto tirava os sapatos e se encaminhava de meias até a lata de lixo, onde jogou os calçados fora sem a menor hesitação –, você nem imagina! Só uma intervenção divina me fará voltar àquela igreja. Acabo de mandar pelos ares qualquer possibilidade de ser bem recebida por lá novamente.

– O que houve? – perguntou Molly, incrédula.

– Nem eu sei direito, mas, depois do que fiz, só quero cavar um buraco do tamanho do Texas e me jogar dentro dele.

– Maggs, não pode ser tão ruim. Tudo tem remédio. Então, me conte o que aconteceu. Ainda não entendi do que você está falando.

– Molly – Maggie começou a falar enquanto erguia os olhos para a amiga, mostrando claramente que sua maquiagem não era à prova d'água –, você devia ter visto a cara deles quando eu saí correndo aos berros pelo corredor, no meio de "Oh Happy Day", gritando que estava possuída por um demônio. Daí a droga do meu salto quebrou e eu quase matei o irmão Clarence.

Maggie sentou-se e começou a chorar, deixando Molly boquiaberta.

– O que vai ser de mim agora? – gemeu ela. – Quase matei o Clarence de susto... A partir de hoje, não saio mais de casa. Diga às pessoas que fui acometida por uma fobia social e que não posso receber visitas.

– Maggs – consolou Molly, abraçando-a fortemente e lhe dando um lenço de papel –, por que não vai tomar um banho e vestir seu pijama, enquanto eu preparo um drinque? Pelo que estou vendo, esta noite você merece. Depois, você me conta tudo.

– Acho ótimo – disse Maggie com um suspiro, levantando-se devagar. – Além do mais, estou há mais de uma hora com vontade de fazer xixi, e, acredite, não há nada melhor do que fazer xixi no seu próprio banheiro.

Lá vamos nós de novo, pensou Tony.

Maggie abraçou mais uma vez a amiga.

– Molly, querida, não sei o que faria sem você, Cabby e Lindsay. Depois de toda essa confusão que armei, você acha que o pessoal da sua igreja vai se importar se uma negra meio gordinha, mas muito discreta, bem--comportada e tranquila entrar de penetra para cantar algumas canções? Prometo até que vou bater palmas no ritmo.

– Quando quiser, Maggs – disse Molly com uma risada. – Bem que estamos precisando de um pouco de animação por lá.

Maggie seguiu para o banheiro, mas no caminho topou com Cabby, que já estava vestido de Homem-Aranha. Ele ergueu as mãos e ordenou:

– Pare!

Ela obedeceu, especialmente porque essa atitude não era do feitio de Cabby.

– O que foi, Cabby? Tudo bem? – perguntou.

O menino bateu no peito dela e a encarou com um olhar intenso.

– Tõ-ni! – exclamou, cutucando-a novamente. – Tõ-ni.

– Desculpe, rapazinho, sou meio lerda e às vezes demoro um pouco para entender as coisas. Pode ser mais claro?

Esforçando-se ao máximo para se fazer entender, Cabby fez uma série de sinais enquanto repetia as sílabas "Tõ"-"ni". Por fim, Maggie entendeu:

– Tony! – Depois de uma pausa, repetiu: – Tony?

Cabby ficou encantado.

– Tõ-ni! – exclamou, assentindo sem parar. Em seguida, levantou o braço e cutucou o peito de Maggie. – Amigo.

– Tony é seu amigo? – ela exclamou, perplexa.

Cabby tornou a assentir e cutucou o próprio peito.

– Amigo.

Deu-lhe um forte abraço, e foi saltitando em direção à cozinha, deixando Maggie encostada na parede.

Iria desvendar aquele mistério enquanto fazia xixi.

Tony, que testemunhara todo o diálogo com Cabby, ficou mais perplexo do que Maggie. Quem era aquele garoto, e como poderia saber as coisas que sabia? Mas agora estava novamente diante do dilema que tinha gerado toda aquela confusão. Quem poderia imaginar que um simples xixi teria consequências tão inesperadas?

Foi então que Tony se lembrou de Vovó e do seu conselho: "dar uma volta" quando estivesse numa situação difícil. Tentou fazer isso mentalmente, mas nada aconteceu. Uma imagem lhe veio à cabeça: *é como um passinho de dança*. Concentrou-se para lembrar como era aquele passo de dança e descobriu que poderia simplesmente "dar uma volta" girando o corpo e ficando de frente para a escuridão, e não para a janela dos olhos da outra pessoa.

Precisou de alguns instantes para se acostumar à penumbra, e ficou surpreso ao perceber que estava diante do que parecia um salão, quase como se estivesse de costas para uma janela que dava para cenas em constante mudança. Tinha ouvido falar que os olhos eram as janelas da alma. Talvez fossem mesmo. Agora, estava olhando através daqueles olhos para a alma de Maggie. A luz do banheiro atrás dele projetava sombras indistintas numa parede distante, repleta do que pareciam ser fotografias e quadros, afastados demais para que pudesse vê-los com nitidez.

Mais tarde, talvez pudesse dar uma olhada neles, mas por enquanto, percebendo que Maggie tinha acabado de fazer xixi, Tony virou-se de volta.

Maggie dedicou-se a tirar o que restava de sua maquiagem, até chegar finalmente ao alívio de ficar com o rosto limpo.

Em seguida, tirou o colar com o pingente em forma de lágrima e os anéis (todos os cinco), que guardou na gaveta da penteadeira, cada qual no seu devido lugar. Notou que havia um brinco faltando, parte de um conjunto de diamantes baratos que sua mãe lhe dera, um tesouro precioso para uma mulher humilde. Devia ter caído no carpete da igreja, e ela telefonaria na manhã seguinte para pedir que o procurassem. No momento, não poderia fazer nada, pois a igreja já estaria fechada. Maggie saiu do banheiro e foi em direção à cozinha, louca para tomar seu drinque.

Molly já o havia preparado, com uma fina camada de açúcar na borda do copo. A bebida desceu devagar e reconfortante. Maggie se aconchegou na poltrona grande que ficava virada para a cozinha, enquanto Molly arrastava outra para o seu lado, sentando-se com a xícara de chá na mão. Cabby já estava pegando no sono, enroscado na cama.

– Então – disse Molly com um sorriso maldoso –, conte-me tudo, todos os detalhes sórdidos.

O relato de Maggie deixou as duas às gargalhadas, com a barriga doendo de tanto rir. Molly já estava no terceiro chá, enquanto Maggie ainda bebericava seu primeiro drinque, degustando-o lentamente.

– Maggs – observou Molly –, ainda não entendi que Tony é esse. Você faz alguma ideia de quem seja?

Maggie balançou a cabeça.

– Está falando do demônio? Eu esperava que você pudesse me ajudar com essa parte. Cabby disse que Tony é amigo dele, não é estranho?

– Amigo dele? – Molly pensou um pouco. – Não consigo pensar em nenhum Tony que seja amigo de Cabby.

Ela olhou para a amiga, que tinha parado no meio de um gole, com os olhos arregalados de surpresa e medo.

– Maggie, você está bem? – Molly perguntou, estendendo-se para pegar o copo. – Parece que viu um fantasma!

– Molly – sussurrou Maggie. – Ele acabou de me dizer uma coisa!

– Quem? – sussurrou Molly de volta. – E por que você está falando baixo?

– O cara que eu achei que fosse um demônio, quem mais? – veio a resposta através de dentes cerrados e lábios que mal se moviam. – Ele acabou de me dizer que o nome dele... é... Tony!

– Tony? Ah, "o" Tony de quem você falou? – Molly recostou-se e começou a rir. – Maggs, você quase me enganou agora... – Mas Maggie continuava parada, e ao tornar a olhar para a amiga, Molly percebeu que ela falava sério.

– Desculpe, Maggie, como não ouvi nada, achei que você estava brincando comigo. – Maggie parecia petrificada, com o olhar distante, como se uma preocupação a tivesse invadido. – Então, o que foi que esse seu Tony disse? – perguntou Molly, inclinando-se mais para perto.

De repente, Maggie sacudiu a cabeça.

– Primeiro, ele não é o *meu* Tony e, segundo – fez uma pausa –, ele não para de falar e eu não consigo interrompê-lo... Tony? – Ela tapou uma orelha com a mão, como se estivesse tentando se comunicar através de um alto-falante. – Tony? Tony, está me ouvindo?... Ah, ótimo, então pare um pouco de falar. Obrigada! Agora está melhor... Sim, vou explicar para a Molly. Está bem, Tony, obrigada. Sim, já volto a falar com você.

Seus olhos se arregalaram ainda mais.

– Molly! Você não vai acreditar nisso. Na verdade, nem eu acredito. Talvez esteja ficando maluca... Não, Tony, estou calma... só me deixe resolver isso sozinha. Sim, tudo bem. Tony? Cale a boca! Sim, eu sei que você tem muita coisa para falar, mas chega! Dá um tempo. Estou começando a compreender, então que tal me dar pelo menos alguns minutos? Seria bom entender que droga está acontecendo! Você tem ideia da confusão em que me meteu?... Não, por favor, não comece a se desculpar. Pare de falar um minuto e deixe-me conversar com Molly, está bem? Ótimo, obrigada.

Ela voltou-se para Molly.

– Estou falando com um idiota – ela sussurrou. – Ai, Tony, você ouviu isso? Será que não posso dizer nada sem que você escute, seu bisbilhoteiro? Não posso? Sabe qual é o meu pior pesadelo? Perder a privacidade.

Ela tornou a voltar sua atenção para Molly, que a encarava com os olhos arregalados e uma das mãos sobre a boca. Maggie se inclinou para a frente e extravasou sua raiva.

– Eu sei que pedi a Deus um homem na minha vida, mas estava pensando em alguém como o pastor Clarence.

Ela se deteve por um instante, inclinou a cabeça para um lado e exigiu saber:

– Então me diga uma coisa: você é negro ou branco? Como assim, negro ou branco? Estou falando da cor da sua pele, ora. Me responde!

Depois de uma pausa, ela se virou para Molly.

– Oh, meu Deus! Molly, tem um homem branco vivendo na minha cabeça. Tony, espere um momento... Como assim, você acha que talvez seja um pouco negro? Agora *você* acha que está confuso? Hã? Você tem uma avó que é índia? Nesse caso, eu diria que você é um pouco índio, mas... o quê? Ela não é sua avó biológica? Assim você só atrapalha, Tony. Que tal ficar quieto e me deixar falar com Molly? Calado! Shhhhhhhh! Obrigada.

Ela arriou na poltrona, soprando para afastar uma mecha de cabelo que caíra sobre o seu rosto. Por fim, olhou para Molly e perguntou:

– E então, como foi o seu dia?

Molly resolveu prosseguir com a conversa, mesmo sem saber direito o que estava acontecendo.

– Ah, o de sempre, nada de extraordinário. Fui ao hospital para ficar com Lindsay durante os exames. Nance e Sarah vão passar a noite com ela. Esqueci de contar, mas, quando estive lá ontem, Cabby decidiu brincar de esconde-esconde, e eu o encontrei na UTI Neurológica, prestes a desligar os aparelhos de um cara que estava quase morto. Só isso. E você? – perguntou, bebericando seu chá.

– Ah, comigo foi igual, nada de extraordinário. Só banquei a louca e dei um vexame na frente de todo mundo porque achei que estava possuída por um demônio. Mas afinal era bobagem, foi só um branco que decidiu entrar na minha cabeça. Enfim, o de sempre.

Ficaram caladas por alguns instantes, até que Maggie se deu conta.

– Molly, me desculpe! Com essa história toda de Tony, eu nem perguntei como está Lindsay.

Antes que Molly pudesse responder, Maggie prosseguiu:

– Tony, você ainda está aí? Eu bem que temia. Enfim, Tony, Molly tem uma filhinha linda. O nome dela é Lindsay, e é a criança mais fofa do mundo, embora já tenha 14 anos. Há seis meses – Maggie interrompeu-se e olhou para a amiga, que assentiu concordando –, Lindsay teve o diagnóstico de LMA, leucemia mieloide aguda, o que tem sido muito duro para nós todos. Então, enquanto eu e você estávamos na igreja brincando de arruinar minha vida amorosa, Molly estava no hospital com Lindsay. Entendeu? Ótimo... pois é, todos nós sentimos muito, mas é a vida. Se você sabe orar, talvez fosse uma boa hora para começar.

Ela tornou a voltar-se para Molly.

– Desculpe ter interrompido você. É como se estivesse tentando conversar com alguém enquanto falo com outra pessoa ao telefone.

Molly dispensou o pedido de desculpas com um gesto.

– Tudo bem, embora eu não faça a mínima ideia do que está acontecendo. – Ela fez uma pausa para mudar de assunto. – Lindsay vem fazendo o melhor que pode. Eles calculam que a contagem de leucócitos chegará a zero daqui

a uns dois dias, então vamos partir para a próxima rodada de quimioterapia. Continuo perguntando sobre o prognóstico, mas você é enfermeira e
sabe como é: ninguém quer revelar muita coisa nem dar falsas esperanças.
Quem me dera poder acabar com essa agonia.

– Eu entendo, querida, e sei que não serve de consolo, mas ela está no
melhor hospital possível com algumas das pessoas mais brilhantes e gentis
do mundo. Eles vão encontrar uma saída. Gostaria de poder ajudar mais
diretamente, mas você sabe que não posso. Só precisamos continuar con-
fiando que Deus está aqui, nos ajudando.

– Estou tentando, Maggie, mas tudo parece tão difícil que começo a pensar que Deus está ocupado fazendo coisas mais importantes para pessoas
mais importantes, ou que ele está me punindo pelos meus erros, ou...

As lágrimas começaram a escorrer pelo rosto de Molly, enquanto ela baixava a cabeça. Maggie pegou a xícara de sua mão e pousou-a na mesa, envolvendo a amiga em um abraço caloroso e deixando-a extravasar sua tristeza.

– Nem sei mais para quem orar – gaguejou Molly, soluçando. – Eu per-
corro o hospital e vejo, em cada quarto, mães e pais esperando, esperando
poder sorrir outra vez, achar graça nas coisas, voltar a viver. Estamos todos
prendendo a respiração, esperando por um milagre. Eu chego a me sentir
egoísta por pedir a Deus que cure minha filhinha, por esperar conseguir
chamar a atenção dele, ou para que ele pelo menos me diga o que devo
fazer. Eu me pergunto, por que Lindsay? Ela nunca fez mal a uma mosca.
É boa, bonita e frágil, enquanto existem no mundo pessoas cruéis que têm
uma saúde de ferro... – Uma enxurrada de raiva e desespero que ela vinha
reprimindo transformou-se num rio de lágrimas.

Maggie ficou calada. Apenas abraçou a amiga, acariciando seus cabelos
e suas costas. Às vezes o silêncio é mais eloquente, e o simples fato de estar
ao lado da outra pessoa traz o conforto necessário.

Tony testemunhara toda a conversa e se sentia emocionalmente solidário
com a compaixão de Maggie pela dor da amiga. Mesmo assim, encontrou
uma maneira de se afastar, como se desse as costas à cena e andasse até os
fundos da sala. É claro que ele sentia pena daquela mulher. Entendia perfeitamente o que ela estava passando. Mas não conhecia Molly nem sua filha,
e, como ela mesma dissera, havia muitas outras famílias na mesma situação,
lidando com tragédias iguais ou piores do que aquela. Não era problema

seu. Ele tinha um plano maior e mais importante para sua única oportunidade de curar alguém – e Lindsay não fazia parte dele. Chegou até a ficar um pouco irritado com Deus por estar manipulando-o daquela forma,
colocando-o no meio de uma situação que podia tentá-lo a mudar de ideia.

– Obrigada, Maggs – disse Molly, sentindo-se momentaneamente aliviada. Assoou o nariz, enxugou os olhos inchados e vermelhos, e mudou
de assunto.

– Então, me conte sobre o seu novo amigo.

– Meu novo amigo uma ova! – murmurou Maggie enquanto voltava para
a poltrona. – Imagino que esteja falando de Tony, não é? Ele não é amigo
coisa nenhuma. – Parou um instante e soltou uma gargalhada sonora,
dando um tapa no próprio joelho. – Mas tenho que admitir: isso vai render
uma história e tanto. – Ela prosseguiu, como se falasse sozinha: – Então,
Tony, quem é você, por que está aqui, como é que Cabby o conhece, e como
ele sabia que você estava dentro de mim?

À medida que Tony explicava, Maggie repassava as respostas para Molly.
Através dessa conversa desconexa, as histórias foram aos poucos se juntado.
Tony lhes contou sobre seu colapso, sobre o coma, sobre suas conversas com
Jesus e o Espírito Santo, e sobre como eles lhe haviam pedido que iniciasse
uma jornada que o levaria até o meio dos mundos de Maggie e Molly.

– Então você esteve na cabeça de Cabby antes de ir parar na minha, e foi
por isso que ele percebeu? – perguntou Maggie.

– É a única coisa que faz sentido para mim – respondeu Tony. Contou
como Cabby tinha ido parar em seu quarto enquanto brincava de esconde-
-esconde, que ele era o "cara quase morto" que estava em coma na UTI Neurológica, e que foi então que tinha entrado no filho de Molly. Em seguida,
descreveu o dia que passara com, ou dentro, de Cabby na escola.

– Cabby é um garoto extraordinário. Vocês sabem que ele escondeu a
câmera de alguém dentro do estojo de uma guitarra de brinquedo debaixo
da cama?

Molly riu quando Maggie lhe transmitiu o que Tony tinha dito, mas não
era isso que a preocupava.

– Mas como você foi parar dentro dele e depois dentro de Maggie? – ela
quis saber.

– Sinceramente, não tenho a menor ideia – ele respondeu. – Há muita coisa que não entendo nessa história. – Tony não sabia bem por que não falou do beijo. Talvez ainda não estivesse pronto para confiar naquelas duas. Ou talvez o motivo fosse mais profundo. De qualquer forma, ele ignorou a questão, como já fizera tantas vezes.

– Humm – Maggie, não se mostrou muito convencida. – Então por que você está aqui, nos nossos mundos?

– Não sei mesmo – ele respondeu, o que era basicamente verdade. – Imagino que vamos ter que confiar em Deus. – Tony sentiu-se incomodado ao perceber como as palavras soavam falsas e artificiais em sua boca, mas era uma boa saída para evitar mais perguntas. – Então, Maggie, como vocês duas se conheceram? – ele perguntou, para mudar de assunto.

Maggie explicou que ela era uma enfermeira plantonista no hospital onde Linday se encontrava. Portland tinha sido a última parada de uma longa migração para a Costa Oeste depois que um furacão dizimara sua família em Nova Orleans. Foi arranjando empregos ao longo da costa do Pacífico, até acabar naquele grande hospital no topo da colina.

– Então é daí que vem seu sotaque? – perguntou Tony.

– Eu não tenho um sotaque – retrucou Maggie. – Tenho uma história.

– Todos nós temos histórias – acrescentou Molly. – Cada pessoa é uma história. Foi Cabby quem nos uniu, antes de Lindsay adoecer. Eu encontrei esta casa aqui, mas precisava de alguém para dividir as despesas...

– E eu estava procurando uma casa para morar – atalhou Maggie.

– Então, um dia – continuou Molly –, Cabby e eu estávamos no mercado e ele atropelou uma pirâmide de melões com o carrinho de compras. Maggie, "por acaso", estava por perto e me ajudou a arrumar a bagunça. Ela não conseguia parar de rir e transformou o incidente em uma oportunidade. Maggie foi a resposta para as minhas preces. É isso que ela é. Uma graça de Deus.

– Eu poderia dizer o mesmo sobre Molly e as crianças – disse Maggie sorrindo. – Um lar tem a ver com as pessoas que fazem você se sentir em casa, e é assim que me sinto aqui. – Enquanto ela falava, Tony pôde perceber como isso era verdadeiro. De repente, foi tomado por um sentimento de solidão. Apressou-se a mudar de assunto novamente.

Ao longo da hora seguinte, Tony tentou explicar como era estar na cabeça de outra pessoa e enxergar através dos olhos dela. Esclareceu que não era necessário olhar para onde a pessoa estivesse olhando, desde que aquilo que via estivesse em seu campo de visão. Maggie o fez demonstrar isso até ficar convencida. Depois, quis saber o que acontecera na igreja quando ela foi fazer xixi. Ele explicou que depois descobrira que poderia se virar e olhar para outro lado, mas não comentou o que conseguia ver quando fazia isso. Evitou qualquer comentário sobre o seu poder de cura, e não contou nada sobre o deserto que era seu próprio coração e sua alma. Jack, que continuava sendo um mistério para ele, também não foi mencionado.

As duas tinham muitas perguntas sobre Jesus, e não conseguiram acreditar que Tony estava falando sério quando ele lhes contou que Vovó, o Espírito Santo, era uma velha indígena.

– Não acredito nisso! – exclamou Molly a certa altura. – Maggie, estou falando com um homem que está dentro da sua cabeça. É uma ótima história, mas não posso contar para ninguém. Qualquer um acharia que estamos loucas! Pensando bem, eu acho que estamos loucas!

Já passava da meia-noite quando Molly levantou-se para ir dormir. A caminho do quarto, parou, deu uma risadinha e disse:

– Ei, vocês dois, não fiquem conversando a noite inteira.

Maggie ficou sentada em silêncio por alguns instantes, pensando em quão estranho era tudo aquilo.

– No que você está pensando? – perguntou Tony.

– Você consegue ler minha mente? Sabe o que estou pensando?

– Não! Não faço a menor ideia.

– Ufa! – ela suspirou. – Graças a Deus. Se soubesse o que está passando pela minha cabeça, já teríamos nos divorciado.

– Nada que eu já não tenha feito antes – ele revelou.

– Bem, você pode me contar essa história em outra hora. Agora estou cansada e quero ir para cama, só não sei como fazer isso com você zanzando por aí.

– Se isso ajudar, acho que não vou estar dentro da sua cabeça o tempo todo – explicou Tony. – Não estive na de Cabby a cada minuto do dia. Ele conseguiu de alguma forma dizer a Deus que não me queria nos seus sonhos, e eu fiquei de fora deles. Voltei para junto de Jesus e da Vovó.

– Querido Deus, não quero esse homem nos meus sonhos. Amém!... Você continua aí?

– Continuo, desculpe! Não sei o que dizer.

– Bem, descubra e me avise. Estarei aqui nesta poltrona, esperando.

Com essas palavras, Maggie pegou uma manta de lã do sofá e cobriu as pernas, acomodando-se para passar a noite ali.

– Maggie? – disse Tony, hesitante.

– Tony? – ela respondeu.

– Posso lhe pedir um favor?

– Talvez. Depende.

– Eu gostaria de ir ao hospital amanhã e... bem, me visitar.

– Você quer eu leve você até o hospital para que possa se ver em coma?

– Isso. Sei que deve parecer bobagem, mas sinto que preciso fazer isso.

Maggie pensou no assunto por alguns instantes.

– Na verdade, não sei se vai ser possível, mesmo que você ainda esteja por lá amanhã. Eu não trabalho na UTI Neurológica, e só familiares e pessoas de uma lista bem reduzida podem fazer visitas. A entrada de Cabby foi um verdadeiro milagre, e tenho certeza de que eles não ficaram nada felizes. Você tem algum parente que eu possa contatar para entrar junto com ele?

– Não, não tenho, bem... não, não exatamente. – Ele hesitou, e Maggie ficou esperando com as sobrancelhas erguidas. – Bem, tenho um irmão, Jacob, mas não sei onde ele está. Não nos falamos há alguns anos.

– Nenhum outro familiar?

– Uma ex-mulher na Costa Leste, e uma filha que mora perto dela e odeia o pai.

– Humm, você sempre causou esse efeito tão positivo nas pessoas?

– É mais ou menos isso – admitiu Tony. – Eu costumava ser a cruz que os outros precisavam suportar.

– Bem – comentou Maggie –, no momento estou orando para Deus tirar essa cruz das minhas costas. É isso que estou pedindo, se quer saber, mas, se ainda estiver por aí amanhã, vou tentar descobrir um jeito de você se visitar. – Ela balançou a cabeça, sem conseguir acreditar no que estava vivendo.

– Obrigado, Maggie. A propósito, me parece que você já pode ir para cama. Acho que estou de partida...

Embora não soubesse como, dessa vez Tony sentiu que estava para acontecer. Mal tinha começado a se perguntar a respeito, não se encontrava mais ali, mas novamente adormecido, entre dois mundos.

11

ENTRE DOIS MUNDOS

Nossa vida é feita justamente daquilo
que consideramos interrupções.

– C. S. Lewis

Tony acordou sobressaltado, sem saber bem onde estava. Saiu cambaleante da cama, abriu a cortina e percebeu, para sua surpresa, que voltara ao quarto na casa decrépita em que Jesus supostamente morava. No entanto, o quarto lhe parecia maior e mais bem decorado. Sua cama era sólida, um avanço se comparada ao estrado de molas e ao velho colchão de antes. Madeira de lei substituíra parte do piso de pinho, e pelo menos uma das janelas era agora hermeticamente fechada e com vidro duplo.

Ele escutou uma batida à porta – três vezes, como antes –, mas, quando a abriu esperando encontrar Jesus, deparou com Jack segurando uma bandeja de café da manhã e com um sorriso estampado no rosto.

– Ah, olá, Jack da Irlanda! – exclamou Tony. – Estava me perguntando se voltaria a vê-lo depois do nosso primeiro encontro.

– É uma alegria reencontrá-lo, Anthony – disse Jack com um sorriso, pousando a bandeja com cuidado sobre uma mesa de canto e servindo um líquido negro e perfumado numa caneca maior do que o normal.

Tony meneou a cabeça para agradecer e tomou o primeiro gole, o líquido suave deslizando como seda por sua garganta.

– Tenho o prazer de lhe informar – acrescentou Jack enquanto tirava a tampa de cima de um prato com ovos, legumes cozidos no vapor e um bolinho amanteigado – que eu e você estamos fadados a nos ver bastante.

– Nem sei se devo perguntar o que você quer dizer com isso – murmurou Tony, saboreando o primeiro bocado do seu café da manhã.

– Não importa – disse Jack com um suspiro, puxando uma cadeira acolchoada e deixando-se cair nela. – Seja como for, esse momento contém todos os momentos possíveis, de modo que você não precisa estar em nenhum lugar que não seja agora.

– Se é você quem afirma... – concordou Tony. Já estava se habituando a não entender o que lhe diziam, mesmo em sua própria língua. – Posso fazer uma pergunta, Jack? Esse lugar, esse tempo e esse espaço intermediário em que estamos agora, tudo isso é a vida após a morte?

– De jeito nenhum! – afirmou Jack, balançando a cabeça. – Está mais para uma intravida, embora não esteja separado do que você considera vida após a morte, que, para seu governo, deveria ser chamada mais precisamente de pós-vida.

Tony ficou com o garfo suspenso no ar, imóvel, enquanto tentava entender tudo aquilo.

– Você está preso, por assim dizer, entre a antevida e a pós-vida, e a ponte que une esses dois estados é a intravida, a vida da sua própria alma.

– Então, onde *você* vive?

– Bem, eu vivo onde quer que esteja, mas minha morada é na pós-vida. Estou apenas visitando você aqui, meu caro, nesse lugar intermediário.

Tony quase não sentia o gosto da comida. Sua mente estava em polvorosa.

– Essa vida após a morte, quer dizer, essa pós-vida, como é?

– Ah, essa, sim, é uma boa pergunta. – Jack recostou-se na cadeira, refletindo. Sacou distraidamente seu cachimbo ainda aceso do bolso do paletó, deu uma lenta tragada e tornou a guardá-lo antes de olhar de volta para o homem à sua frente. Deixou a fumaça brotar do meio de seus lábios enquanto falava. – Você está me perguntando algo que só pode ser conhecido pela experiência. Que palavras são capazes de comunicar as sensações de um primeiro amor, de um pôr do sol inesperado, do perfume de jasmim, gardênia ou lilases? Quais as palavras para descrever os sentimentos provocados em uma mãe que segura o filho pela primeira vez, os momentos em que você é surpreendido pela alegria, por uma música transcendental, ao atingir o topo de uma montanha que escalou, a primeira vez que provou mel direto da colmeia... Ao longo de toda a história, temos buscado palavras que possam conectar o que conhecemos àquilo pelo qual ansiamos, mas o que vemos agora é apenas um reflexo obscuro.

Jack correu os olhos pelo quarto.

– Olhe, deixe-me dar um exemplo. – Ele caminhou até a penteadeira ao lado da janela, na qual, entre outros objetos, havia um vaso de planta. Nele, brotava uma linda tulipa multicolorida. Jack pegou o vaso e sentou-se novamente. Com cuidado, começou a separar a terra, esmerando-se para não ferir a planta, até revelar o bulbo, e o caule com a flor no topo. – Esta é uma tulipa muito especial – explicou –, cultivada aqui mesmo, no nosso jardim.

Ele chegou mais perto para que Tony pudesse observar melhor a flor.

– Observe essas pétalas extraordinárias. Elas são todas em forma de pluma e retorcidas, com as bordas rebarbadas que se enroscam ao redor de uma variedade de cores: dourado, laranja-escuro e roxo-azulado. Olhe, há até alguns raios verdes ao longo das partes amarelas. É magnífico!

Após contemplar a flor, ele prosseguiu:

– Agora, olhe aqui, Tony. Veja o bulbo que gerou este espécime maravilhoso. Parece um pedaço de madeira velha ou um torrão de terra, algo que você jogaria fora se não tivesse noção do que é. Algo comum, que jamais chamaria sua atenção. Essa raiz, Tony... – Jack estava empolgado, replantando com cuidado o bulbo no vaso, remexendo e compactando a terra. – Essa raiz é a antevida, em que tudo o que você conhece e vivencia está permeado pela expectativa de algo mais. E em tudo o que você conhece e vivencia, em tudo o que é parte da própria raiz, você encontrará vislumbres da flor: na música, na arte, nas histórias, nas famílias, no riso, nas descobertas, nas inovações, no trabalho e na presença. Mas, se visse apenas a raiz, conseguiria imaginar uma maravilha tão grande quanto essa flor? Haverá um momento, Tony, em que você finalmente verá a flor, e então tudo o que diz respeito à raiz fará sentido. Esse momento é a pós-vida.

Tony ficou sentado ali, olhando para aquela flor de beleza simples, porém complexa, aturdido como se estivesse diante de algo dolorosamente sagrado. Mais uma vez, ele se perguntou: *Onde estive durante todos aqueles anos?* Até onde conseguia se lembrar, nunca tinha vivido de fato. Mas então foi invadido por outros pensamentos, pequenas lembranças de mistérios que tinham penetrado na agitação de sua vida e nos compromissos de sua agenda, partículas de luz, amor, encanto e momentos de alegria que sussurravam em seus ouvidos nas horas de prazer, mas gritavam pedindo atenção nas horas de dor. Nunca tivera o hábito de sentar, ouvir, olhar, ver, respirar, refletir... e tudo isso tinha cobrado um preço, disso ele agora tinha certeza. Sentiu-se um imprestável, um reflexo da devastação do terreno que se encontrava do outro lado da janela.

– Tony, você é uma raiz – disse Jack, interrompendo seus pensamentos –, e só Deus sabe o que será a flor. Não se perca castigando a si mesmo por ser uma raiz. Sem a raiz, a flor não pode nascer. A flor é uma expressão do que agora parece tão medíocre e desimportante, um verdadeiro traste.

– É a melodia – exclamou Tony, começando a compreender.

Jack sorriu e fez que sim com a cabeça.

– Exatamente. É a melodia.

– Eu irei encontrar você, Jack? Nós vamos nos encontrar na pós-vida? – Tony esperava que sim e precisava perguntar.

– Sem dúvida! Como uma flor, de uma maneira que você não pode sequer compreender, pois é como uma raiz olhando para outra raiz.

Tony achava que tinha entendido, mas esperou por mais, algo que Jack teve a gentileza de oferecer.

– O modo como você me vê agora, Anthony, é o melhor que suas memórias conseguem evocar, uma mistura de lembranças e imaginação de como sua mente acha que eu sou. Você é uma raiz olhando para uma raiz.

– E se eu o visse na pós-vida?

– Bem, isso talvez soe como uma grande falta de modéstia, mas eu poderia dizer o mesmo de qualquer um que você vá encontrar na pós-vida. Se, no seu estado atual, você me visse como eu sou de verdade, provavelmente cairia de joelhos em reverência e adoração. A raiz veria a flor, e isso seria devastador para você.

– Uau! – exclamou Tony, surpreso com a resposta. – Tem razão, desse jeito você parece um grande convencido.

– Na pós-vida, sou tudo o que fui feito para ser, mais humano do que jamais consegui ser na Terra, e repleto de tudo o que Deus é. Você mal ouviu uma nota da sinfonia, mal viu uma das cores do pôr do sol, mal ouviu uma gota da cachoeira. Está enraizado em sua vida, tentando se agarrar a qualquer coisa que lhe traga uma sensação de transcendência, inclusive transformando outras raízes em flores imaginárias.

Tony levantou-se e começou a andar de um lado para outro no quarto.

– Jack – confessou –, minha vida, que eu sempre considerei muito bem-sucedida, é na verdade um fracasso total. Mas mesmo assim você está sugerindo que por trás disso tudo existe uma beleza inimaginável. Está dizendo que eu sou importante? Que embora eu seja essa raiz feia e ordinária, fui criado para dar origem a uma flor especial e extraordinária? É isso que está me dizendo... não é?

Jack assentiu, tornando a sacar seu cachimbo para mais uma baforada.

– E suponho – continuou Tony – que isso se aplique a cada ser humano, a cada pessoa nascida...

– Concebida! – interrompeu Jack.

– Cada pessoa "concebida" no planeta, cada um que vive na antevida é uma raiz dentro da qual há uma flor esperando para desabrochar? É isso?

Jack assentiu novamente, e então Tony se aproximou e parou diante dele, inclinando-se para a frente e pousando as mãos em seus ombros até seus rostos estarem a poucos centímetros de distância. Através de seus dentes cerrados, disse as seguintes palavras, mordazes e desesperadas:

– Então por que toda essa droga, Jack? Por que tanta dor, doença, guerra, desamparo, ódio, rancor, crueldade, brutalidade, ignorância, estupidez... – A ladainha de males era inesgotável, uma lista terrível de ser ouvida. – Sabe o que fazemos com as raízes, Jack? Nós as queimamos, usamos e abusamos delas, nós as destruímos, vendemos, tratamos como o lixo repugnante que achamos que nós mesmos somos! – Com essas palavras, ele se afastou de Jack, que tinha ouvido pacientemente o desabafo, sem mudar a expressão do rosto.

Tony foi até a janela e olhou para fora. O silêncio denso que pairava no ar e os separava como uma cortina foi quebrado por Jack.

– A questão da dor – ele disse baixinho – é um problema da raiz.

Tony ouviu a resposta e baixou a cabeça, olhando para o chão.

– Não sei, Jack – ele declarou. – Não sei se sou capaz de encarar todos os meus problemas. A pilha deles é terrível e alta demais.

– Não se preocupe, querido – respondeu Jack em tom gentil. – Você atravessará essa estrada quando chegar diante dela. Deve lembrar, Tony, que nada de bom, nenhuma lembrança, nenhum ato de bondade, nenhuma só coisa que seja verdadeira, nobre, correta e justa será perdida.

– E quanto a tudo de ruim, de cruel, de errado?

– Ah, aí está o verdadeiro milagre. – Jack devia ter se levantado da cadeira, pois agora Tony sentia a mão firme e grande do homem em seu ombro. – Deus é capaz de transformar toda a dor, todo o desamparo, toda a mágoa e todas as coisas ruins em algo que jamais poderiam ter sido, ícones e monumentos de graça e amor. É profundamente misterioso como as feridas e cicatrizes podem se tornar preciosidades, ou como uma cruz implacável e aterrorizante pode se tornar o maior símbolo de um amor inabalável.

– E isso vale a pena? – sussurrou Tony.

– Pergunta errada, filho. Não existe "isso". A pergunta certa sempre foi: "*Você* vale a pena?" E a resposta é e sempre será "Sim!".

A afirmação pairou no ar como a última nota de violoncelo, desaparecendo aos poucos. Tony sentiu a mão de Jack apertar mais firme, de forma amigável, encorajadora, amorosa, enquanto ele fazia a seguinte proposta:

– Quer dar uma volta? Ver a propriedade? Conhecer alguns dos vizinhos? Talvez seja melhor vestir uma roupa.

– Eu tenho vizinhos? – perguntou Tony.

– Bem, não são exatamente vizinhos. Parecem mais invasores. Mas eu estou aqui para levar você até eles, se quiser conhecê-los. A decisão é sua. Vou ficar aqui fora enquanto você decide.

Então ele saiu, deixando Tony imerso em pensamentos, emoções e ainda mais perguntas. Mas como a curiosidade de conhecer outras pessoas naquele lugar era instigante, ele se vestiu, jogou uma água no rosto, sorriu, balançou a cabeça para sua imagem no espelho e se encaminhou para a porta.

ᘒᘔ

A manhã estava límpida, com aquele ar fresco e cortante que indica mudança de tempo. Algumas nuvens começavam a se formar no horizonte, ainda não ameaçadoras, mas um prenúncio de que algo estava por vir.

– Aqui, tome – disse Jack, entregando um casaco a Tony assim que ele saiu do quarto.

Tony vestiu o impermeável, que lhe pareceu familiar, sentindo-se grato por não ser um paletó de tweed. Jack estava vestido como sempre, mas portava uma bengala e usava um velho chapéu de pescador também de tweed que implorava por um comentário.

– Belo chapéu – disse Tony.

– Ah, esta velharia aqui? Bem, obrigado. Por mais que o perca, ele sempre reaparece. Só me resta colocá-lo de volta até ele desaparecer outra vez.

Enquanto corria os olhos pela propriedade, Tony ficou surpreso ao constatar que ela parecia estar em melhores condições, como se uma brisa de ordem tivesse sido soprada sobre o caos, mas de forma meramente sugestiva. Por outro lado, havia fendas claramente visíveis em alguns dos muros mais distantes, onde ele não se lembrava de tê-las visto antes. *Não devo ter prestado atenção na hora*, Tony pensou enquanto Jack indicava uma trilha na direção de um bosque, além do qual espirais de fumaça quase imperceptíveis subiam para o céu.

– Vizinhos? – ele estranhou.

Jack sorriu e deu de ombros, como se relutasse em revelar mais detalhes.

Enquanto caminhavam, Tony perguntou:

– Jack, este lugar, este mundo intermediário que de alguma forma sei que sou eu mesmo... Fui trazido até aqui para confrontar algo que fiz de errado?

– Não, querido, muito pelo contrário – garantiu-lhe Jack. – Esse lugar intermediário e a pós-vida foram construídos em cima de tudo o que você fez de certo, não do que fez de errado. O que não quer dizer que seus erros deixem de ter consequência ou simplesmente desapareçam. Muitos deles estão à sua volta, como você pode ver, mas a ideia é reconstruir, não destruir.

– Sim, mas... – Tony começou a falar, porém Jack ergueu a mão para interrompê-lo.

– Sim, o que é velho precisa ser derrubado para que o novo possa ser erguido. Para haver uma ressurreição, é preciso haver uma crucificação, mas Deus não desperdiça nada, nem mesmo as coisas más que nossa imaginação foi capaz de criar durante a existência. Em cada edifício demolido ainda resta muito do que um dia foi verdadeiro, correto e bom, e isso faz parte da criação do novo. Na verdade, o novo jamais poderia ser o que é sem o velho. Isso é a restauração da alma. Você é do Oregon, então deve entender de reciclagem, não?

– Bem – respondeu Tony –, gosto da parte da construção. Não sou muito fã da parte da demolição.

– Ah... – suspirou Jack. – Mas essa é a questão, não é? É preciso haver destruição para que o que é real, correto, bom e verdadeiro seja construído. É preciso haver um julgamento e um desmantelamento. Não é apenas importante, é essencial. No entanto, a bondade de Deus não permitirá que a demolição seja feita sem a nossa participação. Na maioria das vezes, Deus precisa fazer muito pouco. Somos mestres em erguer fachadas, apenas para botá-las abaixo logo em seguida. Em nossa independência, somos criaturas muito destrutivas que erguemos castelos de cartas para depois derrubá-los com nossas próprias mãos. Vícios de todo o tipo, o desejo de poder, a segurança das mentiras, a necessidade de reconhecimento, a busca pela fama, o comércio de almas humanas... tudo não passa de castelos de cartas que tentamos manter de pé prendendo a respiração. Mas, graças a Deus, um dia precisamos respirar e, quando o fazemos, a respiração do Senhor se junta à nossa e tudo cai por terra.

Eles diminuíram o ritmo quando a trilha começou a ficar mais estreita e acidentada, com pequenas rochas e raízes de árvores espalhadas ao longo do que antes parecia ter sido um caminho plano e fácil de cruzar. Um cheiro desagradável, a princípio tênue, foi ficando mais forte à medida que eles seguiam em frente. Por fim, tornou-se um fedor que fez Tony franzir o nariz.

– Cruzes, que cheiro é esse? Parece...

– Lixo? Sim, é isso mesmo – disse Jack. – Seus vizinhos não são muito asseados e não se dão ao trabalho de limpar a sujeira que fazem. Eles se recusam a queimar seus próprios dejetos – explicou. – Olhe!

Dois vultos se aproximavam devagar. Jack levantou a mão, e Tony parou.

– Está na hora de nos separarmos, Anthony. Não sei se voltarei a vê-lo por aqui, mas sem dúvida teremos muitas outras oportunidades na pós-vida.

– Você vai embora? Mas e quanto aos meus vizinhos? Achei que você fosse me apresentar a eles.

– Eu disse que iria levá-lo até eles. Não há necessidade de apresentações. – Seu tom era bondoso e gentil, e com um sorriso um tanto maroto, acrescentou: – Eles não morrem de amores por mim, e a nossa presença juntos causaria mais confusão. É preferível que você vá sozinho.

– Sou eu que estou confuso, para variar – confessou Tony. – Não entendo.

– Não precisa entender, querido. Apenas se lembre do seguinte: você nunca está sozinho. Tem tudo de que precisa por enquanto.

Jack se virou e deu um abraço apertado em Tony. Então, com muita ternura, beijou-o de leve no rosto, como um pai beijaria seu precioso filho.

Tony se deixou levar.

12

A TRAMA SE COMPLICA

Os amigos de verdade o apunhalam pela frente.

– Oscar Wilde

—Oh, meu Deus! – Tony estava vendo através dos olhos de Maggie, pela janela da cozinha, dois homens que saíam de uma limusine parada em frente à casa.

– Maggie? – perguntou Tony. – O que houve?

– Tony! – gritou Maggie. – Graças a Deus você voltou. Onde se meteu? Não se preocupe com isso agora, porque estamos no meio de uma crise de proporções gigantescas. Já viu quem está saindo daquele carro lá fora?

Tony conseguia sentir a agitação invadi-la como uma onda, mas concentrou-se nos dois homens que conversavam, olhando para a casa. De repente, reconheceu um deles.

– O pastor Clarence é da polícia? Você não me contou.

– Sim, Clarence é policial. Por que eu lhe contaria isso? E qual o motivo desse medo todo? Você fez alguma coisa ilegal?

– Não! – respondeu Tony. – Foi só uma surpresa.

– Faça-me o favor! – exclamou Maggie. – *Você* falando de surpresas para *mim*? Misericórdia, eles estão vindo para cá! Rápido, faça alguma coisa!

Tony não tinha ideia do isso significava. Em condições normais, o tom de voz de Maggie o teria feito procurar algum lugar para se esconder. Essa ideia era tão absurda e ridícula naquelas circunstâncias que ele começou a rir. Maggie saiu correndo pelo corredor para maquiar-se, e Tony foi com ela, ainda rindo. Por fim, ele se acalmou, mas continuou a fazer um esforço para conter o riso. Maggie se olhou no espelho. Se beleza matasse, haveria um branquelo morto dentro da sua cabeça.

A campainha tocou.

– Por que você está tão agitada? – perguntou Tony.

Maggie sussurrou para o espelho, ajeitando uma última mecha de cabelo.

– É Clarence quem está lá fora, a última pessoa que eu iria querer encontrar hoje, com exceção daquele outro cara que está com ele.

– O branco mais velho? Quem é?

– O sujeito com a Bíblia na mão é ninguém mais, ninguém menos que o bispo Horace Skor. Se conseguir me lembrar, mais tarde eu falo a respeito dele para você – ela acrescentou com um leve sorriso que deixou Tony aliviado.

A campainha tocou uma segunda vez.

– É melhor atender. Eles provavelmente viram você pela janela, e seu carro está estacionado bem aí em frente. Aliás, como foi que arranjou aquele amassado?

– Agora não, Tony – reclamou Maggie. – Às vezes você é tão irritante!

Ela se levantou, alisou o vestido mais uma vez e se encaminhou para a porta.

– Ora, se não é o bispo Skor! Que surpresa agradável. E o pastor Walker, que alegria revê-lo tão cedo... depois de... hã... eu estava me arrumando para sair.

– Bem – disse o homem mais velho –, precisamos falar com a senhora.

– ... Mas, se quiserem um chá ou um café, posso lhes dar alguns minutos. Entrem.

O bispo entrou na frente, seguido de Clarence, cujos olhos pediam desculpas, embora um sorriso quase imperceptível brincasse nos cantos de sua boca. Apesar de nervosa, Maggie abriu seu melhor sorriso e os conduziu até a sala de estar, onde os dois se acomodaram, o bispo tenso e com as costas eretas, o policial completamente à vontade.

– Ora, ora, o velho Harry é bastante pomposo!– comentou Tony. Maggie pigarreou para alertá-lo de que não se intrometesse na conversa.

– Gostariam de um café ou de um chá?

– Para mim, nada – respondeu o bispo em tom seco.

– Eu adoraria um copo d'água, Maggie, se não for muito incômodo.

O bispo olhou de esguelha para o colega, como se o informasse de que se tratava de uma ocasião formal, em que tratamentos mais descontraídos não eram desejáveis.

– Não é incômodo algum. Só um instante. – Ao virar-se e entrar na cozinha, Maggie sussurrou: – Tony, você vai ter que ficar quieto... desse jeito não consigo prestar atenção. E o nome dele é Horace. Bispo Skor para você!

– Mas ele é um...

– Shhhhh! Nem mais uma palavra, fui clara?

– Sim, senhora! Claríssima. Câmbio e desligo.

– Obrigada!

Ela voltou à sala de estar, interrompendo uma conversa sussurrada, e entregou o copo ao pastor, que meneou a cabeça em agradecimento. Maggie sentou-se de frente para o que pareciam ser seus inquisidores.

– Sra. Saunders – começou o bispo.

– Srta. Saunders, na verdade – corrigiu Maggie. – Não sou casada. – Ela não pôde deixar de sorrir para Clarence, mas se arrependeu logo em seguida.

– Naturalmente. Srta. Saunders, como sabe, eu sou o bispo Skor, um dos chefes da igreja que a senhorita vem frequentado há... quanto tempo mesmo? Seis, sete meses?

– Dois anos e meio – respondeu Maggie.

– Tudo isso? Como o tempo voa – recompôs-se o bispo. – Bem, sinto muito que não tenhamos nos conhecido antes, ou em uma ocasião mais agradável, mas, depois do... bem... incidente de ontem à noite...

– Ah, sim, a respeito disso... – Maggie pousou de leve a mão sobre o joelho do bispo. Imediatamente ele se remexeu na poltrona, fugindo do seu alcance como se ela tivesse alguma doença contagiosa. – Foi um grande mal-entendido. A questão é que eu tenho estado sob estresse constante, sabe, por causa do que está acontecendo com Lindsay, e na noite passada acho que tudo veio à tona. Sinto muito por... – Ela sabia que estava se enrolando em seu pedido de desculpas, mas só conseguiu parar quando o bispo Skor levantou a mão, interrompendo-a no meio da frase.

– Lindsay é sua filha? – perguntou ele em um tom quase preocupado.

– Minha filha? Não! – Maggie ficou um pouco chocada, e, ao olhar para Clarence, viu que ele balançava um pouco a cabeça, quase como se a alertasse para não entrar nesse assunto. Ela se voltou para o bispo. – O senhor não sabe quem é Lindsay, sabe?

– Não, temo que não, mas, seja como for, é importante que a senhorita entenda que tenho certas responsabilidades na igreja. E uma delas é supervisionar a vida espiritual dos membros da congregação.

– Que imbecil! – exclamou Tony.

Maggie deu um tapa na própria perna, e então a coçou como se tivesse sido mordida por um mosquito, tentando alertar Tony de que ficasse quieto e não desse motivo para perguntas. Sorriu, o que o bispo interpretou como um convite para que prosseguisse.

– Depois do... hã... incidente de ontem à noite, sinto que é minha obrigação conduzir e orientar os fiéis em certas áreas nas quais talvez tenhamos nos tornado negligentes demais, coisa pela qual assumo toda a culpa e responsabilidade. Só Deus sabe o peso que carrego no peito. Mal preguei os olhos a noite passada, confessando-me e me arrependendo de minhas atitudes pecaminosas e negligentes para com a Palavra, com as doutrinas fundamentais da Igreja, com a ordem em nossa comunidade e o comportamento de nossos membros. Srta. Saunders, eu sou seu devedor. A senhorita prestou um grande serviço à sua congregação e a mim ao revelar nossa situação vergonhosa. Então, o que realmente vim fazer aqui é lhe dizer obrigado!

Com essas palavras, ele se recostou na poltrona. Maggie e Clarence fizeram o mesmo, pasmos, enquanto o bispo parecia satisfeito.

– Hã, não há de quê. – Foi tudo o que Maggie conseguiu pensar em responder.

– É uma armadilha! – exclamou Tony, sem conseguir se controlar. – Isso não está me cheirando bem. Um desses dois está armando um golpe!

Maggie deu outro tapa na própria perna, e estava prestes a se levantar quando o bispo se inclinou para a frente.

– Srta. Saunders, temos uma comunidade religiosa saudável e vibrante. Estamos abertos às intervenções e à obra do Espírito Santo. Permitimos que mulheres participem do culto e até tragam, de vez em quando, palavras proféticas para a congregação, desde que as relatem aos nossos líderes, pedindo permissão antes, é claro. As mulheres educam nossos filhos, e não há responsabilidade maior neste mundo do que a educação de nossos meninos e meninas. Eles são o futuro da nossa igreja. Estamos comprometidos com a verdade de que, perante Deus, nós, homens e mulheres, somos iguais...

– Mas? – sussurrou Tony. – Estou pressentindo que um "mas" vai chegar... Espere só...

Maggie voltou a estapear e coçar a perna.

– Tanto homens quanto mulheres são capazes de expressar as dádivas do Espírito Santo; tanto homens quanto mulheres são essenciais para a manutenção e o desenvolvimento da Igreja...

– Está chegando... – O tapa foi um pouco mais firme e decidido desta vez, mas o bispo não deu atenção.

– ... E defendemos a Palavra, que declara não haver diferença entre homens e mulheres, mas... – E então o bispo ficou mais sério, e inclinou-se um pouco para a frente antes de olhar bem no fundo dos olhos de Maggie.

– Tã-dã! – exclamou Tony com uma alegria maldosa. – Não disse?... Este babaca pomposo se parece... comigo, na verdade.

– Mas a Palavra fala sobre como Deus nos vê, não sobre como devemos nos comportar na igreja, e sempre devemos nos lembrar de que Deus é um Deus da ordem. É essencial que cada pessoa cumpra seu papel, e enquanto estivermos conforme os preceitos de Deus, a igreja funciona como deveria e a saúde do seu corpo é mantida e até celebrada.

Após uma pausa, ele acrescentou:

– Agora, Srta. Saunders, gostaria de lhe mostrar uma passagem da minha Bíblia.

Sacou uma edição antiga e gasta do livro sagrado, abrindo-a diretamente na página que havia marcado para aquele encontro. Clarence empoleirou-se na beirada da poltrona, sua atenção concentrada no bispo e na Bíblia em suas mãos.

– Veja bem o que diz o apóstolo Paulo na Primeira Carta aos Coríntios, capítulo 14, versículo 34: "Permaneçam as mulheres em silêncio nas igrejas, pois não lhes é permitido falar; antes permaneçam em submissão, como diz a Lei. Se quiserem aprender alguma coisa, que perguntem a seus maridos em casa; pois é vergonhoso uma mulher falar na igreja."

Tendo enfatizado três palavras durante a leitura (*submissão*, *Lei* e *marido*), ele fechou o livro e se recostou, assentindo para si mesmo.

– Agora, Srta. Saunders, como foi revelado que a senhorita não é casada e, portanto, não tem marido, e como aqui diz que deve perguntar a ele, então a liderança masculina da Igreja assume o lugar do marido como chefe e protetor. Portanto, se tiver alguma pergunta, gostaria de me oferecer pessoalmente para aconselhá-la e encorajá-la em todo e qualquer assunto espiritual.

O silêncio que recaiu sobre eles não teve nada de sagrado. Foi constrangedor. Até Tony ficou sem palavras. Maggie não fazia ideia de como reagir àquele convite.

– É sarcasmo!

Maggie e o bispo se viraram para Clarence, que falara em um tom firme e seguro.

– Como? – A interrupção pegou Skor de surpresa, mas ele logo se recuperou.

– Pastor Walker, eu o chamei porque, como o senhor conhece a Srta. Saunders, julguei que sua presença pudesse ser útil. Tínhamos combinado anteriormente que o senhor não estaria aqui para falar, mas para servir de testemunha.

– Mas é mesmo sarcasmo – tornou a afirmar Clarence, falando lentamente e com clareza. Se estava perturbado, conseguiu esconder seu embaraço atrás de uma expressão impassível e decidida.

– Do que está falando, irmão Walker? Acha que estou sendo sarcástico? – Havia uma ponta de irritação na voz de Skor, que Clarence driblou habilmente.

– Não, não o senhor. O apóstolo Paulo. Acredito que ele estava sendo sarcástico quando escreveu a passagem que o senhor leu.

– Bem, Clarence, não sabia que tinha cursado faculdade de teologia – disse o bispo, assumindo um tom condescendente. – Não acredita que o Espírito Santo nos conduza em direção a toda a verdade?

O tom agora era claramente de provocação, mas Clarence não mordeu a isca.

– Acredito, senhor, acredito que o Espírito Santo nos conduza à verdade, mas às vezes a vegetação esconde o edifício, e às vezes nossos olhos levam um certo tempo para se curar.

Skor tornou a sacar sua Bíblia, abrindo-a pela segunda vez no trecho marcado, e estendendo-a na direção de Clarence.

– Então me mostre. E lembre-se, eu fiz faculdade de teologia, e conheço muito bem os gregos.

Clarence pegou a Bíblia e segurou-a de modo que os dois pudessem vê-la.

– Aqui – disse ele, apontando o trecho. – Veja este próximo versículo. Ele traz a primeira de três perguntas que só fariam sentido se Paulo estivesse sendo sarcástico, e se aquilo que ele defende aqui fosse o oposto do que o senhor acabou de dizer para Maggie. Paulo está citando uma carta que lhe foi enviada com perguntas, e discorda totalmente do que está escrito nela.

– Isso é um absurdo. Deixe-me ver! – disse o bispo, arrancando a Bíblia das mãos do colega. Houve um momento de silêncio, enquanto o bispo lia e relia a passagem.

Maggie, com os olhos arregalados, mal ousava respirar.

– E quanto à lei citada por Paulo? – perguntou Skor em tom de desafio.

– O senhor pode me mostrar? – rebateu Clarence.

– Mostrar o quê?

– Mostre-me a lei que Paulo está citando.

Skor ficou profundamente irritado por não conseguir intimidar Clarence, e como em geral acontece quando alguém não quer dar o braço a torcer, mudou de assunto para algo mais pessoal.

– Você, meu jovem, está contradizendo séculos de história da Igreja, assim como teólogos muito mais inteligentes e sábios do que nós dois, e eles concordam comigo. Já não estamos falando apenas de uma mulher que criou tumulto ao atrair uma atenção profana para si mesma...

– Como é que é? – disse Maggie.

– Acho que deveria medir suas palavras, senhor! – aconselhou Clarence, mas isso estava além da capacidade do bispo.

– Como autoridade desta igreja a quem você deveria se submeter, Clarence, afirmo que você deveria acatar o que dizem as Escrituras.

– Sinto muito, senhor bispo, mas não me submeto à sua vontade. Sou um agente da polícia de Portland. Submeto-me a Deus e aos membros da minha comunidade.

– Muito bem! Então você escolheu ficar do lado desta... desta... desta Jezebel – disse Skor, arrependendo-se imediatamente de ter perdido o controle. Quando tanto Maggie quanto Clarence se levantaram de suas poltronas, Clarence agigantou-se diante do bispo.

– É melhor se desculpar! Agora o senhor passou dos limites!

– Tem razão – concordou o bispo. – Peço desculpas por ter perdido o controle. Sinto muito – ele disse para Maggie, voltando em seguida sua atenção para Clarence, a raiva contida claramente. – Mas você, meu jovem, assim como esta mulher, não são mais bem-vindos na minha igreja. Espero sua carta de demissão do Conselho dos Pastores o mais rápido possível.

– Faça o que achar necessário, Sr. Skor, mas eu me recuso a enviar algo parecido. E também sugiro que saia desta casa. Agora! – A voz de Clarence permanecia controlada e firme, mas não havia dúvidas quanto à determinação e à força por trás dela.

– Adoro esse cara! – exclamou Tony, e Maggie permitiu que um leve sorriso dançasse em seus lábios.

Sem dizer mais nada, o bispo Skor abandonou rapidamente o recinto, e bateu a porta do carro que desceu lentamente a rua, sob o olhar atento do agente de polícia.

– Senhor Deus, nos proteja daqueles que ainda não foram apanhados – suspirou ele, mais para si mesmo. Então, usou seu rádio para falar com a delegacia, antes de se dirigir a Maggie. – Falei com a central e eles vão enviar uma viatura para me buscar dentro de alguns minutos. Sinto muito, Maggie – ele se desculpou. – Não acho que Horace seja má pessoa, mas ele não sabe agir de outra forma. Não fazia ideia do que ele estava planejando, e estou envergonhado por ter feito parte disso tudo.

– Está brincando? – vibrou Tony. – Tirando a noite passada, não lembro qual foi a última vez que me diverti tanto.

– Hã... sobre ontem à noite – Maggie começou a falar, mas Clarence não deixou que terminasse.

– Ah, quase me esqueci – ele exclamou, enfiando a mão no bolso do casaco e fisgando um pequeno saco plástico. – Na verdade, eu vim com Horace para lhe devolver isto. Acho que é seu. Não costumo encontrar brincos femininos no meio das minhas roupas.

Maggie ficou mais eufórica do que encabulada.

– Oh, Clarence, obrigada! Esse brinco faz parte de um par que é a única coisa que me resta da minha mãe, e significa muito para mim. Como posso agradecer?

Então, antes que Tony pudesse gritar "Não o beije!", ela se virou, abraçou seu herói e plantou um beijo bem demorado no rosto de Clarence.

– Droga! – resmungou Tony enquanto começava a partir.

ᏻᏝᏋ

Ao emergir da escuridão, Tony se viu olhando diretamente para Maggie. Se bondade e afeto fossem cores ligadas a emoções, ele saberia exatamente o que estava sentindo, pouco antes de a familiar onda de adrenalina o trazer de volta à realidade.

Clarence recuou e colocou a mão sobre sua arma.

– Maggie – sussurrou ele –, tem algum homem aqui?

– Oops! – fez Tony, e Clarence virou-se e olhou para trás.

Maggie soube na mesma hora o que tinha acontecido.

– Hã, Clarence? – Ele se virou de volta, hiperatento e vasculhando a casa com o olhar. – Clarence, olhe para mim! – ela ordenou.

– O quê?! – ele sussurrou, mas como não viu qualquer movimento, cravou o olhar em Maggie.

– Precisamos conversar, e rápido, porque seus colegas da polícia estão vindo e você precisa saber de algumas coisas antes de eles chegarem. Sente-se aqui.

Clarence escolheu uma poltrona que o deixasse de costas para a parede e sentou-se devagar, seus sentidos ainda em estado de alerta. Só então concentrou sua atenção em Maggie.

– Maggie, juro que ouvi um homem dizer "Droga!" – explicou.

– Bem, provavelmente ouviu mesmo... – disse Maggie, enquanto Clarence a encarava, confuso. – Mas o homem não está na minha casa, ele está dentro da sua cabeça.

– Hã? Maggie, o que você está dizendo não faz o menor sentido. Como assim, ele está dentro da minha cabeça? – Clarence começou a se levantar, mas Maggie pousou a mão em seu ombro, olhando no fundo de seus olhos.

– Tony! Diga alguma coisa. Não me deixe na mão – ela exigiu.

– Hã, oi, Clarence. Belo uniforme!

Os olhos do policial se arregalaram e Maggie viu uma ponta de medo neles, algo que provavelmente não acontecia com muita frequência.

– Clarence, preste atenção – pediu Maggie. – Eu posso explicar. – Na verdade, ela não tinha ideia de como fazê-lo, mas sabia que primeiro precisava acalmá-lo.

– Maggie – sussurrou Clarence –, você está falando sobre o seu demônio da noite passada, o que se chamava Tony? Que ele está na minha cabeça agora?

– Eu não sou um demônio – vociferou Tony.

– Ele não é um demônio – afirmou Maggie.

– Então, como consigo ouvi-lo falar comigo?... Ah! – exclamou Clarence, como se tivesse acabado de entender. – Então você realmente conseguia ouvir este homem falando com você ontem à noite? – Ele estava dividido entre alívio e pavor.

– Hã? Você não acreditou em mim? – Apesar de um pouco transtornada, Maggie se divertia com a situação. – Tony, por que não me disse que se eu beijasse alguém você passaria para a outra pessoa?

– Quem você andou beijando? – perguntou Clarence, preocupado.

– Cabby, ela beijou Cabby – respondeu Tony.

– Eu beijei Cabby – confirmou Maggie.

– Tony está dizendo que, naquele momento, ele não achava que fosse importante – transmitiu Clarence. – Está dizendo também que teve medo de que você fosse procurar a ex-mulher dele e lhe desse um beijo... Diz que sente muito. – O pânico quase tomou conta de Clarence. – Não acredito que estou fazendo isto! Maggie – ele implorou –, o que está acontecendo?

– Ok, preste atenção. – Ela se inclinou para a frente. – Tony é um homem branco mais velho...

– Ele diz que não é tão velho assim – interrompeu Clarence.

– Ignore o que ele diz... Tony, cale a boca. Enfim, ele é um empresário de Portland que não acredita em Deus, mas sofreu um acidente e acabou no hospital, onde está em coma. Então ele encontrou o Senhor, que o enviou numa espécie de missão que ninguém parece entender direito. Cabby estava brincando de esconde-esconde no hospital, e Tony acabou entrando na cabeça dele. Quando, na noite passada, eu beijei Cabby, ele passou para mim. Pensei que fosse um demônio quando ele falou comigo, mas agora que eu beijei você, ele é todo seu.

– Sério?

Ela fez que sim com a cabeça.

Clarence recostou-se na poltrona, chocado. Aquilo era tão absurdamente estranho que talvez fosse verdade. Ele pensou no princípio da lâmina de Occam, segundo o qual uma explicação simples é melhor do que uma explicação complexa. Mas, embora aquilo pudesse ser simples, seria ao menos possível?

– Não sei se quero dividir você com um branquelo. – Foi tudo o que ele conseguiu pensar em dizer.

Maggie cruzou os braços, com uma expressão intrigada.

– Sério? Eu lhe conto essa história inacreditável, e você só consegue pensar em nós dois? – Foi só quando acabou de falar que Maggie se deu conta do que ele tinha acabado de dizer.

Os dois sorriram e menearam a cabeça.

– Então, qual é o nome completo dele? – perguntou enfim Clarence, olhando fixamente para ela.

– Hã, não precisa perguntar a ela. Eu estou aqui e posso responder por conta própria! – começou a dizer Tony.

– Tony... Anthony Spencer – respondeu Maggie.

– Tony? – Clarence perguntou em voz alta, como se Tony estivesse em outro cômodo. – Espere, você é Anthony Sebastian Spencer?

– Hã, sou – respondeu Tony. – E não precisa gritar... pode falar normalmente. Mas como você sabe meu nome do meio? Ninguém conhece esse nome.

– Sou da polícia, lembra? Nós investigamos o seu caso. Como parecia um pouco suspeito, fizemos uma busca no seu apartamento, o que tem sangue no batente da porta. Suponho que seja o seu, não é?

– É! Acho que sim... Eu me senti muito mal e foi lá que caí... Não me lembro de muita coisa. A propósito, como você entrou no meu apartamento?

Clarence sorriu.

– Desculpe, mas arrombamos a porta. Como não conseguimos encontrar alguém que conhecesse a senha, resolvemos o caso à moda antiga.

Foi então que uma viatura parou em frente à casa, e o policial que a dirigia buzinou. Clarence foi até a porta e levantou a mão, pedindo mais cinco minutos. O policial no carro sorriu e fez que sim com a cabeça, erguendo o polegar para ele. "Ótimo", murmurou Clarence para si mesmo. Como iria explicar aquilo?

Virando as costas para não parecer que estava falando sozinho, perguntou:

– Tony, nós encontramos um monte de equipamentos de vigilância na sua casa, coisa de alta tecnologia... Você sabia disso?

– Sim – admitiu Tony. – É tudo meu. Eu estava ficando um pouco para-noico, mas juro que não havia nenhuma câmera no banheiro ou nos quar-tos. – De repente, ele se sentiu culpado. Provavelmente o simples fato de estar na presença de um policial fosse suficiente para causar essa sensação.

– Pois é, nós percebemos. Tentamos rastrear o sinal, mas não chegamos a lugar nenhum. O sistema bloqueou totalmente nosso acesso. As imagens das câmeras de segurança estavam sendo gravadas em algum lugar?

Tony gemeu por dentro, mas ficou calado. Isso significava que todas as se-nhas tinham sido reconfiguradas automaticamente, o que era um problema.

– Sim, no meu escritório no centro – ele disse. Não era verdade, mas não estava disposto a revelar seu esconderijo.

– Humm – fez Clarence, virando-se para Maggie. – Então, Maggie, o que vamos fazer?

– Tenho uma ideia – intrometeu-se Tony, querendo mudar o rumo da conversa.

– Hã, Tony tem uma ideia, Maggie. Ele está dizendo... – Clarence sorriu antes de transmitir a mensagem. – Está dizendo que eu deveria beijar você outra vez.

– Sério? Ele disse isso? Como vou saber se é verdade ou se você só está tentando se aproveitar?

– Nada disso – afirmou Clarence –, mas acho o plano dele bastante sen-sato e louvável. Não custa tentar. A melhor coisa agora seria você recebê-lo de volta.

– A melhor coisa? – Maggie inclinou a cabeça e ergueu as sobrancelhas.

– Bem, fora o beijo propriamente dito – disse Clarence com uma risadinha.

E então eles tornaram a se beijar, desta vez não um estalinho na boche-cha, mas um beijo para valer, no melhor estilo do "estava esperando por isso há muito tempo". Tony sentiu que estava voltando para um lugar fami-liar, olhando para os olhos do homem que Maggie amava.

– Chega! – ele protestou. – Tem alguma coisa de muito errado nisso, e está me dando arrepios!

– Ele voltou, Clarence – disse Maggie, sorridente. – Mas não me beije de novo. Não sei se daria certo outra vez e, acredite, você não vai querer este cara ajudando a solucionar seus casos.

– Bem – disse Clarence enquanto lhe dava um abraço carinhoso –, quero que saiba que você é a mulher mais interessante e estranha que já conheci. Tony está por aí o tempo todo?

– Não. Ele vai e volta. Pelo jeito, não tenho controle. É coisa de Deus, por incrível que pareça. Eu ligo para você quando puder... quando ele tiver ido embora – sussurrou Maggie.

– Eu ouvi isso – disse Tony.

De repente, Maggie teve uma ideia e agarrou o braço do policial enquanto ele se virava para sair.

– Ei, Clarence, quando você estava investigando o passado do Tony, encontrou algum parente?

– Sim, nós rastreamos o irmão dele, Jeffrey, ou Jerald.

– Jacob? – falou Tony, pasmo.

Maggie repetiu a pergunta:

– Jacob?

– Isso, Jacob. Ele mora aqui mesmo na cidade. Por que a pergunta?

– Preciso falar com ele. Você pode providenciar isso?

Clarence hesitou antes de responder.

– Deixe-me ver o que posso fazer. Essa história toda não tem nada de normal, de qualquer forma. – Ele balançou a cabeça.

Maggie quase deu um beijo de despedida em Clarence, mas se conteve bem a tempo, abraçando-o em vez disso. Então ficou observando enquanto ele andava até o carro sem olhar para trás, muito sério. Não pôde ver como era difícil para ele conter o sorriso que ameaçava comprometer sua postura profissional.

Tony estava sem palavras, quase afogado pela enxurrada de lembranças e emoções que o invadia.

13

A GUERRA INTERNA

O apóstolo nos diz que "Deus é amor". Portanto, considerando
que ele seja um ser eterno, pela lógica seria uma eterna fonte
de amor. Considerando que ele seja um ser autossuficiente, pela
lógica seria uma fonte transbordante e inesgotável de amor.
E, sendo ele um ser imutável e perene, seria também uma
fonte de amor imutável e perene.

– Jonathan Edwards

— Alô?

A voz ao telefone surpreendeu Maggie. Era parecida com a de Tony, porém mais suave, e com uma ternura que beirava a resignação. Ela hesitou.

– Alô? Quem está falando?

– Desculpe, é Jacob Spencer?

– Sim, senhora. Quem fala?

– Olá, Sr. Spencer, meu nome é Maggie, Maggie Saunders e... sou amiga do seu irmão, Tony.

– Quer dizer que agora somos amigos? – intrometeu-se Tony. – Não tenho nada contra ser seu amigo.

Ela ergueu a mão para calá-lo.

– Não sabia que meu irmão tinha amigos. A senhora o conhece bem?

– Intimamente. – Maggie soube que era a palavra errada assim que ela escapou da sua boca. – Quero dizer, não intimamente no sentido de... bem... não intimamente... – Ela revirou os olhos. – Nunca saímos juntos, nem nada, somos só amigos. Ele é o tipo de pessoa que, depois que você conhece, não sai da sua cabeça. – Ela ouviu uma risadinha cordial do outro lado da linha.

– É, esse é o Tony de que me lembro. Então, Srta. Saunders, em que posso ser útil?

– Por favor, me chame de Maggie... Naturalmente, o senhor já deve saber que Tony está em coma... Já teve oportunidade de visitá-lo?

Outra pausa.

– Não, só descobri ontem quando a polícia me contatou. Tenho hesitado em ir. Não sei por quê, já que ele nem vai ficar sabendo da minha presença, mas... nossa relação é meio complicada, e tivemos uma espécie de desentendimento. Enfim, provavelmente irei visitá-lo em algum momento... talvez.

– Preciso lhe pedir um grande favor, Sr. Spencer...

– Por favor, me chame de Jake. Você precisa de um favor meu?

– Sou enfermeira plantonista e trabalho no hospital, mas em um departamento diferente. Gostaria de fazer uma visita a Tony de vez em quando, para me certificar de que estão cuidando bem dele, mas como não pertenço à família, não sou autorizada. Então queria saber se...

– Peço desculpas desde já pela pergunta – começou a falar Jake –, mas preciso ter certeza de que você conhece mesmo meu irmão. Hoje em dia, todo cuidado é pouco. Pode me dizer como se chama a ex-mulher dele? O nome dos nossos pais?

Tony deu a Maggie todas as respostas corretas, o que pareceu satisfazer Jake.

– Maggie, posso fazer só mais uma pergunta?

– Claro, Jake, o que é?

– Tony alguma vez... bem, ele chegou a... – A voz de Jacob começou a fraquejar, e Maggie pôde ouvir um irmão mais novo em busca de algo, quase implorando. – Ele alguma vez falou sobre mim com você? Chegou a mencionar meu nome em algum momento?

Tony ficou calado, e Maggie não soube o que dizer por alguns instantes.

– Jack, gostaria de poder lhe dizer algo diferente, mas Tony não falava muito sobre a família. Ele era bastante reservado quanto a isso.

– Sim, sim... eu entendo. – Jake parecia arrasado. – Estava apenas curioso, só isso. – Ele pigarreou. – Então, Maggie, assim que desligar, vou telefonar para o hospital e pedir que coloquem seu nome na lista. E obrigado! Não sei o que você significa para Tony, mas fico feliz em saber que existe na vida do meu irmão alguém que se importa com ele... obrigado!

– Não há de que, Jake. – Então, ela teve uma ideia. – Jake, onde você mora? Talvez... – Mas a ligação já tinha sido cortada.

– Tony? – Maggie voltou sua atenção para dentro, com um toque de exigência em sua pergunta.

– Não quero falar sobre isso. – A resposta de Tony foi seca.

– Bem, quando puder, estou bem aqui – ela acrescentou.

Quando Tony não respondeu, ela sentiu um vazio.

– Tony?

Nada ainda. Maggie então soube que ele tinha partido sabe-se lá para onde.

– Querido Deus – ela orou, sussurrando. – Não faço a menor ideia do que o Senhor está tramando, mas peço que cure o coração ferido desses dois meninos.

಄

Tony estava sozinho, observando dois vultos se aproximarem devagar e com cautela pelo caminho inclinado. Apesar de todo o tempo que tinha passado com Maggie e Clarence, era como se não houvesse marca de nenhum deles. *Tempo intermediário?*, perguntou-se, enquanto lutava para se reorientar. Jack tinha de fato sumido, e a dupla de homens já estava perto.

Tony não sentia o menor desejo de conhecer alguém, muito menos vizinhos. De repente, via-se preso ao caos e à perturbação de seu mundo interior. Ouvir a conversa de Maggie com Jake o deixara em frangalhos, enchendo-o de autodesprezo e desencadeando uma enxurrada de lembranças desconfortáveis que ele tinha escondido em compartimentos bem construídos dentro de si. Não entendia por quê, mas sentia que estava baixando a guarda. Já não conseguia encerrar seus sentimentos em cofres particulares. Ficou parado ali, esperando, sem a menor disposição para ser hospitaleiro.

À medida que os dois se aproximavam, Tony sentia-se cada vez mais isolado e sozinho, como se encurralado pela presença iminente daqueles homens. Estranhamente, a dupla, que dava a impressão de ser enorme de longe, parecia diminuir de tamanho ao aproximar-se. Eles então pararam e o encararam a três metros de distância, enquanto um cheiro de podridão invadia o espaço que os separava. Ambos tinham pouco mais de 1,20m de altura.

Por mais estranhos que parecessem, aqueles dois tinham um comportamento vagamente familiar. O mais alto e magro usava um terno de seda italiana que já havia perdido boa parte do brilho, uma roupa que mal seria apropriada para um almoço de negócios. O outro quase não cabia em um conjunto costurado de forma caótica, a partir de uma mistura de tecidos cujas cores não combinavam. Ambos pareciam totalmente deslocados naquela paisagem árida. Não fosse pela atmosfera de ansiedade e tensão que os acompanhava, a combinação teria sido quase risível.

– Quem são vocês? – perguntou Tony, sem dar um só passo na direção da dupla.

O mais atarracado tratou logo de responder, com uma voz aguda e ofegante.

– Bem, eu me chamo...

O outro lhe deu um tapa na nuca, baixou a cabeça e rosnou com uma voz grave, como se Tony não estivesse ali:

– Não podemos simplesmente ir falando nosso nome para ele, seu idiota. Quer criar ainda mais problemas para nós? – Ele então sorriu para Tony, uma careta radiante e quase sinistra, agitando a mão no ar como se fosse uma varinha. – Minhas sinceras desculpas, senhor, pelo meu amigo aqui que parece não conhecer o seu lugar. Pode nos chamar de Bill – disse ele, apontando para o companheiro – e Sam.

– Bill e Sam? – exclamou o mais atarracado. – Isso é o melhor que você consegue fazer? Bill e Sam? – Bill se encolheu enquanto Sam levantava a mão para lhe dar um segundo tapa.

Sam se conteve e desistiu de bater em Bill, voltando-se para Tony com um ar de quem estava no comando.

– Certo, mas e então... *Sam* – disse Tony, frisando o nome –, o que vocês dois estão fazendo aqui?

– Bem, senhor – ele respondeu, revirando os olhos como se quisesse indicar que a pergunta quase não merecia resposta. – Nós somos... os guardiões da muralha, é isso que somos! – afirmou Sam, como se fosse um anúncio de extrema importância.

– Sim – atalhou Bill –, é isso que nós somos... sim, senhor, guardiões da muralha, de toda ela. E somos muito habilidosos, ah, sim, estamos os dois encarregados de proteger esses muros, e somos muito bons no que fazemos, pode ter certeza... – Sua voz foi sumindo, como se ele estivesse procurando uma maneira de terminar a frase.

– E somos jardineiros também – acrescentou Sam. – Arrancamos as ervas daninhas do terreno.

– Vocês arrancam as ervas daninhas? Mas o terreno está cheio delas.

– Ah, não, senhor... Me perdoe, mas nós somos muito bons no que fazemos... que é proteger a muralha e arrancar as ervas daninhas. – Sam estava olhando em volta enquanto falava, e viu algo que o deixou radiante. – Está vendo ali, senhor? – Ele apontou com um dedo pequeno e gorducho, e se afastou alguns passos do caminho, arrancando algo do chão. Satisfeito, ergueu uma linda rosa silvestre que parecia estar morrendo mais por causa do seu toque do que pelo fato de ter sido arrancada pela raiz.

– Isto é uma flor! – exclamou Tony.

Sam a analisou com atenção antes de se voltar novamente para Tony.

– Não, senhor! É uma erva daninha. Está vendo, é colorida, então só pode ser. E está cheia desses negócios horrorosos que espetam, desses, hã...

– Espinhos – sugeriu Bill.

– Isso, exatamente, espinhos. Por que uma flor teria espinhos? Isto é uma erva daninha! E nós as arrancamos e queimamos para que não se espalhem. É isso que fazemos, e somos muito habilidosos, somos, sim.

– Bem – disse Tony, indignado –, esta terra é minha e quero que saibam que, a partir de agora, vocês estão proibidos de arrancar e queimar flo... ervas daninhas, mesmo as que têm espinhos. Fui claro?

Os dois se entreolharam como se tivessem sido flagrados roubando um biscoito.

– O senhor tem certeza? – perguntou Sam. – E se essas ervas daninhas começarem a tomar conta do terreno com todas as suas cores e espinhos horrorosos...

– Sim, eu tenho certeza! Chega de arrancar ervas daninhas. Entendido?

– Sim, senhor – murmurou Bill. – Mas não vou falar isso para os outros, não vou mesmo.

– Outros? – perguntou Tony. – Quantos de vocês vivem aqui?

– Centenas! – respondeu Bill de imediato. Ele ergueu os olhos para Sam, talvez pedindo permissão ou apoio, mas como não conseguiu nenhum dos dois, prosseguiu: – Está bem, milhares; existem milhares de nós. – Fez uma pausa, como se estivesse pensando melhor. – Para ser franco, somos milhões, arrancando ervas daninhas e protegendo os muros, porque é isso que nós fazemos... nós protegemos os muros, somos milhões e milhões de guardiões da muralha e jardineiros.

– Bem, eu gostaria de conhecê-los – afirmou Tony.

– Impossível – respondeu Sam, com um sorriso bajulador e falso.

– Por quê?

– Porque... – começou Bill, buscando uma resposta satisfatória. – Porque somos invisíveis, é por isso. Invisíveis! Milhões de jardineiros e guardiões da muralha invisíveis.

– Mas estou vendo vocês – observou Tony.

– Ah, quanto a isso – explicou Bill – não tivemos muita escolha. Quando eles mandam você fazer um trabalho, é melhor obedecer, senão...

Sam deu outro tabefe na nuca de Bill, e abriu mais um sorriso artificial para Tony.

– Quem são "eles"? – quis saber Tony.

– Bem – respondeu Sam –, em qualquer organização de sucesso existe uma hierarquia que estabelece e incentiva a ordem. Esses... – Ele olhou para Bill, como se aquilo tivesse se tornado uma espécie de exercício de treinamento.

– Benfeitores – acrescentou Bill.

– Exatamente – prosseguiu Sam. – Esses *benfeitores* nos pediram que assumíssemos o papel estipulado para nós pela nossa organização, de modo a cumprir... – Ele tornou a olhar para o colega, que assentia como se estivesse seguindo um roteiro.

– '... com nosso dever e responsabilidade – arrematou Bill.

– Exatamente – disse Sam, concordando com a cabeça. – De modo a cumprir com nosso dever e responsabilidade de vir ao seu encontro e explicar ao senhor a importância de se manter longe de nós, para o seu próprio bem, é claro.

– Me manter longe de vocês? – retrucou Tony. – Quero conhecer esses seus benfeitores.

– Ah, isso não vai ser possível – disse Bill com nervosismo, balançando a cabeça.

– E por que não?

– Porque... o senhor explodiria, é por isso, em milhões de pedacinhos. Fragmentos minúsculos de osso, carne e entranhas nojentas voando em milhares de direções... nada bonito de se ver, ou melhor, talvez até um pouco bonito, no sentido repulsivo da coisa. – Bill tinha ficado bastante animado, enquanto Sam assentia com uma expressão quase de remorso no olhar, seu lábio inferior tremendo um pouco.

– Eu iria explodir? – disse Tony. – Você espera que eu acredite numa bobagem dessas? Acho que está na hora de vocês me dizerem seus nomes verdadeiros.

O menor dos dois olhou para o menos baixinho.

– Precisamos mesmo, Petulante? Quero dizer, revelar nosso nome verdadeiro para ele?

Com uma expressão de desgosto, o outro respondeu:

– Você acabou de fazer isso, seu idiota! Nunca aprende, não é mesmo? – Voltando-se para Tony com um quê de superioridade presunçosa no tom de voz, ele prosseguiu: – Agora o senhor já sabe, eu me chamo Petulante. – Fez outra mesura quase imperceptível, sem perder a arrogância. – E este imbecil aqui – disse, entortando a cabeça em direção ao companheiro – se chama Convencido... – Ele inclinou-se um pouco para a frente, na direção de Tony, como se quisesse compartilhar um segredo, antes de continuar: – ... e tenho certeza de que o senhor entende por quê.

– Vocês se chamam Convencido e Petulante? – repetiu Tony, incrédulo. – Essa é a coisa mais idiota que já ouvi na vida. Quem lhes deu esses nomes tão ridículos?

– Bem, foi o senhor, é claro – deixou escapar Convencido, o que lhe rendeu na mesma hora outra bofetada.

– Cale a boca, seu bocó – rosnou Petulante. – Você não consegue ficar de bico calado, não é? Ego vai fazer picadinho de você, e aí será o fim...

– Calem a boca! – ordenou Tony, e para sua surpresa os dois ficaram totalmente em silêncio, virando-se juntos para encará-lo. Tony viu que uma pitada de medo tinha substituído parte da arrogância da dupla. Ambos olharam para o chão, evitando o contato visual com ele. – Convencido, o que quis dizer com essa história de que eu lhes dei esses nomes?

A essa altura, Convencido não conseguia parar quieto, como se uma pressão estivesse aumentando dentro dele. Por fim, pareceu não conseguir mais se conter.

– O senhor não está nos reconhecendo, está?

– E por que deveria reconhecer? Vocês são uma dupla ridícula.

– Mas é por sua causa que nos chamamos assim, ou melhor, por causa de seus comportamentos e escolhas. Somos parte de quem o senhor é. Petulante e Convencido são características *suas*.

– É verdade, Tony – disse a voz de Vovó, que surgiu de repente ao seu lado. – Eles estão aqui porque você lhes deu voz e um espaço em sua alma. Achou que precisava deles para ser bem-sucedido.

Os dois ignoraram totalmente a presença de Vovó, e não pareciam conseguir ouvir sua voz, porém ficaram ainda mais nervosos e agitados.

– Invasores! – afirmou Tony, como se admitisse a Vovó que agora estava começando a entender.

– Invasores? – protestou Petulante com uma voz esganiçada. – Não somos invasores. Aqui é o nosso lar. Temos o direito de estar aqui!

– Esta é a minha terra, a minha propriedade – insistiu Tony – e não...

– O quê? – vociferou Convencido, tentando parecer maior e mais feroz. – Quem disse que esta propriedade é sua? Já estou farto da sua insolência. Estou quase indo até aí para...

– Para fazer o quê, exatamente? – exigiu saber Tony.

– Bem... nada, estava só pensando... – Convencido pareceu ficar ainda menor e mais insignificante ao ser desafiado.

– Foi o que pensei. Vocês são uns inúteis, um desperdício de espaço. Não passam de algo que imaginei que precisava para alcançar o sucesso.

– Mas deu certo, não deu? O senhor não conquistou o sucesso? – sugeriu Petulante, erguendo a cabeça por um instante. – Quer dizer, nós vencemos juntos, nós três. O senhor tem uma dívida conosco! – ele se queixou, encolhendo-se rapidamente sob o olhar de Tony.

– Eu tenho uma dívida com vocês? – perguntou Tony, perturbado pelo que acabara de perceber. – Que vitória é essa, sobretudo se eu precisei ser Petulante e Convencido para alcançá-la? Se vocês só existem porque eu achei que precisava de vocês, sou mais tolo ainda do que os dois juntos. Eu não precisava de vocês, precisava de honestidade, integridade e...

– Ervas daninhas! – sugeriu Petulante.

– Hã?

– Ervas daninhas. É nisso que consiste a honestidade e a integridade. Cheias de cores e espinhos, uma coisa horrorosa.

– Vá conhecer os outros – encorajou Vovó, que continuava ao seu lado.

– Exijo que me levem para conhecer os outros – ordenou Tony –, e não me venham com essa conversa fiada de que vou explodir.

– Só peço um pequeno favor – disse o menos baixinho em um tom de voz submisso, já quase sem qualquer petulância. – O senhor vai dizer para Ego que nos obrigou a levá-lo até ele, que não tivemos escolha?

– Ego? É esse o seu *benfeitor*? – Tony esperou que os dois assentissem. – Então Ego é o chefe de vocês?

– Isso mesmo – admitiu Convencido. – Ele é mais forte do que nós, e nos diz o que fazer. Não vai ficar nem um pouco feliz se levarmos o senhor até ele. Ele responde diretamente ao chefão... Oops. – Fez uma careta, esperando outro tabefe na cabeça, mas Petulante tinha recuado com uma cautela resignada.

– E quem é esse chefão? – perguntou Tony.

Um sorriso maroto atravessou o rosto de Convencido.

– Ora, é o senhor. Sr. Anthony Spencer, o infeliz dono deste arremedo de propriedade. O senhor é o chefão por aqui. Eu tomaria muito cuidado na sua presença, tomaria, sim. O chefão tem fama de desalmado e ardiloso.

Tony não conseguia saber se aquela criatura o estava insultando ou não, mas pouco importava. Já estava farto daquela conversa, e os despachou com um gesto na direção do caminho pelo qual tinham vindo, acompanhando-os com Vovó ao seu lado.

À medida que seguiam em frente, a trilha foi se tornando cada vez mais pedregosa e acidentada, atravancada pelas árvores caídas e pelas rochas que pareciam ter sido espalhadas indiscriminadamente ao longo do caminho pela mão de algum gigante. A trilha então se bifurcou, e, ao olhar para a sua direita, em direção ao caminho que a dupla não tinha pegado, Tony vislumbrou uma construção solitária ao longe. Era um bloco grosseiro e sem janelas, quase imperceptível contra o paredão de pedra no qual parecia estar incrustado.

– Ei, que lugar é aquele? – perguntou Tony, detendo-se e apontando naquela direção.

– Ah, Sr. Spencer, não queira nem saber – proclamou Petulante, sem parar de andar. – Melhor ficar longe dali. Já é ruim o suficiente que estejamos levando o senhor para conhecer o chefe.

– Apenas me diga o que é – exigiu Tony.

– É um templo – afirmou Convencido, falando por sobre o ombro com uma risadinha, como se caçoasse dele. – O senhor deveria saber, ah, deveria sim. Foi o senhor quem o construiu. É lá que vai fazer suas adorações.

– Já chega – rosnou Petulante enquanto apertava o passo pelo caminho que os dois tinham escolhido.

– Que estranho... um templo? – ponderou Tony.

Fosse o que fosse, teria que esperar para saber, e logo alcançou a dupla de pernas curtas. O cheiro que o fizera franzir o nariz mais cedo se tornara um fedor de ovo podre, obrigando Tony a respirar pela boca para não ter ânsia de vômito. Além daquela catinga, a sensação de isolamento e desolação aumentava a cada passo, e ele se sentiu grato pela presença de Vovó. Ela caminhava em silêncio ao seu lado, e nenhum daqueles acontecimentos estranhos parecia abalá-la.

Ao dobrar uma curva, Tony se deteve, chocado. A menos de 50 metros, havia um aglomerado de edifícios de vários tipos e dimensões. Uns 200 metros adiante, erguia-se uma imensa muralha de pedra, delimitando a fronteira mais distante da propriedade que, até aquele momento, ele tinha visto apenas de longe. Ao entrar pela primeira vez, quase não prestara atenção na estrutura de pedra, mas agora estava perto o suficiente para admirar a construção. Parecia feita de pedregulhos gigantescos, encaixados com esmero e precisão, que se erguiam, impenetráveis, por centenas de metros antes de desaparecerem em meio às nuvens baixas que se acumulavam no céu.

Um sujeito alto e magro saiu de dentro de um dos edifícios. Parecia estranho, como se seu corpo fosse desproporcional. Havia algo de errado, e Tony disfarçou para observá-lo melhor. Era a cabeça, consideravelmente maior em relação ao resto do corpo, além dos olhos pequenos demais e da boca muito larga. Uma camada grossa de maquiagem tinha sido aplicada em seu rosto, como uma pasta cor da pele.

– Sr. Spencer, é um prazer recebê-lo em minha humilde morada. Sou seu eterno servo.

Ele abriu um sorriso cortês, e sua voz era tão melosa quanto uma calda de chocolate. Enquanto falava, sua maquiagem escorria, pendendo do rosto sem cair. Nos vãos que se abriam, Tony conseguia ver o que pareciam ser hematomas escuros e feios. Sentiu a emanação de uma arrogância repugnante, como se estivesse diante de alguém totalmente autocentrado.

– Você deve ser Ego – disse Tony.

– O senhor sabe o meu nome? Bem, de fato, eu sou Ego, a seu dispor, naturalmente. – O homem fez uma longa mesura. – Estou bastante surpreso em vê-lo por aqui – disse, lançando um olhar de desprezo maldisfarçado para a dupla que tinha escoltado Tony. – Vou *recompensar* vocês mais tarde – rosnou.

Os dois se encolheram, parecendo ficar menores ainda. Não lhes restavam muita petulância e convencimento perto do chefe. Cerca de uma dezena de criaturas de aparência estranha se amontoou nos arredores dos edifícios, observando-o.

– Por que você existe? – perguntou Tony, em tom de exigência.

– Ora, para ajudá-lo a tomar decisões – respondeu Ego, enquanto uma expressão astuciosa cruzava seu rosto deformado. – Estou aqui para lembrá-lo de quão importante o senhor é, de como é necessário para o sucesso daqueles que dependem do seu apoio, de quanto essas pessoas lhe devem. Para ajudá-lo a não perder de vista as maneiras como elas o ofenderam, os erros que cometeram e que lhe custaram caro. Minha função é sussurrar em seu ouvido que é o senhor quem conta no mundo. Sr. Spencer, o senhor é um homem muito importante, e todos o amam, admiram e respeitam.

– Isso não é verdade – reagiu Tony, irritado. – Não mereço o respeito nem a admiração de ninguém.

– Oh, Sr. Spencer, como me dói ouvi-lo dizer uma bobagem dessas. O senhor merece tudo isso e muito mais. Veja só o que fez por essas pessoas; a mínima retribuição que poderiam lhe dar seria reconhecer o quanto se esforçou em benefício delas. O senhor não está exigindo nada de mais. Só um pouco de reconhecimento. Se não fosse pelo senhor, seus funcionários estariam desempregados. Se não fosse pelo seu grande talento, seus sócios estariam fazendo trabalhos braçais. E, ainda assim, eles falam mal do senhor pelas costas e tramam planos para destituí-lo de sua autoridade. Não entendem o senhor. Não veem a dádiva que representa para eles. Fico magoado só de pensar nisso! – ele exclamou, levando a mão à testa imensa, como se estivesse mortalmente ferido, fazendo cara de vítima.

Tony nunca tinha revelado esses pensamentos a ninguém. Eles continham uma lógica baseada em ressentimentos e amarguras que, agora ele percebia, estavam por trás de muitas de suas atitudes. O confronto com seu próprio ego corrompido era repulsivo, obsceno.

– Não quero mais ser assim!

– Sr. Spencer, *aí está* uma prova perfeita do que o faz ser um grande homem. Ouça a autenticidade de sua confissão. Muito bem! Deus deve estar verdadeiramente satisfeito em ter um servo assim, tão humilde e arrependido, tão disposto a deixar de ser egoísta e a escolher outro caminho. É uma honra ser seu amigo, poder chamá-lo de irmão.

– Você não é meu irmão! – exclamou Tony com rispidez.

Ele então se viu sem palavras. Ego não tinha razão? Deus não queria que Tony mudasse? Que se arrependesse? Mas havia algo de vil, de errado, nas palavras de Ego, quase como se as antigas intenções de Tony tivessem sido substituídas por outras, mais novas, talvez mais reluzentes, mais bonitas e virtuosas. Mas, no fundo, havia sempre uma expectativa, às vezes óbvia, às vezes oculta, mas ainda assim sempre uma intenção, a mesma de antes, que se baseava apenas no desempenho.

– Eu sei quem você é – declarou Tony. – É apenas uma forma mais feia, e talvez mais autêntica, de mim mesmo!

– Sr. Spencer, o senhor tem razão, como sempre. Precisa morrer para si mesmo, colocar o próximo com suas preocupações e problemas antes das suas necessidades, desejos e vontades. Amor altruísta, este é o maior e mais belo sacrifício, aquele que mais agrada a Deus. O senhor precisa crucificar o eu, matar o eu e colocar Deus no trono da sua vida. Precisa se rebaixar para que ele possa se engrandecer.

– Imagino que sim... Quer dizer, parece a coisa certa, não é?

A insegurança confundia a mente de Tony e seu coração estava aflito. Ele olhou para Vovó, que o encarava firme, mas continuava impassível e calada. Seus olhos estavam cheios de ternura e garantiam-lhe que ela não iria abandoná-lo, mas sua postura dizia que aquela luta era só dele. Tony estava irritado com a recusa de Vovó em participar. Como ela podia ficar ali, sem fazer nada? Ele não estava preparado para lidar com aquela situação.

– É claro, o senhor tem razão, Sr. Spencer, como de costume. Basta olhar para o exemplo de Jesus. Ele ofereceu a *si mesmo* como resgate por todos nós. Tornou-se nada para que pudéssemos nos tornar tudo. Não entende? É isso que ele quer, que o senhor se torne como ele, *livre*. – Ego gritou essa última palavra, que reverberou do muro de pedras que se erguia acima deles. Então começou a dançar em círculos, erguendo lentamente os braços e deixando-os cair, enquanto declarava em uma voz cantarolada: – Livre! Livre para escolher. Livre para amar, viver e deixar viver, livre para buscar a felicidade, livre dos grilhões da sociedade e da família, livre para fazer o que quiser porque é livre!

– Pare! – berrou Tony.

Ego paralisou-se, apoiado em um só pé, com as mãos nos quadris.

– Eu costumava fazer tudo o que quisesse, e não era liberdade nenhuma. – A raiva de Tony aumentou. – Tudo o que minha "liberdade" fez foi magoar as pessoas e erguer muros em volta do meu coração até eu não conseguir sentir mais nada. É isso que você chama de liberdade?

– Bem – disse Ego, baixando os braços e plantando os dois pés com firmeza no chão –, a liberdade sempre tem seu preço. – Ele deixou que a última palavra ecoasse na muralha antes de prosseguir. – Sr. Spencer, observe a história. Algumas pessoas sempre têm que morrer para que outras sejam livres. Nenhum governo ou estado no seu planeta pôde existir sem um indispensável derramamento de sangue. Quando a guerra é necessária e justificada, é a paz que se torna pecado, e se isso vale para os governos, também deve valer para o senhor como indivíduo.

Tony não sabia exatamente por quê, mas a lógica de Ego lhe parecia doentia e pervertida. Ao notar sua hesitação, Ego se apressou em prosseguir:

– Veja Jesus, Sr. Spencer. A sua liberdade custou tudo a ele! Jesus deu a própria vida para libertá-lo. Esse homem foi até Deus e clamou... – Ego novamente assumiu uma postura teatral, voltando-se para as alturas com os olhos fechados, como se lançasse aos céus a mais profunda súplica – Deus amado, despeje toda a sua ira, toda a raiva que sente dessa criação vil e perversa, das inúmeras atitudes repugnantes da humanidade. Sua fúria é justa e sagrada, o arco da sua ira está pronto para lançar sua flecha contra o coração dos homens, mas, em vez de despejar sua fúria sobre eles, despeje-a sobre mim. Deixe-me suportar sua crueldade, o castigo merecido para a maldade deles. Que eu, não os homens, seja queimado pelo seu fogo eterno, e que a espada da justiça divina que o Senhor brande nesse momento sobre suas cabeças caia sobre a minha. – E, com essas palavras, Ego baixou a cabeça, como se uma lâmina poderosa fosse parti-lo ao meio.

Suas palavras ecoaram ao longe. Fez-se silêncio.

– Então me diga uma coisa – Tony começou a falar, sua voz mais firme, porém suave. – Deu certo?

Isso chamou de volta a atenção de Ego. Não estava preparado para uma pergunta dessas.

– Como assim?

– Quero saber se deu certo. Jesus conseguiu suportar a ira de Deus? O plano dele funcionou?

– É claro que funcionou, é de Jesus que estamos falando – respondeu, mas não soava totalmente seguro.

Tony insistiu:

– Então Deus despejou *toda* a sua ira e toda a sua cólera sobre Jesus, em vez de despejá-las sobre os seres humanos, e elas foram aplacadas para sempre? É isso que está me dizendo?

– Exatamente... quer dizer, não *exatamente*. Mas é uma ótima pergunta, Sr. Spencer, uma ótima pergunta. O senhor deveria se orgulhar de ter pensando em uma pergunta tão perspicaz.

Tony percebeu que Ego o estava enrolando.

– E então?

Ego ficou agitado, jogando o peso do corpo de um pé para o outro.

– Vou lhe dizer como o senhor deve encarar essa questão, Sr. Spencer. Veja bem, eu não explicaria isso a qualquer um. É bastante confidencial, uma daquelas coisas sobre as quais é melhor não falar, mas pode ser nosso pequeno segredo. Enfim, a questão é que é muito difícil lidar com Deus. A criação dele – Ego levantou a palma da mão, indicando Tony – o desobedeceu gravemente. Por isso a ira é parte inerente de Deus, como um fogo que não se apaga, um mal necessário, por assim dizer. E ela continua ardendo como uma chama eterna, consumindo tudo e todos que não aceitem nem adotem a atitude de Jesus. Está me entendendo? – Ele ergueu uma sobrancelha que se destacava em seu rosto pastoso, esperando que Tony assentisse. – Bem, seja como for, o senhor nunca deve esquecer que, se existe uma constante em Deus, é sua ira e sua justa cólera que ele já despejou por completo em Jesus. Então, se quiser escapar da ira de Deus, deve se tornar como Jesus, entregar sua vida e viver como ele viveu, de forma sagrada e pura. Está na Bíblia: sejam perfeitos como perfeito é o Pai celestial de vocês.

– Então – disse Tony enquanto olhava para o chão seco e assolado sob seus pés –, o que você está dizendo é que não há esperança para alguém como eu. Não tenho o que é necessário para viver como Jesus, de forma sagrada e pura.

– Não, não, isso não é verdade, Sr. Spencer. Sempre há esperança, especialmente para alguém que se esforça tanto e é tão especial quanto o senhor. Só não há certeza.

– Então está me dizendo que o relacionamento com Deus é apenas uma crença ilusória, que não é nada de concreto, somente uma possibilidade.

– Por favor, não desconsidere o poder da crença, das ilusões. Quase tudo em seu mundo é fruto delas, Sr. Spencer. Não se subestime. Em sua crença, em sua esperança, o senhor se torna muito parecido com Deus.

– Porque Deus tanto amou o *mundo*... – disse Tony num tom desafiador, referindo-se a um versículo da Bíblia de que ele se lembrava vagamente.

Ego baixou o olhar de forma dramática.

– Isso é tão triste, não é? – disse, balançando a cabeça.

– Triste? – refutou Tony. – Não é triste. Se for verdade, é a coisa mais bonita que já ouvi! Deus ama o mundo! Isso significa que ele ama todos os que vivem nele. Deus me ama! – Essa compreensão despertou sua raiva, que veio à tona com toda a força. Tony a acolheu de braços abertos, deixando que ela transbordasse sobre Ego. – Querem saber de uma coisa? Não me interessa o que vocês querem. Vocês são mentirosos e suas mentiras são demoníacas...

– Cale-se! – gritou Ego com uma voz esganiçada. Logo em seguida, recuperou o controle e abriu um largo sorriso. – Sr. Spencer, nós não usamos essa palavra por aqui. Isso não passa de mitologia antiquada. Não somos aquelas... aquelas criaturas feias, detestáveis e miseráveis! Fomos enviados para ajudá-lo. Somos mensageiros espirituais de Deus, guias de luz e graça, encarregados de facilitar seu caminho e conduzi-lo em direção à verdade.

– Um bando de mentirosos, é isso que vocês são! Que direito têm de estar aqui? Exijo saber quem permitiu que reivindicassem o direito de estar aqui?

– Você! – ecoou uma voz retumbante, vinda de dentro de um edifício vizinho, o maior de todo o assentamento. Assustado, Tony recuou à medida que a porta se abria devagar e um homem gigantesco saía lá de dentro. Um cheiro forte de lixo e enxofre o acompanhava. Tony ficou parado ali, estupefato, cara a cara com... ele mesmo, só que muito maior. O homem que se agigantou diante dele devia ter uns três metros de altura, mas, fora isso, era quase como se Tony estivesse se olhando no espelho. No entanto, quando o analisou com mais atenção, percebeu que alguns detalhes estavam errados. As mãos e as orelhas do gigante eram grandes demais, enquanto os olhos eram assimétricos e desproporcionalmente pequenos. A boca era muito larga e o sorriso, torto. Ele se movimentava com autoridade e confiança.

– Sosho – murmurou Vovó para o gigante, ombro a ombro com Tony. – *Wakipajan!* – Seu tom de voz demonstrava que essas palavras estranhas não eram elogiosas. Tony se sentiu grato por sua presença, feliz por ela ter neutralizado parte da intimidação causada por aquele homem.

– E quem é você? – Tony exigiu saber.

– Ora, ora, Sr. Spencer. – O gigante riu, cruzando os braços sobre o peito largo. – Sem dúvida você me conhece. Sou seu eu superior, tudo o que você esperou e desejou ser. Foi você, com a ajuda de alguns dos *seus* benfeitores, quem me criou. Deu-me de comer, me vestiu e, com o tempo, eu me tornei mais forte e poderoso do que você poderia imaginar. Agora, quem vem criando você sou eu. Como nasci nas profundezas da sua carência, eu tinha uma dívida com você por ser meu criador, mas tenho me esforçado bastante e lhe paguei em dobro. Já não preciso de você para existir. Sou mais forte do que você!

– Então vá embora! Se já não precisa de mim para existir, junte suas coisas e suma daqui... e leve seus capangas com você.

O gigante achou graça.

– Ah, não posso fazer isso, Sr. Spencer. Este é o meu território, é o trabalho de toda a minha vida. Você pode ter assentado as bases, mas fomos nós que construímos sobre elas. Há muito tempo que você nos deu o direito de estar aqui, vendeu para mim o que era seu por direito de nascença em troca de segurança e certezas. Agora, é você quem precisa de nós.

– Segurança e certezas? – rebateu Tony. – Isso é algum tipo de piada cruel? Nunca tive nenhuma delas.

– Ah, Sr. Spencer, isso não vem ao caso – disse o outro, com sua voz quase hipnótica e monocórdia. – A questão nunca foi se você tinha ou não segurança ou certezas verdadeiras. Só o que importava era que acreditasse nisso. Você possui um poder magnífico de criar realidade a partir de sofrimento e sonhos, de esperanças e desespero, de buscar isso dentro do deus que você é. Nós simplesmente o conduzimos, sussurrando o que precisava ouvir para que pudesse concretizar seu potencial e criar a ilusão de que era capaz de controlar seu mundo. Foi por minha causa que você conseguiu sobreviver neste mundo cruel e desumano.

– Mas... – Tony tentou argumentar.

– Anthony, se não fosse por mim – interrompeu o Tony gigante, dando um passo em direção ao Tony menor –, você estaria morto. Eu salvei sua vida patética. Quando quis acabar com a própria existência, fui eu quem o convenci a continuar vivendo. Você me pertence! Sem mim, não pode fazer nada.

Tony sentiu o chão escapar sob seus pés, como se estivesse à beira de um precipício invisível. Voltou-se para Vovó, mas pôde ver apenas os contornos vagos de sua presença; ela estava desaparecendo. Um véu foi colocado diante de seus olhos, e tudo o que havia ficado nítido e tangível ao longo dos últimos dias perdeu a clareza e a cor. Um veneno negro brotava do solo, erguendo-se como fios de marionete ao seu redor, impedindo-o de enxergar claramente e de pensar com lucidez. Um desespero voraz consumia os fragmentos delicados de seu coração, que tinham começado a ganhar vida, sugando-os para dentro do poço sem fundo da solidão que sempre o amedrontara. Vovó tinha desaparecido. Ele estava sozinho e cego.

Foi então que sentiu o hálito de alguém em seu rosto, beijando-o com a doçura de uma embriaguez. O perfume se espalhou e substituiu o fedor que tinha dominado o ar. Em seguida, ouviu o sussurro:

– Você está completamente sozinho, Tony, exatamente como merece. Teria sido melhor se você nunca tivesse nascido.

Era verdade, ele pensou. Estava sozinho e merecia isso. Destruíra o amor que todos lhe tinham oferecido, e agora não passava de um cadáver ambulante. Admitir isso foi como derrubar os últimos muros de uma fortaleza. Um medo gélido envolveu seu peito, penetrando na carne e chegando ao seu coração, apertando-o até ele parar de bater. Tony congelou, petrificado de dentro para fora, sem que pudesse fazer nada para impedir.

Então ouviu ao longe, porém se aproximando, o som de uma garotinha rindo e cantando. Não conseguia se mover, e mal podia respirar. Ela jamais o encontraria naquele breu. Nem saberia que ele estava ali.

– Deus – orou ele –, por favor, ajude-a a me encontrar.

Tony viu um lampejo de movimento e luz ao longe, que começou a crescer, assim como o cantarolar, até a garotinha estar parada logo à sua frente. Tinha no máximo seis anos, sua pele era macia, e o cabelo, muito preto penteado para trás, preso por uma coroa de pequenas flores brancas. Trazia também um lírio branco enfiado atrás de uma orelha. Tinha lindos olhos castanhos e era toda sorrisos.

Então ele não estava sozinho. Ela conseguia vê-lo. Uma sensação palpável de alívio diminuiu a tensão em seu peito, e ele respirou um pouco mais fundo. *Não consigo falar*, pensou.

Isso fez a garotinha abrir um sorriso radiante.

– Eu sei disso, Sr. Tony – ela disse com uma risada –, mas às vezes o que importa é aquilo que pensamos.

Ele sentiu que também sorria.

Onde estou?, pensou.

– Nós, Sr. Tony, onde nós estamos? Nós, Sr. Tony, não estamos sozinhos. – Ela girou o corpo em seu vestido florido azul e verde, como se estivesse em um palco, terminando com uma longa mesura em câmera lenta. Sua presença irradiava inocência e ternura, e ele sentiu o peso gelado que o oprimia ser ligeiramente aliviado. Se pudesse, gostaria de soltar uma gargalhada.

Está bem, nós... onde nós estamos?, ele tornou a pensar.

Ela o ignorou.

– Quem é você, Sr. Tony? – ela perguntou, inclinando a cabeça para o lado de um jeito infantil, esperando a resposta.

Um fracasso total, ele pensou, sentindo o desespero apertar seu peito.

– É isso que você é, Sr. Tony? Um fracasso total?

Uma procissão de imagens atravessou sua mente, cada uma reforçando sua autocondenação, validando o julgamento que tinha feito de si mesmo.

– Oh, Sr. Tony! – ela exclamou, sem nenhum tipo de censura. – Você é tão mais do que isso! – Era uma observação, não um juízo de valor.

Então quem sou eu, ele pensou, *se sou mais do que um fracasso total?*

A garotinha começou a saltitar ao seu redor, saindo e entrando de seu campo de visão enquanto tocava os próprios dedos aleatoriamente, como se estivesse contando.

– Sr. Tony, você também é um poderoso guerreiro, não está sozinho, é um aprendiz, é todo um universo cheio de encanto, é o neto querido da Vovó, é o filho adotivo do Papai do Céu, e não é poderoso o suficiente para mudar isso, é uma linda confusão, é a melodia...

A cada frase, as correntes de gelo que pareciam prendê-lo se soltavam e ficava mais fácil respirar. Pensamentos que pretendiam refutar e negar cada uma das afirmações da menina surgiram em sua mente, mas, à medida que se acalmava, ele decidiu simplesmente observá-la dançar e ouvir seu canto.

O que ela poderia saber? Era apenas uma garotinha. Mas, ainda assim, suas palavras continham poder, disso ele tinha certeza, e pareciam tocá-lo no fundo do seu peito congelado. Sua presença era como o desabrochar da primavera, com o calor do ar que afastava o frio e trazia coisas novas. Ela parou bem na sua frente, inclinou-se e lhe deu um beijo delicado no rosto.

– Como é o seu nome? – ele perguntou, conseguindo finalmente produzir um sussurro.

Ela ficou radiante.

– Esperança! Meu nome é Esperança.

Qualquer desconfiança que Tony tivesse foi reduzida a pó, e suas lágrimas molharam o chão. Esperança estendeu a mão e levantou seu queixo, até ele estar olhando no fundo daqueles olhos incríveis.

– Lute, Tony – ela sussurrou. – Você não estará lutando sozinho.

– Lutar contra quem?

– Contra as ilusões vazias que o impedem de conhecer o caráter de Deus. Lute contra elas.

– Como?

– Revolte-se e diga a verdade!

– Eu achava que fosse errado me revoltar.

– Errado? Eu me revolto o tempo todo, contra tudo o que é errado.

– Quem é você? – ele perguntou enfim.

– Sou aquele que ama você inabalavelmente – disse ela, radiante, e recuou um passo. – Sr. Tony, quando estiver na escuridão, não acenda suas próprias tochas, não se rodeie das chamas que você mesmo produziu. A escuridão não pode mudar o caráter de Deus.

– Achei que Vovó tinha me abandonado... bem no meio da batalha.

– Jamais. Sua imaginação o impediu de vê-la. Você estava acendendo suas próprias tochas.

– Não sei como deixar de fazer isso – confessou Tony.

– Confie, Sr. Tony. Confie. Independentemente do que sua racionalidade, suas emoções ou sua imaginação lhe digam, confie.

– Mas sou péssimo nisso.

– Nós sabemos. Confie que você não está sozinho, que ainda pode ser salvo. – Ela sorriu e tornou a beijar seu rosto. – Sr. Tony, simplesmente confie no que sua mãe lhe disse. Você consegue fazer isso?

– Vou me esforçar ao máximo para conseguir – admitiu Tony, mais para si mesmo do que para a garotinha.

– Basta ter o mínimo desejo de confiar, Sr. Tony. Jesus é ótimo nisso. Ele vai compensar a diferença. Como a maioria das coisas que são feitas para durar, a confiança é um processo.

– Como é que você sabe tanta coisa? – perguntou Tony.

Ela sorriu.

– Sou mais velha do que você pensa. – Ela dançou uma terceira vez ao seu redor e, de novo, inclinou-se para beijar sua outra face. – Lembre-se do seguinte, Sr. Tony: *Talitha cumi.* – Ela recuou, depois saltou para a frente e colou sua testa na de Tony, respirando fundo. – Agora vá – sussurrou a garotinha – e revolte-se.

Então ele sentiu a raiva chegar como um terremoto, os tremores tornando-se um rugido à medida que sua revolta abria um rasgo na escuridão e fazia com que ela se espalhasse como um bando de corvos assustados. Tony caíra de joelhos, mas se pôs de pé com um rosnado. Vovó estava onde ele a tinha visto pela última vez, impassível, com exceção de um leve sorriso que iluminava os cantos de sua boca.

– Você é um mentiroso! – vociferou Tony, apontando para cima, em direção à imagem grotesca de si mesmo. – Não preciso mais de você, e a partir deste exato momento, revogo qualquer direito que tenha lhe dado, qualquer voz ou autoridade que você tenha em minha vida.

Pela primeira vez, ele teve a impressão de que a confiança do outro Tony fora abalada, pois ele cambaleou e recuou um passo.

– Não pode fazer isso! – ele rebateu, enfurecido. – Sou mais forte que você.

– Talvez, sim – retrucou Tony –, mas vá exercer sua força em outro lugar. Esta é a minha propriedade e o meu coração, e não quero você aqui.

– Eu me recuso! – exclamou o outro, fincando o pé com intransigência. – Você não tem poder para me expulsar.

– Eu... – Tony hesitou, mas então tomou coragem e afirmou: – Não estou sozinho.

– Você! – gritou o outro, erguendo o punho. – Você sempre esteve sozinho... completamente sozinho. Não vejo ninguém aqui, você vê? Quem gostaria de estar com você? Está sozinho agora, e só merece ser abandonado. Eu sou tudo o que tem!

– Mentiroso! – gritou Tony, irado. – Você me contou essas mentiras durante toda a minha vida, e elas produziram apenas mágoa e tristeza. Estou farto de você!

– Você está sozinho – sibilou o outro. – Quem se rebaixaria a ponto de estar ao seu lado?

– Jesus. – Tony ficou surpreso ao se ouvir afirmar isso em voz alta. – Jesus! – ele repetiu, acrescentando: – E o Espírito Santo e o Pai de Jesus.

– O Pai de Jesus – disse a criatura gigantesca, como se cuspisse as palavras. – Você odeia o Pai de Jesus. Ele matou seus pais, destruiu sua mãe. – O gigante se aproximou um passo, triunfante. – Assassinou seu único filho, arrastou-o para a escuridão enquanto ele gritava e se debatia. Ignorou cada oração sua. Como pode confiar em um ser tão cruel, capaz de matar seu filho inocente como matou o próprio filho?

– Eu não confio! – vociferou Tony, e ao dizer essas palavras, soube que elas eram verdadeiras.

Uma expressão vitoriosa atravessou o rosto do monstro.

Tony baixou a cabeça, tornando a olhar de relance para Vovó, que continuava imóvel como uma estátua.

– Não o conheço o suficiente para confiar nele, mas Jesus confia no seu Pai, e isso basta para mim.

O falso Tony, grande e formidável, começou a encolher. Seus traços foram desmoronando, suas roupas foram ficando largas em seu corpo, até ele se tornar uma mera sombra do que era antes, uma caricatura.

Tony foi invadido por uma sensação de paz, a mesma que sentira na presença da garotinha.

– Então quer dizer que todos aqueles outros guardiões da muralha são subordinados seus? – perguntou à versão encolhida e deplorável daquele homem.

Por alguns instantes, o outro pareceu querer discutir, mas então deu de ombros, concordando.

– Ótimo! – declarou Tony. – Quero que vá embora e leve todos os seus seguidores mentirosos com você.

A dezena de criaturas estranhas que se reuniram durante o confronto, assim como os dois que conhecera antes, olharam nervosos em sua direção. A maioria deles lançava olhares de ódio e desdém para seu líder desprezível, agora reduzido a um verme choramingão. Da mesma forma que seu mestre, eles tinham perdido o poder e a autoridade. Até Convencido e Petulante não passavam de meros arremedos do que eram antes, e não estavam nem um pouco felizes com isso.

O grupo patético seguiu pelo caminho sinuoso até a fenda mais próxima na muralha de pedra, um bando descontente de resmungões que detestava a companhia uns dos outros. À medida que ele e Vovó se afastavam, Tony notou que eles eram unidos por filetes de luz escura que brotavam de suas costas. Durante a curta marcha, às vezes um puxava o próprio braço, fazendo outro tropeçar para o divertimento do grupo.

Tony notou que a trilha sinuosa continuava através de um labirinto de pedregulhos caídos, adentrando a floresta escura que havia além dos muros ainda de pé.

– Para onde eles estão indo? – Tony sussurrou para Vovó.

– Não se preocupe com isso, Tony. Eles estão sendo escoltados.

– Escoltados? – Tony ficou surpreso. – Mas não vejo ninguém.

– Só porque você não consegue ver algo, não significa que não esteja ali – disse Vovó com uma risadinha.

– Touché! – exclamou Tony, sorrindo também.

Os dois ficaram parados ali, dentro dos limites da muralha, observando o bando desaparecer pelo caminho de terra batida e adentrar a primeira faixa de vegetação.

Vovó pousou a mão no ombro de Tony.

– Você lutou bem hoje, filho. Mas, embora esse grupo tenha sido derrotado, você deve estar preparado para se defender de suas vozes, que continuam a ecoar nas paredes da sua mente e do seu coração. Elas voltarão para assombrá-lo, se você permitir.

O toque dela parecia fortalecê-lo, e ele entendeu seu alerta.

– Então por que a muralha continua aqui? Se os guardiões foram embora, ela também não deveria ter desaparecido? Por que não a derruba?

Eles se viraram e andaram de volta na direção do aglomerado de edifícios vazios.

– Como foi você quem construiu essas fachadas – explicou Vovó –, nós não vamos derrubá-las sem a sua participação. Na pressa de derrubar os muros, talvez você os faça cair sobre aqueles que ama. A liberdade pode se tornar uma nova justificativa para o descaso e a falta de consideração pelas dificuldades do próximo. Rosas têm espinhos.

– Não entendo. Por que rosas têm espinhos?

– Para que você as manuseie com cuidado e carinho.

Ele compreendeu.

– Mas eles cairão um dia? Os muros?

– Claro. Lembre-se porém de que a criação não se deu em um só dia, Anthony. E essa muralha também não foi erguida da noite para o dia. Ela foi construída pouco a pouco, e será preciso tempo e um processo para derrubá-la. A boa notícia é que, sem a ajuda de todos aqueles "amigos" que você acabou de expulsar da sua propriedade, será mais difícil para você manter essas fachadas de pé.

– Eu? – Tony ficou surpreso. – Por que iria querer mantê-las de pé?

– Você ergueu essa muralha para proteger-se, ou pelo menos para o que imaginava ser a sua proteção. Ela substituiu a sua confiança. Você está começando a entender que a confiança é uma jornada árdua.

– Então eu preciso dessa muralha?

– Quando acredita que está sozinho e que só pode confiar em si mesmo, sim, você precisa dessa muralha. Medidas de autoproteção destinadas a manter o mal do lado de fora geralmente o prendem do lado de dentro. O que a princípio o mantinha seguro pode com o tempo destruí-lo.

– Mas não preciso de muros? Eles não são bons?

Tony sentiu-se abraçado por trás.

– Você precisa de limites e fronteiras – disse a voz de Jesus –, mas não de muros. Muros significam uma divisão, enquanto limites significam respeito.

Tony se permitiu relaxar naquele abraço carinhoso, lágrimas surgindo de repente em seus olhos e pingando suavemente no solo.

– Até mesmo em nossa criação material – prosseguiu Jesus –, limites e fronteiras demarcam os lugares mais belos, separando o oceano do litoral, as montanhas das planícies, um cânion de um rio. Nós iremos ensiná-lo a ver a beleza dessas fronteiras conosco, enquanto aprende a confiar em nós com segurança e convicção. Um dia, você não precisará mais de muros.

Enquanto ele falava, Tony sentia mais muralhas internas caírem por terra. Sem desaparecerem, mas claramente impactadas pela consciência de que ele era plenamente aceito, com todos os seus defeitos e erros, todo o seu condicionamento e orgulho. Seria isso amor? Estar apaixonado era assim?

Vovó então disse:

– Muito bem, Aquele-Que-Chora-Muito, você tem mais trabalho a fazer e já se aproxima novamente a hora de partir.

Jesus sacou um lenço cor de sangue para Tony assoar o nariz e secar as lágrimas, e eles voltaram a andar.

Chegaram de volta ao aglomerado de edifícios que, até instantes atrás, era a casa dos enganadores. Curioso em examinar a construção, Tony estendeu a mão e tocou na mais próxima. Parecia sólida e firme, mas com um simples empurrão, desmoronou, tornando-se uma pilha de escombros e poeira.

– São só fachadas – disse ele em voz alta para si mesmo. – Mentiras sem a menor consistência.

Vovó manteve a distância, radiante.

– Que coisa boa ouvir a mudança na sua voz – ela afirmou.

– O que quer dizer com isso? – perguntou Tony.

– À medida que a alma de uma pessoa começa a se curar, a voz muda claramente para quem tem ouvidos treinados.

– Humpf! – fez Tony. Nunca tinha pensado nisso, mas fazia sentido.

– Tenho algo para lhe dar, Tony – disse Jesus, interrompendo seus pensamentos. – Você vai precisar disso em breve.

Estendeu um grande molho de chaves, com dezenas de formatos, tamanhos e texturas.

– O que é isso? – perguntou Tony.

– São chaves – resmungou Vovó.

Tony sorriu.

– Sim, eu sei que são chaves, mas para que servem?

– Para abrir fechaduras – ela murmurou.

Tony sabia que ela estava se divertindo com aquilo.

– Que fechaduras?

– De portas.

– Que portas?

– De todo o tipo. Um monte de chaves, um monte de portas.

– Desisto – riu Tony, voltando-se para Jesus. – O que quer que eu faça?

– Apenas escolha uma chave. A que escolher se tornará importante em um determinado momento.

Tony hesitou.

– Quer que eu escolha apenas uma chave? E se eu escolher a errada?

– A que você escolher será a certa, Tony – encorajou-o Jesus.

– Mas... – Tony não conseguia se decidir. – Por que não escolhe para mim? Sendo divino, você certamente saberá escolher melhor do que eu.

Jesus sorriu, as rugas nos cantos de seus olhos apenas ressaltando o brilho deles.

– Você está aqui para participar, Tony, não para ser uma marionete.

– Então... vocês confiam que eu vá fazer a escolha certa?

– Plenamente! – responderam os dois.

Tony analisou com atenção o molho de chaves, examinando uma a uma, até finalmente se decidir por uma chave-mestra. Ela parecia mais velha, de alguma era passada, como se pertencesse a alguma antiga porta de carvalho em um castelo medieval europeu.

– Ótima escolha – concordou Vovó. – Muito bem. – Tirou do bolso um fio de luz azul e amarrou a chave com ele. Então, levantou os braços e o colocou em volta do pescoço de Tony, enfiando-o dentro de sua camisa. Por fim, olhou bem no fundo de seus olhos e disse simplesmente:

– Vá!

14

CARA A CARA

*O que deixamos para trás e o que nos espera **adiante**
pouco importam se comparados com o que existe **dentro de nós.***

– Ralph Waldo Emerson

– M_{aggie?}

– Ah, que bom que você chegou! Onde se meteu, por sinal? Deixa estar, ainda não quero saber.

– Você não acreditaria se eu tentasse explicar. Nada na minha vida faz muito sentido no momento, mas ao mesmo tempo, misteriosamente, faz. – Tony se deteve para olhar através dos olhos de Maggie. – Vejo que está indo para o hospital.

Eles estavam na estrada, passando por mirantes que davam vista para o rio. Dobrando à direita no Southwest Canyon, subiram em direção ao que Tony sempre tinha achado que parecia uma cidade feita de Lego para pessoas inteligentes, um vasto conjunto de prédios que abrigava algumas das mentes mais brilhantes da medicina e estudantes possuídos pela mesma ambição.

Quando se aproximaram do estacionamento, Maggie finalmente perguntou:

– Tony, por que está fazendo isto? Por que quer ver seu próprio corpo em coma?

– Não sei bem – respondeu Tony. – É uma dessas coisas que você sente que precisa fazer.

– Hummm – resmungou Maggie. – Não preciso ver a linguagem corporal para saber quando alguém não está me contando a verdade, ou pelo menos não toda. Bem, seja qual for o motivo, espero que valha a pena.

Tony ficou calado e Maggie deixou o assunto morrer. Por fim, ele quebrou o silêncio.

– Maggie, posso lhe fazer uma pergunta médica?

– Claro. Vou respondê-la da melhor maneira possível.

– Pessoas mortas sangram?

– Bem, essa é fácil. Não, pessoas mortas não sangram. Você precisa ter batimentos cardíacos para sangrar. Por quê?

– Só curiosidade – respondeu Tony. – Alguém me disse isso há um tempo. Agora que você falou, me parece óbvio.

Maggie estacionou o carro e saiu em direção ao prédio mais próximo, uma estrutura branca imensa, em formato de bloco, com uma passarela que a conectava ao hospital principal.

Enquanto passavam pelo monumento da Chama Eterna que sinalizava o hospital pediátrico, Tony perguntou:

– Por que estamos indo para cá?

– Por que antes vou visitar Lindsay, ora – murmurou Maggie.

Tony sabia que era melhor não discutir. Afinal, ela era sua carcereira.

Duas estátuas guardavam a entrada principal do hospital pediátrico, uma de um cachorro fazendo malabarismo com pedras, e outra que parecia um gato e um macaco empoleirados na cabeça de uma cabra, um toque de humor na porta do que poderia, facilmente, ser um lugar macabro.

– Acredite se quiser, Tony – sussurrou Maggie –, mas, por mais duros que possam ser alguns momentos vividos aqui, este é um dos lugares mais edificantes e maravilhosos em que já trabalhei. É o melhor emprego que tive na vida.

– Acredito – ele comentou.

Tony ficou surpreso ao ver como o saguão do hospital era arejado, bem iluminado e limpo, com playgrounds à esquerda, e até um Starbucks com sua fila de viciados em café. Entrando em um elevador cheio, Maggie apertou o botão para o décimo andar.

– Décimo andar, ala Sul, Oncologia Pediátrica – ela anunciou para Tony, antes de se dar conta de como isso soaria para os demais. Um silêncio desconfortável dominou o restante da subida.

Os andares e setores do hospital pediátrico eram batizados com nomes de vários animais diferentes. Eles desceram no Cavalo-marinho. Passando pela Unidade de Tratamento Intermediário, entraram no Ouriço-do-mar, atravessaram a área clínica e seguiram para o setor de Hematologia/Oncologia, chamado Estrela-do-mar. Antes de entrar, Maggie sussurrou, mostrando as enfermeiras:

– Essas são minhas amigas. Comporte-se.

– Sim, senhora – respondeu Tony. – Maggie – ele acrescentou, com um tom de voz diferente: – Obrigado.

– De nada – ela murmurou, enquanto abria a porta.

– Maggie!

– Olá, Misty!

Maggie foi recebida e abraçada no balcão da recepção por uma morena mais alta. Tomou o cuidado de não beijá-la como de costume. Não queria complicar ainda mais a situação.

– Você está de plantão hoje?

– Não, só passei aqui para dar uma olhada em Lindsay.

Várias outras pessoas acenaram, sorriram e menearam a cabeça para cumprimentá-la.

– Melhor falar com Heidi; ela estava com Lindsay agora mesmo. Ah, lá vem ela!

Ao virar-se, Maggie recebeu um rápido abraço de uma loura jovial e sorridente.

– Oi, Maggs, veio visitar Lindsay?

Maggie assentiu, e Heidi informou:

– Ela passou umas duas horas brincando e se cansou bastante. Não fique surpresa se ela estiver dormindo quando você chegar no quarto. Essa menina é uma guerreira, além de ser um encanto. Se pudesse, eu a levaria para casa.

– Eu adoraria levá-la para casa – concordou Maggie. Tony pôde sentir o aperto em seu coração. – Só vou ficar alguns minutos com ela. Na verdade, estou indo para a Neuro.

– Algum problema com você? – perguntou Misty.

– Ah, não, é que eu tenho outro... amigo internado lá. Hoje tirei o dia para fazer visitas.

– Entendi – respondeu Misty. Outro abraço. – Maggie, quero que saiba que estamos todos orando por Lindsay.

– Obrigada, querida – respondeu Maggie. – Este é o melhor presente que vocês poderiam nos dar.

Tony passara todo esse tempo calado, absorvido pelas emoções e pelo afeto que emanavam dos encontros. Maggie conhecia o hospital como a palma da mão, e logo os dois estavam descendo o corredor em direção ao quarto 9.

– Suas amigas são muito simpáticas – comentou Tony. – Umas gracinhas.

– Ah-ah! – Maggie riu baixinho. – A equipe daqui é a melhor, mas não se deixe enganar por aquelas duas. A bonitona com quem falei primeiro é Misty, o cão de guarda do setor. Se tentar ludibriá-la, Misty arranca sua cabeça e a deixa exposta na mesa de recepção para servir de exemplo. – Ela voltou a rir e acrescentou: – E, quando estiver melhor, não venha dar em cima das minhas amigas. Pesquisei seu nome no Google. Sua reputação com as mulheres não é lá essas coisas.

Ao chegarem, Maggie abriu a porta com cuidado, entrando no quarto. Uma garotinha frágil estava deitada no leito, um pouco recostada para ficar mais confortável, a cabeça careca aumentando a aura de beleza e inocência infantil. Ela segurava com um dos braços um dinossauro de pelúcia, e apenas metade do seu corpo estava coberto, com uma perna desajeitada de adolescente pendendo da beirada do colchão. Uma respiração suave, porém difícil, marcava o ritmo do ambiente.

Foi duro demais para Tony. Ele não se permitia estar tão perto de um quarto de hospital pediátrico desde... muitos anos antes. Percebeu que tentava recuar, e lutou contra esse instinto. Então, pôde sentir o amor profundo e intenso de Maggie por aquela adolescente unir-se às suas próprias emoções na luta que acontecia dentro dele. Aos poucos, o amor e a compaixão foram vencendo. Tony tornou a examinar o quarto. Escutou os sons. Respirou o ar. Era tudo tão terrivelmente familiar.

– Não é justo – ele sussurrou, embora somente Maggie pudesse ouvi-lo.

– É verdade – ela também sussurrou, para não despertar a criança adormecida.

Tony hesitou em perguntar, sabendo que quanto mais informações tivesse, mais forte o vínculo se tornaria. Mas decidiu saber.

– Você disse que ela teve o diagnóstico de...

– LMA, leucemia mieloide aguda.

– É tratável, não é? – ele perguntou, esperançoso.

– Quase tudo é tratável. O problema é que ela possui o cromossomo Filadélfia, o que torna tudo muito mais delicado.

– Cromossomo Filadélfia? O que é isso?

– É uma anomalia cromossômica associada a alguns tipos de leucemia, inclusive o que a Lindsay tem. O nome foi dado em homenagem à cidade em que foi descoberto, Filadélfia. É meio complicado de explicar, mas depois, com mais calma, vou tentar. A ironia da história é que, se Lindsay tivesse síndrome de Down, como Cabby, ela teria mais chances. Algumas coisas na vida não fazem o menor sentido.

– Qual é o prognóstico? – perguntou Tony, sem saber ao certo se queria mesmo ouvir a resposta. Mas o peso do conhecimento talvez se tornasse mais leve se fosse compartilhado.

– Com um transplante de medula, quimioterapia e outras medidas, as chances seriam de cerca 50%, mas a questão do cromossomo Filadélfia reduz bastante a probabilidade de recuperação. Além disso, o pai de Lindsay era mestiço, o que torna difícil encontrar um doador compatível, e ninguém sabe o paradeiro dele. Estão pensando em um transplante de sangue de cordão umbilical, mas essa hipótese tem suas complicações. Resumindo: precisamos de um milagre.

Eles ficaram calados, Maggie velando a criança como se fosse sua filha, orando silenciosamente, enquanto Tony se debatia com o dilema que surgia diante dele. Aquele hospital tinha muitas crianças como Lindsay, e cada uma delas era o centro da vida de alguém. Como poderia curar apenas uma? Não seria melhor curar a si próprio? Ele tinha contatos e acesso a recursos que poderiam de fato fazer a diferença, não apenas para uma vida, mas para muitas. Bastava olhar para tudo o que havia mudado para ele, dentro dele. Será que Vovó ficaria irritada se ele escolhesse curar a si mesmo? Provavelmente ela entenderia.

Parecia um cabo de guerra. Sempre que estava prestes a tomar uma decisão, Tony olhava para aquele pequeno ser humano e pensava no potencial de uma vida inteira interrompida pela guerra que se travava dentro do seu corpo. Sem dúvida ele teria feito isso pelo seu filho, mas... aquela criança não era sua.

– Podemos ir? – ele sussurrou.

– Sim. – A voz de Maggie soava cansada e resignada. Ela se levantou e foi até a garota, pousando as mãos com carinho na cabeça dela. – Querido Jesus, não tenho poder para curar essa menina tão amada, por isso lhe peço novamente que faça um milagre. Por favor, cure esta criança! Mesmo que você prefira curá-la levando-a para a sua casa, eu confio em você, do fundo do coração. – Depois de dizer isso, ela se inclinou para beijar Lindsay.

– Não faça isso! – alertou Tony. Maggie se deteve, virou o rosto, e com a delicadeza de uma pluma, roçou-o contra a linda cabeça careca de Lindsay.

☙

Eles saíram do setor de Hematologia/Oncologia e desceram até o sétimo andar.

– Obrigada, Tony – murmurou Maggie, em tom quase inaudível. – Eu precisava ver Lindsay hoje.

– Não há de quê – ele respondeu. – Ela é um tesouro.

– Você não faz ideia – afirmou Maggie.

Eles passaram pela UTI de Traumatologia e dobraram à esquerda em direção à UTI Neurológica, que ficava em frente à Unidade de Tratamento Intermediário. Pelo fone, Maggie informou à recepcionista do outro lado das portas trancadas que estava ali para visitar Anthony Spencer. As portas se abriram e ela dirigiu-se à recepcionista.

– Meu nome é Maggie Saunders e vim visitar Anthony Spencer.

A recepcionista conferiu a tela do computador.

– Vamos ver, Maggie Saunders; sim, você está na lista. Não é parente, é?

– Não, mas o conheci muito bem. – Ela quase cometeu o deslize de acrescentar "desde que ele entrou em coma", mas controlou-se a tempo: – O irmão dele me colocou na lista.

– Jacob Spencer? – Maggie concordou com a cabeça e a recepcionista prosseguiu: – Só permitimos duas pessoas ao mesmo tempo lá dentro.

– Claro – respondeu Maggie. – Mas duvido que tenha uma fila para entrar. – A observação soou um pouco sarcástica, mas ela estava nervosa. A recepcionista voltou a consultar a tela.

– Na verdade, você é a quarta pessoa da lista – disse ela, sorrindo.

– A quarta? – perguntou Tony, surpreso. – Quem são as outras?

– Os outros são parentes? – perguntou Maggie.

– Sim, a lista diz Jacob Spencer, Loree Spencer, Angela Spencer e agora você, mas não há ninguém com ele no momento. Está no quarto 17, se quiser passar lá antes de os outros chegarem.

– Obrigada – disse Maggie, aliviada, virando-se para sair dali.

– Droga! – disse Tony, com a mente em parafuso.

– Shhh! – murmurou Maggie. – Daqui a pouco falamos sobre isso.

Eles entraram em um quarto bem iluminado, dominado por uma cama onde jazia um homem conectado a diversos aparelhos. O barulho de um ventilador marcava o ritmo de sua respiração. Maggie aproximou-se e parou num local de onde Tony poderia ver a si mesmo com clareza.

– Estou com uma aparência horrível! – ele exclamou.

– Bem, você está com o pé na cova – disse Maggie, correndo os olhos pelas máquinas.

Tony a ignorou, seus pensamentos ainda em turbilhão.

– Não acredito que minha ex-mulher esteja aqui, e Angela também!

– A Loree da lista é sua ex-mulher? Quanto tempo você esteve casado com ela? E quem é Angela?

– Sim, Loree é minha ex-mulher, que vive na Costa Leste. Nossa filha, Angela, mora perto dela basicamente para ficar longe de mim, eu acho. Quanto ao nosso tempo de casados... hã, em qual das duas vezes?

– Como assim, "em qual das duas vezes"? Vocês foram casados mais de uma vez? Por que nunca me contou isso?

– Bem... – Tony começou a falar, mas então hesitou, sem saber como responder de maneira a não provocar uma nova enxurrada de perguntas. – É verdade. Fui casado duas vezes na vida, com a mesma mulher, e tenho muita vergonha da maneira como a tratei, então... não é um assunto de que eu goste muito de falar.

– E Angela? Ela é sua filha?

– Fui um péssimo pai. Embora estivesse fisicamente presente, eu era um pai ausente. Estive afastado, de uma maneira ou de outra, da vida dela.

– Sua ex-mulher sabe que você se sente mal por causa disso?

– Duvido. Nunca conversamos a respeito. Eu não entendia a gravidade das coisas que fazia, não me dava conta de que estava sendo um completo imbecil. Você só teve que aturar uma pequena parte do meu caráter nada admirável. Aliás, me desculpe por isso...

– Tony – ela respondeu –, nunca conheci alguém que fosse *completamente* ruim. Em grande parte, sim, mas nunca completamente. Todo mundo já foi criança um dia, e isso me traz esperanças. As pessoas só podem dar aquilo que têm, e fazem as coisas por determinados motivos, mesmo que não tenham consciência de quais são. Às vezes é difícil descobrir, mas sempre existe um motivo.

– É, estou começando a perceber isso – ele afirmou.

Maggie teve a gentileza de não insistir mais no assunto, e os dois ficaram apenas observando e escutando, cada qual perdido em seus próprios pensamentos.

Foi Maggie quem quebrou o silêncio.

– Então... a visita deles é uma surpresa?

– Tudo é uma surpresa – Tony resmungou. – Imagino que você também goste de surpresas.

– Não fale mal das surpresas. Elas nos fazem lembrar que não somos Deus.

– Muito engraçado! – ele respondeu. – Lembre-me de lhe contar depois uma conversa que tive... deixa pra lá.

Maggie ficou esperando.

– Bem, eu não fazia ideia de que Jake estivesse nesta região do país. A notícia que tive foi que ele morava em algum lugar no Colorado. Loree e Angela me odeiam, então o fato de elas estarem aqui não faz sentido, a não ser que... – Ele se deteve, considerando outra hipótese. – A não ser que pensem que eu estou morrendo e tenham vindo por causa do testamento.

– Ora, você não acha isso um pouco rude e paranoico da sua parte? Quem sabe elas vieram porque se importam de verdade com você?

Silêncio. Ele não tinha pensado nisso.

– Tony? Não se atreva a ir embora e me deixar aqui sozinha!

A conversa tinha conduzido a mente de Tony por um caminho totalmente obscurecido pelos acontecimentos dos últimos dias, e ele ficou pasmo.

– Ah, não! – exclamou, quase em pânico.

– Tony, shhh! – Ele falava tão alto que Maggie teve medo de que outras pessoas pudessem ouvi-lo. – O que houve? O que está acontecendo?

– É o meu testamento! – Se ele pudesse começar a andar de um lado para outro, teria feito isso. – Maggie, eu modifiquei meu testamento pouco antes dessa história toda do coma. Tinha me esquecido completamente. Não acredito! O que é que eu fui fazer?

Maggie percebeu o desespero em sua voz.

– Calma, Tony. O testamento é seu, e você pode mudá-lo à vontade.

– Ah, Maggie, você não entende. Eu fui um idiota completo, um total paranoico. Achava que estavam todos contra mim, tinha bebido muito, e então...

– E então o quê?

– Maggie, você precisa entender, eu não estava com a cabeça no lugar.

– E agora está, por acaso? – Ela quase riu da ironia, mas controlou-se por causa de Tony. – Então o que você fez de tão terrível?

– Eu deixei tudo para os gatos!

– Você o quê? – Maggie não conseguia acreditar em seus próprios ouvidos.

– Para os gatos! – confessou Tony. – Fiz um novo testamento e deixei tudo o que tinha para uma instituição que cuida de gatos. Pesquisei no Google e foi a primeira coisa que apareceu.

– Gatos? – repetiu Maggie, balançando a cabeça. – Por que gatos?

– Idiotice minha. Sempre tive uma afinidade com gatos. Eles são mestres da manipulação, e eu me identificava com eles. Mas o principal motivo foi puro despeito. Loree odeia gatos. Seria a minha forma de dar uma banana para todo mundo lá do além. Eu achava que isso me faria morrer satisfeito.

– Tony, essa é a maior idiotice que já ouvi na vida, além de ser uma das atitudes mais cruéis e desalmadas que se possa imaginar.

– É, agora eu sei disso, acredite. Já não sou mais quem era antes, mas... – Ele gemeu. – Não acredito nisso. Eu estraguei tudo.

– Então, Tony – começou Maggie, controlando sua vontade de dar uma bronca naquele homem –, diga a verdade, por que estamos aqui hoje? Não é só para você ver em que estado se encontra, não é mesmo?

Tony já não sabia ao certo se queria curar a si mesmo. Nem se desejava ter a capacidade de decidir que uma pessoa doente iria viver. Quem era ele para tomar uma decisão dessa magnitude, mesmo para o seu próprio bem? Agora que estava ali, percebeu que não tinha refletido a fundo sobre a questão. Jesus e Vovó lhe disseram que ele poderia curar qualquer pessoa, mas essa era uma dádiva complicada, e começava a parecer uma maldição. Diante da escolha, ele se sentia perdido. Imagens de tele-evangelistas que curavam fiéis e espetáculos de parques de diversões lhe vieram à mente. Como exatamente você cura uma pessoa? Ele não tinha pensado em perguntar.

– Tony! – exclamou Maggie.

– Desculpe, Maggie. Estou tentando entender uma coisa. Você poderia colocar a mão na minha testa?

– Na sua testa? Que tal eu lhe dar um beijo e mandar você de volta para o lugar de onde veio? – ameaçou Maggie.

– Eu provavelmente mereço isso, mas será que poderia apenas me fazer esse favor?

Sem hesitar, Maggie estendeu a mão e pousou-a na testa de Tony. Então, ficou esperando.

– Jesus! – ele exclamou, sem saber o que fazer. A escolha parecia óbvia. Ele precisava viver. Tinha que consertar algumas coisas, principalmente o seu testamento.

– Você está orando ou isso foi só uma exclamação? – perguntou Maggie.

– Provavelmente um pouco das duas coisas – admitiu Tony. Ele decidiu comunicar-lhe a sua dúvida e a inteirou dos fatos. – Maggie, estou diante de um dilema. Venho tentando tomar uma decisão, mas não sei o que fazer.

– Sou toda ouvidos.

– Maggie, Deus me disse que eu poderia curar uma pessoa, e eu vim até aqui para curar a mim mesmo. Mas não sei bem se esta é a decisão acer...

– O quê? – Maggie tirou a mão da testa de Tony como se tivesse levado uma ferroada.

– Eu sei, eu sei – Tony começou a falar, tentando encontrar palavras para se explicar.

Alguém bateu à porta, e uma mulher com roupa de enfermeira colocou a cabeça dentro do quarto. Ela olhou em volta, como se esperasse ver mais do que um visitante. Maggie, ainda chocada, estava petrificada, com a mão pairando sobre a cabeça de Tony, uma cena que não ajudou a tranquilizar a outra mulher.

– Está tudo... – a enfermeira se deteve – ... bem?

Maggie baixou a mão com a maior calma e naturalidade possíveis.

– Sem dúvida. Tudo perfeito; estamos ótimos aqui. – Maggie abriu seu melhor sorriso e afastou-se um passo da cama, o que pareceu aliviar um pouco a tensão. – Nós... – ela se interrompeu para pigarrear. – Eu estava aqui visitando meu grande amigo e você deve ter me ouvido... hã... rezar por ele.

– Somos "grandes" amigos agora? – disse Tony, sem conseguir se conter.

A enfermeira correu os olhos pelo quarto uma segunda vez e, ao certificar-se de que estava tudo no seu devido lugar, abriu um sorriso do tipo "na verdade, tenho um pouco de pena de você" e assentiu.

– Bem, já está acabando? Temos mais alguns visitantes que querem entrar, e eu gostaria de dizer a eles quando poderão vir.

– Ah! – exclamou Maggie. – Eu já acabei.

– Não acabamos nada! – contestou Tony.

– Ah, acabamos, sim – retrucou Maggie, corrigindo-se logo em seguida para a enfermeira, em tom de desculpas. – Quer dizer, nós... Deus e eu, já terminamos o que ele me enviou para fazer. Seja como for, posso orar em qualquer lugar, não é mesmo? Então, se há outras pessoas esperando, por que não saio logo para que os demais possam fazer sua visita?

A enfermeira ficou segurando a porta por alguns instantes, como se tentasse decidir o que fazer, depois assentiu, abrindo-a para deixar Maggie passar.

Uma vez do lado de fora, Maggie sussurrou entredentes:

– Deus me perdoe, acabei de mentir dizendo que estava orando.

– O quê? – perguntou a enfermeira, estranhando o comportamento daquela mulher. Maggie sorriu outra vez.

– Orando... estou só orando – ela sussurrou. – É o hábito. Bem, obrigada pela ajuda, já vou indo.

Foi andando em direção à entrada, onde os funcionários da recepção conversavam com um casal: uma mulher atraente que usava um terninho justo, e um homem de calça jeans e casaco impermeável. Quando eles a olharam, Maggie percebeu que era o tema da conversa.

– Não acredito! – começou a dizer Tony, a apreensão evidente em sua voz. – Aquela é Loree, e Jake está com ela. Há anos que não vejo nenhum dos dois. O que vou fazer?

– Maggie? Você é Maggie? – Jake veio em sua direção e envolveu-a em um abraço carinhoso. – Que bom conhecê-la pessoalmente – disse sorrindo.

Era um sorriso sincero e cheio de ternura, o que fez Maggie reagir da mesma forma.

– Jake, também estou muito feliz em conhecer você. – Ela se virou para a mulher estonteante que tinha acabado de juntar-se a eles. – E você deve ser Loree. Devo dizer que, se Tony soubesse que vocês viriam visitá-lo, ele teria uma grande, e maravilhosa surpresa.

– Faça-me o favor – resmungou Tony.

Loree envolveu a mão de Maggie nas suas e a apertou com carinho, como se expressasse gratidão.

Tony pôde perceber que Maggie simpatizara imediatamente com os dois.

– Estou perdido – rosnou ele.

Maggie o ignorou.

– Bem, você deve ter razão! Quer dizer, quanto à parte da surpresa... – Loree riu, seu rosto radiante e vivo. – As únicas conversas que tivemos ao longo dos últimos anos foram através de advogados, o que ao menos manteve o diálogo civilizado. Certamente ele contou histórias terríveis a meu respeito.

– Na verdade, não – revelou Maggie. – Ele não fala muito da família ou de assuntos pessoais. – Ao notar que Jake olhou para o chão, apressou-se em acrescentar: – Mas sei que, nos últimos tempos, Tony vem tentando mudar. Ele me contou como foi uma pessoa horrível, como afastou a todos, como costumava tratar mal os outros...

– Ok – intrometeu-se Tony –, acho que deu para ter uma ideia.

Maggie prosseguiu:

– Na verdade, talvez o tumor cerebral tenha uma parcela de culpa. Sou enfermeira e entendo um pouco dessas coisas. Tumores desse tipo podem ter efeitos estranhos na percepção de si mesmo e das pessoas ao redor.

– Se isso for verdade – disse Loree com um pouco de tristeza no olhar –, então ele deve ter tido esse tumor durante anos. Não, para ser franca, acho que o comportamento dele teve muito mais a ver com a morte do Gabriel.

– Gabriel? – perguntou Maggie.

Uma expressão aflita atravessou o rosto de Loree, seguida por uma sombra de resignação.

– Ah, Tony não lhe contou sobre Gabe. Bem, eu não deveria me surpreender. Esse era um assunto totalmente "proibido".

– Sinto muito – disse Maggie, pousando a mão no ombro de Loree. – Não, não sei nada a respeito dele, e se for pessoal demais, por favor, não se sinta obrigada a me contar.

– Não, talvez você deva saber. Foi o momento mais duro da minha vida, das nossas vidas. Com o tempo, esse acontecimento tornou-se algo precioso para mim, mas tenho a impressão de que, para Tony, foi um abismo do qual ele nunca conseguiu sair.

Uma lágrima escorreu pelo rosto de Loree, que se apressou a secá-la.

– Gabe foi nosso primeiro filho, e era a alegria da vida de Tony. Um dia, ele começou a reclamar de dores abdominais e a vomitar. Na véspera do seu aniversário de cinco anos, nós o levamos ao médico, que encontrou tumores no fígado dele ao fazer uma ultrassonografia. A doença acabou se revelando um tipo raro de câncer hepático. Os tumores já tinham gerado metástases, de modo que não havia muito que fazer, a não ser esperar e vê--lo definhar aos poucos. Foi terrível, mas você é enfermeira, sabe como é.

– Eu sei, querida – respondeu Maggie, dando-lhe um abraço. – Trabalho na oncologia pediátrica, então sei, sim. Sinto muito.

Loree parou por alguns instantes, enxugando os olhos. Prosseguiu:

– Enfim, acho que Tony se culpou muito, por mais tolo que isso possa parecer. Depois, passou a me culpar. Gabriel nasceu abaixo do peso ideal, o que na opinião dos médicos às vezes pode contribuir para o desenvolvimento da doença, e de alguma forma ele atribuiu a culpa a mim. Por último, culpou os médicos, e Deus, é claro. Durante um tempo, eu também culpei Deus. Mas, acabei descobrindo que, quando você culpa Deus pelo mal que lhe acontece, não resta ninguém em quem possa confiar, e eu não conseguiria viver assim.

– É – concordou Maggie. – Também descobri isso. Se você não acredita no amor de uma pessoa, é impossível confiar nela.

– Bem – falou Loree, respirando fundo –, Tony e eu tivemos um divórcio terrível, dois na verdade, mas, apesar de tudo, ainda me lembro do homem por quem me apaixonei. Então, Angela e eu fomos embora na primeira oportunidade. Foi muito difícil para ela, como você pode imaginar.

– Para Angela?

– Sim, a última conversa dela com o pai foi uma briga terrível em que Angela lhe disse que gostaria que ele estivesse morto. Isso aconteceu por telefone, pouco antes de ele entrar em coma. Angela está na sala de espera, mas ainda não quer vê-lo. Talvez mais tarde.

– Sinto muito – disse Maggie. – Se eu puder ajudar de alguma forma, é só me avisar. – Ela voltou-se para Jake, que passara o tempo todo ouvindo em silêncio, um corpo endurecido pela vida que envolvia um coração cheio de ternura. – Jake, vou lhe dar meu número de telefone.

Eles trocaram rapidamente informações.

– Estou morando há alguns meses numa casa de recuperação, até conseguir me reerguer completamente. Mas agora tenho um emprego fixo e espero conseguir minha própria casa em breve. Loree arranjou um telefone para mim, e você pode me localizar com facilidade.

– Obrigada, Jake. Não sei muito sobre seu relacionamento com Tony, mas sei o suficiente para perceber que ele se importa de verdade com você.

Ele abriu um largo sorriso.

– Obrigado por dizer isso Maggie, significa muito para mim. Tony sempre foi o vencedor, e eu, o fracassado. Com o passar do tempo, a distância entre nós foi ficando cada vez maior. Meu processo de recuperação levou muito tempo e eu só gostaria – lágrimas que lutavam para vir à tona acabaram por se derramar –, só gostaria que ele pudesse saber como eu tenho me esforçado. Acho até que ficaria orgulhoso. – Ele se apressou em secar os olhos. – Desculpe – disse com um sorriso. – Tenho me emocionado bastante ultimamente. Para mim, é um sinal de cura.

Maggie tornou a abraçá-lo, sentindo um leve cheiro de nicotina e colônia barata. Não importava. Aquele homem tinha fibra.

– Maggie? – perguntou Jake. – Preciso lhe perguntar uma coisa. Você sabe se Tony assinou alguma Ordem de Não Ressuscitação? Nós conversamos com os médicos e funcionários daqui, e eles nos disseram que não está nos registros. Então ficamos nos perguntando se ele teria o formulário preenchido em seu escritório ou em algum outro lugar.

– Uma ONR? Não sei... – respondeu Maggie, acrescentando em seguida: – Mas posso descobrir. Ele também pode ter uma procuração geral para fins de saúde guardada em algum lugar. Vou ver o que consigo encontrar e entro em contato com vocês, está bem?

– Isso seria ótimo. Eles nos disseram que os prognósticos não são muito bons.

– Bem, por que vocês não entram para vê-lo? Sempre podemos continuar orando por um milagre até precisarmos tomar uma decisão.

Os dois agradeceram e se encaminharam para o quarto da UTI.

– Você tem algo a dizer? – murmurou Maggie para Tony.

– Não, não tenho. – A voz soou rouca e embargada, e o coração de Maggie amoleceu. Eles saíram da recepção e foram até a sala de espera. Maggie parou para analisar as pessoas que se encontravam ali.

– Lá está ela – disse Tony, ainda abatido. – A morena bonita no canto da sala. Cheguei a pensar em tentar consertar as coisas, mas estava geralmente bêbado e nunca ia em frente. Agora, não sei o que dizer – a voz dele tornou a ficar embargada – nem para ela nem para ninguém.

– Então, Tony, espere e ouça.

Maggie foi até o canto da sala, onde uma jovem linda estava sentada, digitando em seu celular. Ela ergueu os olhos vermelhos, inclinou a cabeça para o lado e perguntou:

– Sim?

– Olá, meu nome é Maggie Saunders, sou enfermeira aqui neste hospital. A senhorita é Angela Spencer, não é?

A jovem assentiu.

– Bem, Srta. Spencer, eu não só trabalho aqui, como conheço pessoalmente seu pai.

– Conhece? – Angela se empertigou e largou o celular dentro da bolsa. – De onde?

Maggie não estava preparada para a pergunta.

– Bem, nós nos conhecemos na igreja.

– Hã? – Angela recuou a cabeça, surpresa. – Meu pai? A senhora conheceu meu pai na igreja? Tem certeza de que estamos falando da mesma pessoa?

– Sim, seu pai é Anthony Spencer, não é?

– É, mas... – Ela olhou Maggie dos pés à cabeça. – Bem, a senhora não parece... fazer o tipo dele.

Maggie riu.

– Quer dizer, magra, baixinha e recatada?

Angela sorriu de volta.

– Não, me desculpe, é só que... a senhora me pegou meio desprevenida.

Maggie deu uma risadinha e sentou-se ao lado de Angela.

– Só para deixar bem claro, seu pai e eu não temos nenhum "caso", somos apenas amigos que se conheceram na igreja há pouco tempo.

– Ainda não acredito que meu pai frequente a igreja. Ele tem uma história muito mal resolvida com as organizações religiosas.

– Bem, talvez tenha sido por isso que nós nos demos bem. Também sinto uma coisa parecida. Não quer dizer que não ache que exista vida e valor na igreja, mas às vezes isso se perde um pouco por trás de todas as regras, da política e do carreirismo da instituição.

– Sei bem o que a senhora quer dizer – respondeu Angela.

– Srta. Spencer... – começou a falar Maggie.

– Por favor, me chame de Angela – encorajou a jovem com um sorriso.

– E eu sou Maggie. É um prazer conhecê-la. – Elas trocaram um aperto de mãos como se estivessem sendo apresentadas formalmente. – Então, Angela, eu estava conversando com sua mãe, e ela me disse que você e seu pai não estão se entendendo muito bem no momento.

Angela baixou o olhar, esforçando-se para controlar suas emoções. Por fim, tornou a encarar os olhos de Maggie.

– Ela lhe contou o que eu disse a ele na nossa última conversa? Na verdade, eu estava gritando. Disse que queria que ele estivesse morto, e então, poucos dias depois, nós descobrimos que ele estava em coma. Não vou poder dizer a ele que sinto muito e...

Maggie pousou a mão no ombro da jovem e lhe entregou um lenço que Angela aceitou, agradecida:

– Preste atenção, Angela. Não foi culpa sua. Provavelmente nem preciso dizer isso, mas queria que você ouvisse. Foi uma coincidência, e nós não temos controle sobre esse tipo coisa. Você ainda pode dizer a ele.

Angela ergueu os olhos.

– Como assim?

– Sou enfermeira, e já vi muita coisa, inclusive pessoas que ao voltar do coma contaram que conseguiam ver e ouvir o que estava acontecendo ao seu redor. Você pode dizer ao seu pai o que quiser, pois acredito que ele vá ouvir.

– Você acha mesmo? – Um lampejo de esperança brilhou em seus olhos.

– Acho – afirmou Maggie categoricamente –, e se precisar de alguém para estar ao seu lado, é só me telefonar que eu virei a qualquer hora do dia ou da noite.

– Obrigada, Maggie. – As lágrimas de Angela correram livres. – Nem conheço você, mas sou muito grata pela sua presença. Eu precisava ouvir isso. Estava com medo de que...

Maggie abraçou Angela, e Tony chorou dentro de Maggie, seu rosto pressionado contra a janela de luz através da qual ele via, mas não podia ser visto, suas mãos tentando alcançar a filha em prantos, tão perto e, ao mesmo tempo, tão longe. Ele soluçava por todos os fracassos que não conseguiria sequer começar a verbalizar, por todo o estrago feito. O arrependimento era esmagador, mas Tony deixou que ele o invadisse.

– Me perdoe. – Mal falou essas palavras, e já havia partido.

15

O Templo

Nossos corações de pedra se tornam corações de carne
quando descobrimos onde choram os renegados.

– Brennan Manning

Tony se viu de volta às proximidades do assentamento à beira da muralha, onde tinha travado sua batalha. Estava novamente diante do local em que a trilha se bifurcava: um dos caminhos seguia para a esquerda, em direção ao grupo de edifícios que costumava abrigar suas mentiras, e o outro, para a direita, conduzindo à construção a que se referiam como templo.

Ele estava esgotado, como se as últimas energias tivessem sido sugadas de seu corpo pelos acontecimentos e emoções que ainda pairavam no ar. As palavras "me perdoe" continuavam em seus lábios e soavam verdadeiras ao seu coração. Uma sensação de solidão soprou como um vento rebelde contra o seu rosto. Os mentirosos podiam ser desagradáveis, mas pelo menos lhe faziam companhia. Talvez uma verdadeira mudança aumentasse o tamanho do seu coração, criando espaço para uma comunidade autêntica. Em meio a todo o arrependimento e desamparo, havia um quê de esperança, uma expectativa de que algo mais estava por vir.

Mas ainda havia aquele lugar no fim do caminho da direita. Ele conseguia enxergá-lo ao longe, como um bloco de granito entalhado na muralha. Não fosse pelas beiradas claramente esculpidas e trabalhadas, poderia ser confundido com uma rocha enorme que tivesse caído de algum ponto mais alto.

Um templo? O que ele teria a ver com um templo? Qual a importância daquele local? Tony sabia que estava sendo atraído para lá; quase conseguia ouvir o chamado de uma promessa. Mas não era só isso. Além da expectativa, havia também uma ponta de medo, a sensação de que algo não estava correto, uma inquietude que parecia ter prendido seus pés ao chão e não queria soltá-los.

Será que aquele era o templo de Deus? Do Deus Pai? Provavelmente não, supôs. Vovó tinha dito alguma coisa sobre como Deus se encontrava do outro lado da muralha. Aquela estrutura estava do lado de dentro. Não conseguia imaginar que Deus fosse querer viver em um lugar como aquele, sem janelas nem portas visíveis.

Ele sabia que estava adiando, como se continuar a fazer perguntas pudesse substituir a experiência que houvesse mais adiante. Pensou no que Vovó diria: "Tinha chegado a hora." Sem dúvida ela e Jesus estavam ali, mas agora Tony percebia que suas próprias limitações o haviam impedido de enxergá-los.

– Prepare-se para responder a muitas perguntas – murmurou, sorrindo para si mesmo. Ao que parecia, orações eram simplesmente conversas dentro de um relacionamento.

Enquanto Tony seguia pelo caminho da direita, um pequeno lagarto se esgueirou por entre as rochas. Logo ficou claro que ele estava atravessando o leito de um rio seco. Águas profundas costumavam passar por ali, e vários pontos estavam lamacentos por causa da umidade que ainda existia debaixo da superfície. O rio teria passado pelo meio do templo e atravessado a muralha. Cada passo se tornava mais difícil, pois a areia macia parecia puxar suas botas. Os últimos 100 metros foram especialmente árduos, e sua respiração ficou ofegante, obrigando-o a parar e dobrar o corpo para a frente, a fim de se recuperar.

O pior não era o esgotamento físico, mas a angústia emocional que acompanhava cada passo. Tudo nele gritava para que retornasse. A esperança que tinha marcado o início da caminhada desaparecera como fumaça no redemoinho de poeira que se erguia do leito seco, atrapalhando sua visão.

Uma tempestade de vento o castigava quando ele finalmente chegou à parede mais próxima do templo. Estava desesperado para encontrar algo em sua superfície onde pudesse se agarrar para escapar da violência cada vez maior do vendaval, mas a parede era tão lisa e escorregadia quanto vidro, e ele teve que se virar e encostar nela para se proteger. Até onde conseguia enxergar e tatear, não havia porta ou maneira de entrar. Ele estava encurralado.

Tony tinha certeza de uma coisa apenas: aquele era o lugar onde ele deveria estar. Uma daquelas criaturas tinha dito que era lá que ele fazia suas adorações, que fora ele quem construíra aquele lugar. Se isso fosse verdade, então deveria saber como entrar. Preparando-se para enfrentar as rajadas de vento, Tony protegeu o rosto com o braço e tentou se concentrar, apesar da areia que o açoitava. Onde em seu mundo interior aquele lugar poderia existir? Um local de adoração! O que era um local de adoração? Precisaria ser algo que ele tivesse colocado no centro da sua vida. Sucesso? Não, muito intangível. Poder? Não, também não era satisfatório nem fundamental.

– Jesus, por favor, me ajude! – ele suplicou.

Como uma resposta à sua prece, um pensamento lhe veio à cabeça. Era como a placidez da manhã irrompendo ao longe e se desdobrando aos poucos. Mas essa lucidez chegou acompanhada de um desespero profundo. No mesmo instante, Tony soube o que era aquele lugar. Era o peso voraz no âmago de sua existência. Era um túmulo, um sepulcro, um jazigo que servia de memorial para os mortos.

Ergueu o rosto e pressionou-o contra a parede, a tristeza transbordando como um rio do canto mais profundo e precioso de sua alma. Colou os lábios à pedra lisa e fria, beijando-a, e sussurrou:

– Gabriel!

Um relâmpago caiu perto dele, despedaçando o muro como se ele fosse de vidro e derrubando Tony. O impacto desenterrou a entrada de um corredor, e ele engatinhou rumo à escuridão. Uma vez lá dentro, o vendaval se dissipou com mais rapidez do que surgira. Levantando-se com facilidade, ele seguiu em frente, tateando uma parede e arrastando os pés com cuidado, com medo de pisar em algum buraco e cair. Depois de algumas curvas e poucos metros adiante, chegou a um portão, cujo trinco era semelhante ao que ele havia tateado alguns dias atrás, ao chegar à porta de entrada da sua alma.

Também desta vez a porta se abriu sem barulho algum e, ao entrar, ele teve que cerrar os olhos, até eles se ajustarem à luz que inundava o recinto.

Tony estava parado diante do que parecia uma pequena catedral, seu interior deslumbrante, ao mesmo tempo luxuoso e simples. Raios de luz capturavam partículas de poeira, incendiando-as e espalhando-as como se fosse possível soprá-las. Mas o cheiro, asséptico e estéril, contrastava com a glória daquele lugar.

Não havia cadeiras nem bancos, apenas um espaço vazio e um altar ao longe, banhado numa luz tão forte que impedia Tony de discernir seus detalhes. Ele deu um passo à frente e sussurrou:

– Não estou sozinho. – A frase reverberou nas paredes e no chão de mármore. – Não estou sozinho – repetiu, mais alto desta vez, e encaminhou-se em direção à luz.

De repente, notou um movimento dentro da claridade e parou imediatamente, tomado por uma expectativa aterrorizante.

– Gabriel?

Ele não conseguia acreditar em seus próprios olhos. Aquilo que mais temia e desejava estava bem à sua frente. Não era um altar, mas uma cama de hospital, cercada de luzes e aparelhos. Gabriel, seu filho de cinco anos, estava ali, olhando para ele. Tony correu em direção ao vulto.

– Pare! – ordenou o menino, um tom de súplica ecoando pelo templo. – Papai, você precisa parar.

Tony obedeceu, a três metros do filho, que continuava exatamente como ele se lembrava. Sua memória congelara a imagem de uma criança saudável e cheia de energia, no início da aventura de sua vida, e que agora estava ao alcance de sua mão, conectado por tubos a equipamentos hospitalares.

– É você, Gabriel, é você mesmo? – perguntou ele, quase implorando.

– Sim, papai, sou eu, mas você me vê apenas como se lembra de mim. Precisa parar com isso.

Tony ficou confuso. Esforçou-se ao máximo para não sair correndo e tomar seu filho nos braços. Estava a poucos metros de distância, e Gabe lhe mandava parar? Não fazia o menor sentido. O pânico começou a invadi-lo como uma torrente.

– Gabriel, não posso perder você de novo. Não posso!

– Papai, não estou perdido. É você quem está, não eu.

– Não – gemeu Tony. – Não pode ser verdade. Eu tinha você. Você estava nos meus braços e eu o segurava quando começou a escorrer como areia entre meus dedos. Não pude fazer nada... eu me arrependo tanto. – Caiu de joelhos e enterrou o rosto nas mãos. – Talvez – começou a falar, erguendo a cabeça –, talvez eu possa curar você. Talvez Deus possa me fazer voltar no tempo e eu possa curar você...

– Papai, não faça isso.

– Mas será que você não entende, Gabe? Se Deus puder me levar de volta para eu poder curá-lo, minha vida não vai ser mais esse desastre...

– Papai. – O tom de Gabriel era gentil, porém firme.

– E então eu não precisarei magoar tanto sua mãe e ser tão duro com sua irmã, se ao menos você...

– Papai. – A voz de Gabriel soou mais forte.

– Se ao menos você não tivesse... morrido. Por que teve que morrer? Você era tão pequeno e frágil, e eu fiz tudo o que podia. Gabriel, eu pedi a Deus que me levasse no seu lugar, mas ele não quis. Eu não era bom o suficiente. Me desculpe, meu filho.

– Papai, pare! – ordenou Gabriel.

Tony ergueu os olhos e notou que lágrimas escorriam pelo rosto de seu filho, onde uma expressão de amor pelo pai estava inscrita em letras garrafais.

– Papai, por favor, você precisa parar – sussurrou Gabriel. – Precisa parar de culpar a si mesmo, de culpar mamãe, Deus e o mundo. Por favor, precisa me deixar partir. Você me manteve aqui com você, dentro desses muros, durante muitos anos. Agora, está na hora de irmos embora.

– Mas, Gabriel, eu não sei como! – O lamento veio da parte mais profunda de seu ser, e era o grito mais sincero de seu coração. – Como posso fazer isso? Como posso deixar você partir? Não quero fazer isso, não quero...

– Papai, preste atenção. – Gabriel também se ajoelhou para olhar bem no rosto de seu pai. – Eu não existo aqui. É você quem está preso neste lugar, e isso corta o meu coração. Está na hora de você partir, de se libertar, de se permitir sentir novamente. Você pode rir e aproveitar a vida. Não há nenhum mal nisso.

– Mas como posso fazer isso sem você, Gabriel? Não sei abrir mão da sua presença.

– Papai, não posso explicar como, mas você já está comigo; nós estamos juntos. Não estamos separados na pós-vida. Você está preso nessa parte devastada do seu mundo, e chegou a hora de se libertar.

– Então, Gabriel – perguntou Tony em tom de súplica –, por que você está aqui? Como é que eu posso vê-lo?

– Porque eu pedi que Papai do Céu me concedesse essa dádiva. Pedi a ele que me deixasse vir até aqui para ajudar você a se reerguer. Estou aqui porque amo você, e quero que tenha uma existência plena e livre.

– Oh, Gabriel, me desculpe por lhe causar mais dor ainda...

– Pare, papai. Você não entende? Eu não me arrependo. Quis estar aqui. O que importa não sou eu, é você.

– Então, o que devo fazer? – Tony mal conseguia falar.

– Você vai sair daqui sem olhar para trás e atravessar os muros que construiu. Vai seguir em frente, papai. Não se preocupe comigo. Você nem pode imaginar como eu estou bem. Também sou uma melodia.

Ao ouvir isso, Tony riu e chorou ao mesmo tempo.

– Posso dizer – ele lutou para encontrar as palavras – que é muito bom ver você? Tem algum problema se eu disser isso?

– Não, papai, não tem nenhum problema.

– E posso dizer que amo você e sinto muito sua falta, e que às vezes a única coisa em que consigo pensar é em você?

– Pode, sim, papai, não tem problema, mas agora você precisa me dizer adeus. Também é bom me dizer adeus. Está na hora de você partir.

Tony se levantou, as lágrimas ainda escorrendo pelo seu rosto.

– Você está falando igual à Vovó – disse ele rindo, em meio aos soluços.

– Vou interpretar isso como um elogio. – Balançou a cabeça. – Ah, se você soubesse... Está tudo bem, papai. Eu estou bem.

Tony ficou um bom tempo olhando para o seu filho de cinco anos. Por fim, respirou fundo e disse:

– Está bem, adeus, meu filho! Eu te amo muito. Adeus, meu Gabriel.

– Adeus, papai. Até breve!

Tony virou-se, tornou a respirar fundo e se encaminhou em direção à parede próxima da entrada. A cada passo que dava, o chão começava a rachar como cristal sob uma chuva de pedras. Ele nem se atrevia a olhar para trás, com medo de perder toda a determinação. A barreira à sua frente cintilou, ficou translúcida e desapareceu completamente. Ele ouviu um barulho de desmoronamento atrás de si e soube, sem olhar para trás, que o templo estava ruindo e que sua alma estava passando por uma transformação turbulenta. Seus passos então ficaram firmes e decididos.

Ele olhou para cima e viu uma queda-d'água gigantesca vindo em sua direção. A torrente se agigantava acima dele, e Tony não pôde fazer nada além de encará-la e esperar que a água o carregasse. Ficou parado e abriu os braços. O rio estava de volta.

16

UMA FATIA DE TORTA

Deus entra por uma porta
exclusiva em cada indivíduo.

– Ralph Waldo Emerson

– Maggie?

– Ei! – gritou Maggie, derrubando uma xícara de farinha na pia da cozinha. – Dá para não aparecer assim de repente?! Sabia que sumiu por quase dois dias desde que me deixou no hospital com sua filha? Agora, olha a bagunça que fez, quase me matando de susto!

– Maggie?

– O que foi?

– Estou muito feliz em vê-la. Já disse o quanto admiro você? Sou muito grato...

– Tony, você está bem? Não sei por onde andou, mas está me parecendo um pouco esquisito, como se não fosse você mesmo, sabe?

Ele riu, e a sensação foi ótima.

– Talvez, mas nunca estive melhor.

– Bem, para sua informação, os médicos talvez discordem. Você não está nada bem. Precisamos conversar. Vou preparar essa torta de maçã enquanto resolvemos a situação. Muita coisa aconteceu nesses dois dias em que você esteve desaparecido, e precisamos bolar um plano.

– Torta de maçã? Eu adoro torta de maçã. Para quem é?

Tony notou que Maggie estava tentando não sorrir, mas emoções especiais surgiam dentro dela.

– Ah, não me diga. Você está fazendo essa torta para o policial, não é?
Ela balançou a mão no ar e riu.

– Isso mesmo, ele está vindo para cá depois do serviço para comer uma sobremesa. Temos conversado muito por telefone depois que você foi embora. Ele me acha – Maggie tornou a abanar as mãos como uma adolescente – bastante misteriosa. Vou logo avisando que, se eu me esquecer de você por um momento e acabar beijando Clarence, vai ser por acidente. Vou tentar sinceramente não fazer isso, mas... bem, nunca se sabe.

– Ótimo! – bufou Tony, perguntando-se como seria existir como uma bola de pingue-pongue, quicando entre duas almas.

Maggie não parava de falar enquanto limpava a pia.

– Aprendi mais a seu respeito nos 20 minutos que passei no hospital do que com tudo o que você me contou durante todo o tempo em que esteve na minha cabeça. Fiquei com muita raiva de você durante algum tempo por ter magoado sua família daquele jeito. Sua mulher, quer dizer, sua ex--mulher, é um encanto. Sua filha também é extraordinária, e apesar de tudo ainda ama você, por trás de toda aquela raiva. E, Tony, sinto muito por Gabriel, de verdade. – Ela se deteve. – Mas qual é o problema entre você e Jake? Essa é a única parte que ainda não consegui entender.

– Maggie, vá com calma – interrompeu Tony. – Vou responder a suas perguntas depois, mas agora precisamos conversar sobre outras coisas.

Maggie parou de trabalhar e olhou pela janela.

– Você está falando do seu poder de curar uma pessoa? Tony, eu fiquei muito ressabiada com essa história toda. Com o fato de você me ter feito ir até lá, e apesar de ter visto todo o amor que sinto por Lindsay, só estar preocupado com você mesmo...

– Por favor, me perdoe por isso, Maggie – atalhou Tony. – Mas eu não sabia mais o que fazer, e achei que se pudesse me curar talvez fosse capaz de ajudar muitas pessoas e até consertar parte do estrago que causei. Sei que fui completamente egoísta...

– Tony, pare! – ela disse, levantando a mão. – A egoísta fui eu, que pensei apenas no meu sofrimento, no que eu queria consertar. Já perdi pessoas muito importantes na minha vida, e simplesmente não queria perder mais uma. Não tenho o direito de esperar que você use sua dádiva para curar Lindsay. Eu estava errada, e lhe peço perdão.

– Hã, perdoar você? – Tony ficou surpreso e estranhamente reconfortado pelo pedido.

– Sim, nós precisamos voltar ao hospital, Tony, e fazer a oração da cura antes que os equipamentos não possam mais mantê-lo vivo, e precisamos fazer isso o quanto antes. Como eu disse, nos últimos dois dias seu estado de saúde piorou bastante, e os médicos não estão achando que vá melhorar.

– Eu tenho pensado muito nesse meu poder de cura, Maggie...

– Bem, tenho certeza que sim. Mas você não pode deixar tudo o que tem para os gatos! – Ela parou de bater a massa da torta e pegou uma colher de pau. – Gatos! Essa é uma das maiores loucuras que já ouvi na vida.– Ela balançou a cabeça. – Deus me livre! Onde já se viu dar todo o seu dinheiro suado para os gatos?

– Pois é, que burrada! – ele concordou.

– Bem, então vamos curar você para que possa consertar essa burrada. – Ela brandia a colher na direção da janela enquanto falava.

– Eu andei pensando, Maggie...

– Tony, você tem todo o direito de curar a si mesmo. Deus lhe concedeu essa dádiva, porque ele deve confiar que você saberá usá-la. Então, se você decidir que curar a si mesmo é a melhor escolha, eu lhe darei cem por cento de apoio. Não cabe a mim dizer às pessoas o que elas devem fazer de suas vidas. Já gastei mais energia do que devia simplesmente julgando os outros... algo que – prosseguiu enquanto tornava a brandir a colher, agora coberta de farinha e manteiga – venho tentando fazer menos, mas é um processo, e confesso que às vezes gosto demais de julgar. Achar que ninguém poderia fazer alguma coisa melhor do que eu me faz sentir superior. Está vendo, Tony? De uma maneira ou de outra todos temos nossas fraquezas. Pronto, meu sermão já acabou. O que você acha?

– Você me faz sorrir, é isso que eu acho – respondeu Tony.

– Bem, então minha vida está completa. – Maggie deu uma risadinha. – Agora, falando sério, só falta receber uma aliança de noivado de Clarence, e aí, sim, minha vida estará completa. Não me leve a mal.

– De jeito nenhum – respondeu Tony, rindo. – Maggie, eu tenho uma ideia para resolver essa burrada dos gatos, mas vamos precisar de ajuda. Quanto menos pessoas, melhor, e estou pensando em Jake porque acho que não temos escolha. Clarence também, por ser policial e poder garantir que vamos fazer tudo do jeito certo.

– Tony, você está me assustando. O que nós vamos fazer? É alguma coisa ilegal?

– Boa pergunta. Não sei bem. Sim e não, imagino. Se ainda não estou morto, não acho que seja ilegal.

– E você quer envolver meu Clarence nisso?

– É a única maneira, Maggie.

– Querido, não quero meter Clarence nessa história. Prefiro deixar os gatos vencerem.

– Isso não tem nada a ver com os gatos, Maggie. Tem a ver comigo. Por favor, confie em mim. Precisamos da ajuda de Clarence.

– Oh, meu Deus! – exclamou Maggie. – Vou tentar confiar em você.

– Obrigado, Maggie – prosseguiu Tony. – Mas, antes, ainda tenho alguns problemas para resolver. O lugar em que precisamos entrar é meu, mas ninguém sabe da existência dele. Eu o construí para guardar minhas coisas particulares, e a segurança é total. O problema é que, quando a polícia tentou rastrear as câmeras, meu sistema de segurança desligou tudo e reconfigurou as senhas de entrada. Eu não posso entrar sem elas.

– Não estou entendendo nada. O que você quer que eu faça?

– Bem, agora só existem três lugares em que eu posso recuperar os novos códigos.

– Então me leve até um deles – sugeriu Maggie.

– É um pouco mais complicado que isso. Uma carta com a nova senha foi enviada a um banco para ser depositada automaticamente em uma conta especial. Essa conta só pode ser acessada por meio de uma autorização, que está em um cofre. O cofre só pode ser aberto mediante a apresentação de uma certidão de óbito.

– Droga! – disse Maggie. – Essa não é exatamente uma boa opção.

– A segunda opção – ele continuou – não é muito melhor. Quando uma senha é reconfigurada dessa forma, ela gera automaticamente uma carta que é enviada por correio expresso para Loree. Ela não faz ideia do que seja ou do motivo por que está recebendo a tal correspondência. A carta simplesmente aparece, sem qualquer explicação. Afinal, ninguém jamais pensaria que minha ex-mulher tivesse algo de valor para mim.

– Espere! – disse Maggie. – Como é a senha?

– É apenas uma série de seis números de um ou dois dígitos, entre 1 e 99, que são gerados aleatoriamente – ele explicou.

– Como números de loteria? – perguntou Maggie, lavando as mãos rapidamente na pia.

– Sim, imagino que sim.

– Como estes?

Maggie enfiou a mão na bolsa pendurada no hall de entrada, revirando o conteúdo. Triunfante, sacou um envelope de correio expresso e apanhou a carta que havia dentro. Era uma simples folha de papel contendo seis números, cada qual de uma cor diferente.

– Maggie – exclamou Tony –, é isto! Como foi que você...

– Foi Loree! Eu voltei ao hospital para tentar ajudar sua ex-mulher e Jake com as possíveis providências, e ela me entregou isso. Disse que a carta tinha chegado pouco antes de eles virem para cá, e que o endereço de devolução era o do seu escritório no centro. Ela achou que talvez eu pudesse saber do que se tratava, mas eu disse que não tinha a menor ideia. Loree me pediu então que ficasse com a carta assim mesmo. Eu pretendia perguntar a você a respeito, mas esqueci completamente até você tocar no assunto.

– Maggie, eu poderia lhe dar um beijo! – gritou Tony.

– Bem, isso seria um pouco estranho – ela respondeu. – O que será que iria acontecer? Bem, então é desses números que você precisa?

– Sim! Este é o código de entrada. Isso vai nos poupar muito tempo.

– Você disse que havia uma terceira maneira de conseguir as senhas?

– Não vamos precisar mais. Dependeríamos de Jake, mas felizmente não vai ser necessário. Por falar nisso, o que achou dele?

– Você está falando de Jacob Aden Xavier Spencer, seu irmão?

Tony voltou a ficar surpreso.

– Como descobriu o nome completo dele?

– Clarence puxou o registro de Jake. Ele tem ficha na polícia, sabia? Mas não é nada de grave: basicamente invasão de propriedade para sustentar um vício de drogas, há muitos anos. Foi preso no Texas...

Tony ficou surpreso com o que ela sabia, e pediu que prosseguisse.

Maggie retomou.

– Ontem, passei algumas horas com Jake no hospital. Ele falou muito a seu respeito. Não sei se você sabe, mas ele adora o chão em que você pisa. Contou que só está vivo hoje por sua causa. Que você o protegeu quando eram crianças, mas que, depois que foram separados, ele se envolveu com más companhias, viciou-se e teve vergonha de entrar em contato com você antes de se livrar das drogas. Você é a coisa mais próxima de um pai que Jake já teve, enquanto ele é o irmão fracassado, o drogado.

Tony ficou ouvindo em silêncio, sentindo emoções para as quais não estava preparado.

– Tony, ele está limpo. Buscou a ajuda dos Narcóticos Anônimos e de Jesus. Não usa drogas há quase seis anos. Voltou a estudar enquanto trabalhava em regime de meio expediente, e conseguiu um diploma de nível superior, aqui na cidade. Vem trabalhando para uma empresa e juntando algum dinheiro. Jake estava esperando ter condições de comprar um apartamento e tentando reunir coragem para entrar em contato com você quando recebeu o telefonema da polícia. Tony, ele chorou. Queria ser motivo de orgulho para você, provavelmente mais do que qualquer outra coisa no mundo. Ele acha que perdeu a chance de lhe dizer isso. Mas você vai se curar, e ele poderá falar pessoalmente. Seu irmão precisa muito ouvir da sua boca que é importante para você.

Tony ficou esperando em silêncio, esforçando-se para controlar os sentimentos.

– Maggie, você confia nele? Confia em Jake? Acha que essa mudança é real?

Ela pôde sentir o peso daquelas perguntas, a importância que Tony dava a elas, e pensou com cuidado antes de responder.

– Confio, Tony. Confio, sim. Tudo nele me diz que seu irmão é inteligente, honesto e trabalhador. Eu deixaria Cabby e Lindsay nas mãos dele, o que quer dizer muita coisa, vindo de mim.

– Isso é tudo o que preciso saber, Maggie. Eu confio em você, e se você confia em Jake, isso é mais do que suficiente para mim. Obrigado!

Ela conseguia ouvir em sua voz que isso não era tudo, mas não quis insistir. Tony lhe contaria quando estivesse pronto.

– É uma honra ser digna de sua confiança, Tony.

– No meu caso, você é uma das primeiras a recebê-la – acrescentou Tony.

– Isso significa mais do que você possa imaginar.

– A fé pressupõe risco, Tony, e sempre existem riscos em um relacionamento. Mas quer saber? O mundo não faz o menor sentido sem relacionamentos. Alguns são mais complicados que outros, alguns são passageiros, outros são difíceis, mas todos são importantes.

Ela levou a torta ao forno, conferiu duas vezes a temperatura e virou-se para preparar uma xícara de chá.

– A propósito, Tony, todo mundo já conheceu todo mundo, do seu lado e do meu. Achei que você gostaria de saber.

– Obrigado, Maggie. Obrigado por fazer isso acontecer.

– Não há de quê, Sr. Tony.

– Por que me chamou assim... Sr. Tony? – ele perguntou, surpreso.

– Não sei – respondeu Maggie. – Tive vontade. Por quê?

– Nada. Conheci uma garotinha que me chamava assim. Você me fez lembrar dela.

Enquanto a torta assava, os dois ficaram conversando como velhos amigos.

Pouco depois de a torta de maçã ser tirada do forno, Molly e Cabby chegaram, os dois muito bem-humorados. Cabby foi correndo em direção à sua amiga Maggie e lhe deu um abraço apertado, depois recostou a cabeça contra o seu coração e sussurrou "Tõ-ni... uhn-ia!", soltando uma risadinha antes de disparar pelo corredor e entrar no seu quarto.

– Aquele menino – comentou Tony – é muito especial.

– Sem dúvida – concordou Maggie. – Mas por que você diz isso?

– Por causa de uma conversa que tivemos há um tempo atrás. Ele percebe quando estou aqui, sabia?

– Aquele menino percebe muitas coisas.

Molly saiu do banheiro com um sorriso radiante no rosto, e deu um abraço apertado em Maggie.

– Boas notícias? – quis saber Maggie.

– Sobre Lindsay? Não. Tudo na mesma. – Ela baixou a voz. – Tony está aqui?

Maggie assentiu.

– Oi, Tony. Passei um bom tempo com sua família hoje, especialmente com Angela. Nós nos demos muito bem. Na verdade, ela e Cabby é que se deram muito bem. Sua filha é um encanto.

– Ele disse "Obrigado" – respondeu Maggie, antes mesmo de Tony agradecer.

– E... – sorriu Molly. – Estou gostando de conhecer seu irmão, Jake. Ele me levou para visitar você um dia, e devo dizer que Jake é o mais bonito dos dois.

Nesse momento, a campainha tocou, seguida por três batidas rápidas. Era Clarence, que foi recebido por Maggie com um sorriso e um abraço caloroso. A enxurrada de alegria que a invadiu foi tão forte que Tony precisou fechar os olhos por alguns instantes e respirar fundo. Ele perdera ou deixara de aproveitar tanta coisa por causa dos muros que tinha erguido.

– Não vou beijar você – sussurrou Maggie. – Você já sabe quem está aqui.

Clarence riu.

– Bem, me avise quando ele for embora para nós compensarmos o tempo perdido. – Respirou fundo.

– Opa, que cheiro é esse? – exclamou. – Torta de maçã fresquinha e, pelo cheiro, do jeito que minha mãe costumava fazer.

Maggie lhe entregou um prato com uma porção mais do que generosa, e esperou que ele comesse o primeiro pedaço. Clarence reagiu com uma alegria infantil.

– Maggie, está uma delícia! Detesto admitir, mas talvez esteja até melhor do que a da minha mãe.

Ela ficou radiante.

– Vocês dois estão embrulhando meu estômago – intrometeu-se Tony. – Quanta pieguice... argh!

Maggie sorriu.

– Tony disse olá.

– E aí, Tony? – Clarence sorriu antes de dar outra mordida, desfrutando o sabor.

– Oi, Clarence – disse Molly voltando com Cabby. Ela abraçou o policial, pegou seu prato no balcão e foi se sentar com os demais. – O que está havendo?

– Chegou na hora certa – disse Maggie, servindo-se de torta com sorvete. – Estávamos prestes a falar disso.

Clarence voltou-se novamente para Maggie e falou em um tom mais sério.

– Tony, quero lhe pedir um grande favor.

– Ele disse: "Ótimo, porque também tenho um grande favor para lhe pedir."

Clarence começou a falar.

– Tony, não tenho o menor direito de lhe pedir esse favor, e nem sei se é possível. Então, fique sabendo que não alimento qualquer expectativa de que vá atender ao meu pedido. Independentemente disso, pode me pedir o que quiser.

– Tony disse: "Claríssimo" – transmitiu Maggie. – Mas talvez seja melhor você esperar para saber qual o favor que ele quer lhe pedir.

– Não me importa qual seja – insistiu Clarence. – Se Maggie concorda, eu também estou de acordo. – Fez outra pausa. – É ilegal?

– Ele acha que não.

– Isso é... tranquilizador – disse o policial com um suspiro. – Enfim, vou fazer meu pedido, e não há problema se não puder atender.

Os três ficaram observando enquanto aquele homem forte se debatia visivelmente com suas emoções, algo incomum em sua vida. Maggie pegou a mão dele, dando-lhe força. Ele conseguiu se controlar e, depois de pigarrear, disse com a voz rouca:

– Minha mãe tem mal de Alzheimer. Há alguns anos, depois de muito hesitar, a família decidiu transferi-la para um lar que fornecesse cuidados 24 horas por dia. A doença se desenvolveu muito mais rápido do que tínhamos previsto, e eu estava do outro lado do país terminando um curso quando ela perdeu contato com todos nós.

– Sinto muito, Clarence – disse Molly, pegando sua outra mão.

Ele levantou a cabeça, seus olhos marejados.

– Nunca tive uma última conversa com ela. Antes de eu viajar, ela sabia quem eu era, e, quando nos vimos depois, não restava nada, apenas um vazio em seu olhar.

Após uma pausa, ele prosseguiu:

– Tony, não consigo tirar da cabeça que, se Maggie beijasse minha mãe, talvez você conseguisse entrar na mente dela e lhe transmitir uma mensagem. Dizer-lhe como sentimos sua falta, como eu especialmente sinto saudade dela. Sei que parece loucura, e nem sei se daria certo, ou...

– Ele aceita – anunciou Maggie.

– Aceita? – Clarence olhou bem nos olhos de Maggie, seu rosto relaxando do estresse das emoções contidas.

– É claro que sim – afirmou Molly. – Não é, Tony? – Ela olhou para Maggie.

– É, sim – transmitiu Maggie. – Mas ele não tem certeza se vai funcionar. Está dizendo que não é um especialista nessas coisas.

– Tony, obrigado por tentar. Fico com uma grande dívida com você.

– Tony diz que você não lhe deve nada e que também não tem obrigação de aceitar o pedido dele.

– Entendido – respondeu Clarence.

– Então – Maggie começou a falar –, deixe-me tentar reproduzir a mensagem de Tony. Ele tem um esconderijo ultrassecreto em algum lugar da Macadam Avenue, às margens do rio. É um escritório de que ninguém conhece, e onde algumas das suas coisas mais importantes estão guardadas. Clarence, ele pergunta se você conhece alguém que trabalhe com trituradores industriais.

– Conheço, sim. Tenho um amigo chamado Kevin que trabalha para uma grande empresa de trituração industrial. Por quê?

– Ele precisa destruir algumas coisas. Nada ilegal, apenas coisas pessoais – disse Maggie. Fez uma pausa, depois virou-se um pouco para o lado, como se falasse consigo mesma. – Tony, por que não espera ficar bom e resolve isso você mesmo?

Seu rosto estava preocupado quando ela se voltou para Clarence.

– Ele está dizendo que não tem certeza de que vai melhorar, e não quer correr nenhum risco. – Maggie continuou a transmitir as informações. – Tony precisa entrar no escritório dele. Ele tem as senhas para abrir as portas e tirar o que deseja lá de dentro. Disse que precisa que você, Clarence, se certifique de que nós vamos fazer tudo certo, sem deixar nenhum rastro de que estivemos lá. Você é capaz disso?

Clarence assentiu.

– Segundo Tony, é muito simples. Não vai demorar nada. Ele precisa abrir um cofre no chão e examinar alguns documentos. Vai fazer uma pilha para ser triturada, e talvez pegar mais uma coisa ou outra. Vai levar no máximo meia hora. Ninguém jamais saberá que estivemos no local.

– Nada de ilegal? – perguntou Clarence.

– Ele diz que não, pelo menos não enquanto estiver vivo. O escritório é dele, e, como ele possui todas as senhas, não se trata de invasão de propriedade. Tony estará conosco o tempo todo, e embora ninguém vá acreditar nisso, você sabe que é verdade.

Clarence refletiu por alguns instantes.

– Você pode nos ajudar?

Clarence fez que sim com a cabeça.

– Tony quer saber se pode ser hoje à noite. Vamos encontrar sua mãe agora?

Clarence tornou a assentir, conferindo o relógio da cozinha.

– Temos bastante tempo. Vou telefonar antes e me certificar de que ela pode nos receber. Quem vai conosco?

– Infelizmente, tenho que ficar com Cabby – disse Molly. – Mas quero que me contem tudo depois. Tudo mesmo, hein?

– Eu sempre conto tudo para você, querida. Cuide bem de Cabby enquanto nós três vamos brincar de James Bond.

Clarence já estava falando ao telefone.

Maggie deu um abraço apertado e carinhoso em Molly.

– Tony está dizendo que você tem todo o apoio dele – ela sussurrou.

– Em relação a quê?

– Ao irmão dele... se der em alguma coisa, você tem todo o apoio de Tony.

Molly sorriu.

– Nunca se sabe. – Ela tornou a se aproximar da amiga. – Obrigada, Tony, eu te amo!

Suas palavras e as emoções que elas causaram pegaram Tony de surpresa.

– Hã – ele disse, com a voz embargada –, eu também te amo.

Maggie sorriu.

– Ele disse que também te ama.

17

PORTAS TRANCADAS

*Uma pessoa não é quem foi em sua última
conversa com ela; ela é quem foi durante
todo o seu relacionamento.*

– Rainer Maria Rilke

– Sua mãe vai ficar tão feliz em ver o senhor – disse a voluntária sorrindo, enquanto conduzia Maggie e Clarence pelo corredor em direção a um quarto particular.

Normalmente uma afirmação desse tipo teria irritado Clarence, mas não aquela noite. A expectativa embrulhava seu estômago, e quanto mais real ela se tornava, maior a chance de se decepcionar. Ele não sabia bem como iria lidar com aquilo. *Querido Deus*, ele orou em silêncio, *o senhor age de formas misteriosas. Esta é uma oportunidade perfeita para isso. Obrigado por me acompanhar neste momento. Obrigado também por Maggie e, especialmente nesta noite, por Tony.*

– Clarence, você nunca me contou sobre o seu pai – disse Maggie baixinho.

– Meu pai faleceu há uns 10 anos. Era um homem muito bom, tudo o que um pai deveria ser, mas minha mãe era a força motriz da família. A morte dele não nos atingiu tanto quanto o que ela está vivendo... seja lá o que isso for. Ele partiu, mas ela está presa em algum lugar intermediário, e não conseguimos alcançá-la.

Tony ficou escutando. Ouvir Clarence falar em um "lugar intermediário" o fez sorrir, e ele quase entrou na conversa, mas pensou melhor e segurou a língua. Não era um bom momento.

Uma luz suave preenchia o quarto em que eles entraram. Nele, uma idosa negra e elegante estava sentada. Era ainda bonita, com as maçãs do rosto salientes e olhos cintilantes que pareciam contradizer sua ausência por trás deles.

Depois que a voluntária foi embora, Maggie se aproximou de Clarence e lhe deu um beijo na boca, demorado e carinhoso. Tony voltou para um lugar que já ocupara antes por alguns momentos, bem organizado e espaçoso, e se viu olhando dentro dos olhos de Maggie de forma íntima e pessoal.

– Está bem, já chega – exclamou.

Os dois sorriram enquanto seus lábios se separavam.

Clarence andou até sua mãe e se agachou.

– Oi, mamãe. Sou eu, Clarence, seu filho.

– Desculpe... – ela disse, afastando o olhar. Não havia qualquer sinal de reconhecimento em seu rosto. – Mas quem é você?

– Clarence, seu filho. – Então ele beijou sua testa. Ela sorriu, e Tony se deixou levar pela segunda vez em minutos.

Aquele lugar era diferente de qualquer outro em que ele estivera antes. A luz era opaca e a visão, nebulosa. Ele estava olhando para o rosto esperançoso de Clarence.

– Sra. Walker? – Sua voz ecoou em paredes invisíveis, como se ele estivesse preso em um cilindro de metal. – Sra. Walker?

Ele tentou novamente, sem obter resposta, apenas a reverberação de sua própria voz. Tony conseguia ver, através dos olhos da Sra. Walker, que Clarence se sentara ao lado de Maggie e que os dois estavam esperando. Tinha ensaiado longamente a mensagem que Clarence lhe pedira para transmitir, mas não havia ninguém ali para recebê-la.

Ele entrou em pânico quando uma pergunta lhe veio à mente: como faria para sair daquele lugar? Não tinha pensado nisso. Ninguém pensara nisso. Talvez fosse ficar ali... por quanto tempo? Pelo resto da vida da mãe de Clarence? Ou, talvez, quando seu corpo não resistiu mais, sua alma se juntaria a ele? Nenhuma das duas hipóteses era particularmente agradável, e ele lutou contra uma sensação crescente de claustrofobia. Talvez, se Clarence beijasse a mãe, ele voltasse. Não sabia ao certo, e a incerteza o deixava aflito.

Mas estar ali parecia certo. Ele sentia isso. Quando Clarence lhe pedira aquele favor, Tony logo soube que era o que devia fazer, e mesmo agora lhe parecia uma decisão acertada. Ele se acalmou à medida que pensava a respeito. Qual fora a última vez que tinha feito algo por alguém sem querer nada em troca, sem nenhuma segunda intenção? Não conseguia lembrar. Podia estar preso, mas aceitava aquilo de bom grado, talvez até com alegria.

Então lembrou-se daquele pequeno passo de dança, da voltinha que Vóvó tinha lhe ensinado. Tentou fazê-la, e se viu diante de um muro escuro. Quando seus olhos se adaptaram, conseguiu ver o que pareciam portas ao longo de uma barreira difusa. Sem conseguir ver a si mesmo, como se estivesse em um quarto mal iluminado, ele se encaminhou em direção à primeira porta. Ela se abriu sem oferecer resistência. Uma explosão de luz o fez desviar os olhos até sua visão se acostumar. Quando isso aconteceu, ele estava diante de um campo de trigo maduro que se estendia até onde sua vista alcançava, espigas oscilando na brisa. À sua frente, uma longa trilha atravessava o campo, desaparecendo perto de um bosque de carvalhos majestosos. Era maravilhoso e convidativo, mas ele fechou a porta e foi novamente engolido pela escuridão total.

De repente, ouviu uma voz cantarolar baixinho. Virou a cabeça de um lado para outro, tentando descobrir a origem do som. Parecia vir de algum lugar mais à frente. Tony começou a seguir para lá, tateando o caminho. Ao olhar para trás em direção à luz suave e nebulosa, ainda conseguiu ver Maggie e Clarence esperando de mãos dadas.

A voz estava claramente atrás da terceira das várias portas, que ostentava um trinco familiar que ele reconheceu como sendo de seu próprio coração. Tony sorriu ao encontrá-lo ali. A porta se abriu com facilidade e ele entrou em um recinto cavernoso e amplo. As paredes revestidas de mogno e cerejeira estavam cobertas de estantes cheias de livros. Vários tipos de lembranças, que incluíam fotografias e obras de arte, enchiam os espaços restantes. O cantarolar soava mais próximo, e ele caminhou ao longo de outra parede de prateleiras salientes até fazer uma curva e parar. Lá estava ela, a mulher que ele tinha visto, porém mais jovem, bem viva e ativa.

– Anthony? – ela perguntou, seu sorriso iluminando o ambiente.

– Hã, Sra. Walker? – Ele continuava parado, estupefato.

– Amelia, por favor – ela disse com uma risada. – Venha, meu jovem, sente-se comigo. Estava esperando você.

Ele obedeceu, surpreso por conseguir ver suas próprias mãos e pés. Ela lhe entregou uma xícara grande de café fumegante que ele aceitou agradecido.

– Como assim?

– Não estou sozinha aqui, Anthony. Tenho muita companhia. É tudo um tanto temporário, mas, ao mesmo tempo, bastante permanente. É difícil explicar, na verdade, como cada coisa está entrelaçada com a outra, mas é também uma extensão dela. – Sua voz era pura e cheia de ternura, quase uma melodia. – O corpo quer se manter agarrado às coisas que o conectam a este mundo o máximo de tempo possível. O meu, ao que parece, tal como minha personalidade, é muito tenaz. *Tenaz*, gosto desta palavra. Soa melhor que *teimoso*, não acha?

Os dois riram. O diálogo era natural e sem rodeios.

– Não sei bem como perguntar isto, mas a senhora pode sair daqui, de dentro deste lugar?

– Por enquanto, não. Até mesmo aquela porta pela qual você entrou se fechou logo em seguida, e não tenho como abri-la por dentro. Mas estou confortável aqui. Tudo o que poderia querer enquanto espero está à minha disposição. Tudo o que está vendo – seu braço orquestrou o ar em um gesto amplo, enquanto ela olhava ao seu redor – são memórias que estou catalogando e armazenando. Nada se perde, sabia?

– Nada?

– Bem, existem coisas das quais não nos recordamos, mas nada se perde de verdade. Já testemunhou um pôr do sol e percebeu haver naquele momento uma profundidade que nenhuma câmera jamais poderia capturar? Não sente vontade de se agarrar a ele, gravá-lo na memória? Sabe do que estou falando?

Tony fez que sim.

– Sem dúvida. É quase doloroso. A alegria passageira e a sensação da sua perda iminente.

– Bem, aí está o milagre: ela não se perde. A eternidade será a expressão e a celebração da memória, e a memória se tornará uma experiência viva. Palavras – ela disse sorrindo – são insuficientes quando tentamos falar sobre algo assim.

Eles pemaneceram alguns minutos sentados juntos, e Tony teve a sensação de que ficaria contente em simplesmente estar ali até chegar a hora de algo mais, fosse o que fosse. Amelia estendeu a mão para tocar a dele.

– Obrigada, Tony, por ter vindo visitar uma velha senhora. Você por acaso sabe onde estou?

– Em um lar para idosos. É um lugar bem agradável, pelo que pude ver. Ao que parece, sua família não poupou despesas. Não sei se percebeu, mas eu vim com seu filho, Clarence.

– É mesmo? – ela exclamou, levantando-se. – Meu Clarence veio? Você acha que eu posso vê-lo?

– Não tenho certeza, Amelia. Nem sei como sair daqui. Não que esteja com pressa de ir embora. Clarence me pediu que lhe dissesse...

– Então, vamos tentar! – ela exclamou, e agarrando a mão de Tony puxou-o em direção à porta pela qual ele tinha entrado. Como a própria Amelia dissera, não havia nada que possibilitasse a saída, apenas uma pequena fechadura na altura da sua cabeça. A porta de carvalho era antiga, firme e sólida, quase como se guardasse o caminho. Tony mal conseguia discernir as figuras entalhadas em sua superfície.

– Querubins – disse Amelia, respondendo à pergunta em que ele apenas pensara. – Criaturas maravilhosas. Excelentes consoladores. Eles adoram guardar portas, caminhos e portais.

Foi então que Tony se lembrou. Mas é claro! Colocando a mão dentro da camisa, ele sacou a chave que escolhera antes. Seria isso mesmo? Hesitando e prendendo a respiração, enfiou a chave no buraco e girou. A porta se abriu e a luz de dentro do recinto se espalhou pela escuridão dos olhos de Amélia. A chave então desapareceu, e Amelia e Tony ficaram parados, boquiabertos.

– Obrigada, Jesus – sussurrou Amelia, passando rapidamente por Tony e atravessando a porta. Então, através da janela, viu Clarence e uma mulher que ela não reconheceu.

– Mamãe? – perguntou Clarence, olhando bem dentro dos olhos de Amelia. – Mamãe, a senhora disse alguma coisa?

– Amelia, seus olhos são a janela da sua alma – sussurrou Tony. – Talvez se a senhora falar, eles possam ouvi-la.

Amelia se aproximou e ficou de frente para a barreira transparente, claramente emocionada.

– Clarence? – perguntou.

– Mamãe? É a senhora? Estou ouvindo a sua voz. Sabe quem eu sou?

– Claro que sei. Você é meu filho querido. Olhe só como você ficou bonito!

De repente, Clarence estava em seus braços. Tony não entendia como aquilo podia acontecer, mas aconteceu. Era como se Clarence estivesse lá dentro com eles dois, mas não exatamente. Quando ela sorria do lado de dentro, sorria também do lado de fora. Quando dava um abraço no filho do lado de dentro, ele se aninhava em seus braços do outro lado. De alguma maneira, ela estava totalmente presente, enquanto Clarence soluçava, chorando por todo o tempo de desamparo e afastamento. Tony olhou para Maggie, e notou que lágrimas escorriam pelo seu rosto.

– Mamãe, senti tanto a sua falta. Sinto muito por tê-la colocado aqui, mas nenhum de nós podia tomar conta da senhora, e não tive chance de lhe dizer adeus nem nada...

– Calma, meu filho, calma, meu menino. – Ela se sentou, uma mulher pequena e magra segurando seu filho adulto em um abraço terno, acariciando sua cabeça.

Tony chorou. Uma torrente de lembranças de sua mãe ressurgiu em sua memória. Mas era uma dor reconfortante, uma conexão verdadeira, e ele se deixou levar por ela.

– Meu menino – sussurrou Amelia –, não posso ficar muito tempo. Este momento é uma dádiva de Deus, um presente inesperado, uma prévia de algo inimaginável. Conte-me rapidamente como estão todos. Quero saber as novidades.

E foi o que Clarence fez. Contou sobre os bebês que tinham nascido, sobre quem tinha mudado de emprego, o que seus filhos e netos estavam fazendo, os acontecimentos cotidianos da vida que parecem banais, mas que têm um valor eterno. Mal teve tempo de respirar entre risos e lágrimas. Então Clarence apresentou Maggie à sua mãe, e as duas logo ficaram amigas.

Tony estava pasmo ao constatar quanto havia de sagrado no cotidiano, e como partículas de luz cercavam e envolviam as simples rotinas e tarefas do dia a dia. Tudo era extraordinário, não havia nada de comum.

Uma hora se passou, e Amelia soube que estava chegando o momento de se despedir.

– Clarence?

– Sim, mamãe?

– Preciso lhe pedir um favor.

– É só dizer, mamãe. O que posso fazer pela senhora?

– Quando vier me visitar, pode trazer seu violão e tocar para mim?

Clarence recostou-se em sua cadeira, surpreso.

– Mamãe, há anos que não toco violão, mas, se for para deixar a senhora feliz, terei o maior prazer.

Amelia sorriu.

– Eu ficaria muito feliz. Sinto tanta falta de ouvir você tocar. Às vezes música é a única coisa que eu consigo ouvir, então é um consolo para mim.

– Se é assim, mamãe, eu vou adorar tocar para a senhora. Imagino que vá ser bom para mim também.

– Eu sei que vai – ela previu. – Apenas lembre-se de que, onde quer que eu esteja vagando em meu mundo interior, conseguirei ouvir sua música.

Ela disse a Clarence que estava na hora, e o último abraço dos dois foi demorado e carinhoso. Do lado de dentro, Amelia estendeu a mão para trás, na direção de Tony, que a segurou. Ela a apertou com força, depois deu as costas para a janela e falou num sussurro quase inaudível:

– Anthony, eu nunca poderei lhe agradecer o suficiente. Este foi um dos maiores presentes que alguém já me deu na vida.

– Não há de quê, Amelia, mas, na verdade, a ideia veio de Deus. Foi uma honra participar disso tudo.

Amelia tornou a virar-se para a janela e chamou:

– Maggie, venha cá, meu amor. – Segurando as mãos de Maggie nas suas, ela disse com toda a brandura: – Maggie, você fez o coração de uma mãe cantar. Mas, veja bem, não estou profetizando nada – acrescentou com uma risadinha. – O mérito é todo seu.

Maggie baixou a cabeça.

– Obrigada, Sra. Wal...

– Pode me chamar de mamãe, querida. Mamãe está ótimo.

– Obrigada... mamãe. – Amelia se inclinou e deu-lhe um beijo na testa. Novamente, Tony se deixou levar.

ᴄᴜᴐ

Nenhum dos três falou muito durante a viagem de carro até o próximo destino, cada qual imerso em seus pensamentos. Tony os orientou na volta, até a garagem que abrigava o quarto de zelador abandonado, a entrada destrancada quase invisível, camuflada na própria fachada do prédio. Ele lhes disse onde estacionar, e lhes pediu que removessem a bateria de seus celulares.

– Clarence, Tony acha que deveríamos usar luvas.

– Deveríamos mesmo – concordou Clarence, sacando dois pares do bolso do paletó. – Tony, como só tenho dois pares, não toque em nada, está bem?

– Tony disse que as impressões digitais dele estão por todo o lado de qualquer forma – riu Maggie.

Os dois atravessaram os 15 metros até o seu destino, tomando o cuidado de andar exatamente por onde Tony mandava.

– Que fedor – disse Maggie, afirmando o óbvio enquanto abria a porta do depósito. Ela tateou a parede e acionou o interruptor, acendendo uma lâmpada amarela solitária que mal iluminou o quarto cheio de lixo. – Então este é o seu esconderijo. Esperava mais de você, Tony.

Ele ignorou o comentário e lhe deu instruções.

–Vá até aquele canto ali. Está vendo a caixa enferrujada na parede, a mais ou menos um metro do chão? Isso mesmo. Abra a tampa e você vai encontrar um teclado.

Ele esperou até Maggie estar pronta.

– Aperte os seguintes botões: 9, 8, 5, 3, 5, 5... ótimo. Agora pressione o botão Enter e o botão Power ao mesmo tempo, e segure os dois por seis segundos.

Maggie seguiu as instruções. Seis segundos parecem mais tempo quando você precisa esperar, e ela quase soltou os botões antes de começar a ouvir um zumbido e um clique vindos da parede oposta, que deslizou para o lado, revelando uma reluzente porta corta-fogo de aço.

– Nossa! – exclamou Maggie. – Estou gostando de ver – disse ela, cantarolando em seguida a música tema de *Missão impossível*.

– Agora – prosseguiu Tony, balançando a cabeça –, Maggie, leia em voz alta os números que você recebeu de Loree e peça a Clarence que os insira no teclado de 20 dígitos.

– Ok: 8, 8, 1, 2, 12, 6... Clarence, Tony está falando para você pressionar o botão Enter e segurá-lo até ouvir um bipe. Maravilha! Agora pressione os números 1 e 3 ao mesmo tempo até ouvir outro bipe. Perfeito!

Com o segundo bipe, ouviu-se também o barulho de algum mecanismo sendo acionado na parede.

– Funcionou! – disse Tony, suspirando de alívio. – Podem entrar agora.

Enquanto a porta de aço se abria, luzes se acenderam, revelando um local secreto: um apartamento moderno, decorado de forma minimalista, com quarto, banheiro, uma pequena cozinha e uma área de trabalho espaçosa. Só não havia janelas, mas obras de arte decoravam as paredes. Uma delas era coberta de prateleiras que sustentavam fileiras de livros e documentos. Havia também uma enorme mesa de carvalho em um canto, com direito a um computador de tela grande. A porta se fechou automaticamente e eles puderam ouvir a parede do lado de fora deslizar de volta para o seu lugar. Tony sabia que um timer iria desligar a lâmpada ainda acesa no quarto do zelador.

– Uau! – exclamou Clarence. – Isto é incrível.

– Pois é – resmungou Tony. – É impressionante o que um pouco de paranoia é capaz de criar.

– Ei, vocês dois – interrompeu Clarence. – Não me leve a mal, Tony, mas esse lugar é meio sinistro, e eu preferiria pegar logo o que viemos buscar e dar o fora daqui.

Tony concordou e os direcionou para o canto da área de trabalho oposto à mesa. O cofre estava embutido no chão, com o tradicional disco numerado para inserir o segredo. Maggie precisou tentar algumas vezes os números 9, 18, 10, 4 e 12, girando o disco nos sentidos horário e anti-horário, antes que um mecanismo interno fizesse a tampa se abrir com um chiado. Lá dentro, havia uma pilha de papéis, documentos e dinheiro, além de outros objetos em pequenas caixas de tamanhos variados.

Maggie tirou um saco grande de lixo do bolso do casaco.

– O que devo pegar? – ela perguntou. – O dinheiro?

Tony riu.

– Infelizmente, não. O valor está contado, e os números de série das notas, registrados em outro local. É mais uma forma de garantir que ninguém possa entrar aqui despercebido.

– Caramba! Você pode ser paranoico, mas estou impressionada.

– Certo, Maggie, está vendo aquela pilha grande de documentos à direita? Isso, essa mesma. Apanhe-os mantendo os papéis na ordem em que pegar. Preciso encontrar o documento certo.

Ela obedeceu e depositou uma pilha alta de papéis no chão à sua frente. Maggie leu o primeiro.

– Seu testamento? É aqui que está a burrada envolvendo os gatos?

– Sim, mas como eu já disse, não foi meu momento mais inspirado. Apenas pegue essa primeira folha e coloque-a no saco de lixo.

Tony sentiu que suspirava de alívio, o nó no estômago desfazendo-se à medida que a tensão diminuía.

– Certo, agora pegue 10 dos documentos grampeados de cima e coloque-os no chão à sua direita.

– Esses são todos os seus testamentos? – perguntou Maggie, confusa.

– São! O que você quer que eu diga? Eu era um cara bastante volúvel. Muitas alterações de humor.

– Que bom que não conheci você nessa época – riu Maggie. – Acho que não teríamos sido amigos.

– Infelizmente, isso é verdade. E eu sairia perdendo feio.

Maggie ficou sem palavras por alguns instantes. Então, perguntou baixinho:

– Afinal, o que estou procurando?

– Na verdade, não preciso que você procure nada, Maggie. Só que vá virando as páginas até eu pedir que pare.

Eles vasculharam lentamente mais uma dezena daqueles testamentos, cada cópia revisada posta na pilha de lixo à direita.

– Pare! – exclamou Tony. Algo que ele estava procurando acabara de surgir. – Acho que é isso. Maggie, não leia, por favor, enquanto confiro isto aqui.

– Está bem. – Ela lutou contra a tentação de ver o que Tony estava olhando. – Tony, eu sou muito curiosa. Não faça isso comigo.

– Bem, pegue aquela foto que está no cofre, à esquerda dos papéis que você retirou, e olhe para ela – ele sugeriu. – Talvez ela distraia um pouco a sua atenção.

Ela pegou a foto, um retrato envelhecido protegido por uma folha de papel laminado. Ao virá-la do avesso, Maggie se surpreendeu.

– Ei, Tony, eu já vi esta foto antes.

– Hã? – Ele estava chocado. – É impossível.

– Não – prosseguiu ela –, Jake me mostrou essa mesma foto há alguns dias. A dele estava em um estado bem pior, toda amassada e dobrada, mas é igual. São você, ele, sua mãe e seu pai, não é?

– Sim, somos. – Ele estava chocado. Como é que Jake tinha uma cópia daquela foto?

– Jake disse que é a única fotografia que ele tem dos seus pais. Ele costumava carregá-la dentro do sapato para que ninguém a roubasse. Disse que é um dos últimos dias felizes que se lembrava de ter passado com vocês... Sinto muito, Tony, eu não pretendia...

Tony recuperou a voz e falou baixinho:

– Tudo bem. Parece que ainda me restam muitas surpresas neste mundo. – Foi então que um pensamento lhe veio à mente. – Maggie, Jake por acaso lhe contou do que estávamos rindo nesta foto? Por mais que tente, não consigo lembrar.

– Ah-ah! – Ela deu uma risada. – Claro que contou. Vocês estavam rindo porque... – Ela se deteve. – Quer saber, Tony, é melhor deixar que Jake lhe conte. Acho que vai ser especial.

– Maggie! – implorou Tony. – Não faça isso comigo. Por favor, me diga.

– Vocês dois já estão acabando por aí? – perguntou Clarence do cômodo ao lado. – Não podemos demorar muito.

– Volte ao trabalho, Tony! – sussurrou Maggie. – O que devo fazer?

– Bem, graças a Deus encontrei o que precisava, e o documento está autenticado. Parece que, no fim das contas, havia algo de bom no meu antigo estado mental. Enfim, deixe este papel em cima de tudo e devolva-o junto com o restante da pilha ao mesmo lugar de antes. Perfeito! Agora, quanto à pilha da direita, simplesmente jogue tudo no saco de lixo. Depois peça a Clarence que entregue o saco inteiro para o amigo dele mandar triturar.

Maggie obedeceu, e estava prestes a fechar a porta do cofre quando Tony falou:

– Espere! Quero pegar mais algumas coisas aí dentro. Olhe para o canto esquerdo, na prateleira de cima... Está vendo um envelope com TWIMC escrito em cima? Pegue este e... deixe-me pensar. Ah, sim, na prateleira embaixo de onde você encontrou esta carta tem outra pilha, do lado esquerdo. Isso. Deve haver uma carta endereçada a Angela. Encontrou? Ótimo.

– Angela? – perguntou Maggie.

– Eu também tinha meus momentos de ternura. Às vezes, escrevia coisas que não conseguia falar, como pedidos de perdão e tudo o mais. Mas nunca enviava as cartas. Esta foi a última que escrevi, e, se algo der errado, quero que a entregue a ela. Promete?

Maggie hesitou antes de responder.

– Sim, Tony, eu prometo – e acrescentou rapidamente: – Mas tudo vai dar certo, e você vai poder dizer isso para sua filha pessoalmente.

– Espero que sim – disse Tony, titubeante.

– É isso? Já acabaram? – perguntou Clarence com a voz firme.

Tony tomou uma decisão rápida.

– Não! Ainda falta uma coisa. Está vendo aquela caixinha azul no canto inferior esquerdo? Pode pegá-la também. Por favor, não abra. É muito pessoal. Ninguém vai saber que estava aqui, mas, mesmo assim, não quero deixá-la.

– Claro, Tony. – E, sem nenhuma outra pergunta, Maggie colocou a caixinha coberta de veludo em sua bolsa, junto com as duas cartas.

– Acabamos – anunciou para Clarence, entregando-lhe o saco de lixo.

Clarence assentiu para mostrar que sabia o que fazer com ele, e ajudou a fechar o cofre, certificando-se de que estava devidamente trancado.

– Não se preocupem com as luzes – alertou Tony. – Elas funcionam através de detectores de movimento e vão ser desligadas automaticamente.

Eles saíram pelo mesmo caminho, refazendo com cautela seus passos para garantir que nada parecesse remexido ou fora do lugar.

Quando chegaram de volta ao carro, Maggie quebrou o silêncio:

– E agora, Tony?

– Agora – ele afirmou, totalmente seguro de si –, vamos voltar para o hospital e fazer uma cura.

18

A TRAVESSIA

Eu o encontrei na encruzilhada
Onde os caminhos se encontram
Não quis saber seu nome
Não me importei em perguntar

Não pude ver sua queda
Enxergava apenas o que meu olhar via
E embora dissesse amar
Meu amor quase inexistia

Não queria deixá-lo ali
Não era essa minha intenção
Simplesmente desviei os olhos
Não falei o que dizia o meu coração

Escolhi não trilhar esse caminho
Por mais que o desejasse
Mas fingi que você não estava ali
Como se você não importasse

Em volta do pescoço e do coração
Trago essa corrente de ouro
Um grilhão mais real do que você para mim
Que nos mantém afastados um do outro

Preciso de uma Voz que me responda
Preciso de Alguém que seja verdadeiro
De novos olhos que me permitam ver
Que Você está em mim por inteiro

Oh, Alguém, por favor, me ajude a cruzar
Este caminho entre dois extremos
E conduza minha alma despedaçada
À realidade que por ora não vemos

19

A DÁDIVA

O perdão é o perfume que a violeta espalha
sobre o pé que a esmagou.

– Mark Twain

Tony se sentia mais vivo do que nunca, apesar de saber que estava se esvaindo. Ele tinha adormecido, ou descansado, ou algo entre as duas coisas, sem se lembrar de nenhum sonho, mas teve a sensação de estar sendo abraçado ao despertar. De onde quer que estivesse vindo, era um lugar seguro e continuaria sendo. Mesmo que houvesse alguma explicação, ele não queria saber qual era. Estava se esvaindo. Estava morrendo. Aceitou isso com uma sensação de paz avassaladora. Estava na hora de agir.

– Maggie?

– Ora, ora. Eu estava me perguntando quando você iria aparecer. Não é a mesma coisa por aqui sem a sua presença.

– Obrigado por dizer isso.

– Só digo o que penso – ela afirmou em tom carinhoso, acrescentando com uma risadinha irônica: – Na maioria das vezes.

– Então, qual é o plano – ele quis saber. – Como podemos voltar ao hospital?

– Que bom que você perguntou. Bem, eu dei alguns telefonemas enquanto você estava sumido e nós vamos lá hoje à tarde.

– Nós? – perguntou Tony, curioso.

– Isso mesmo, todo mundo. Até Clarence vai estar presente – disse Maggie, acrescentando logo em seguida: – Mas não se preocupe. Não contei a ninguém o que estamos tramando, só disse que seria bom estarmos todos juntos lá.

– Quem são todos? – Tony ainda não conseguia entender direito.

– Ora, o grupo todo – ela respondeu, começando a contar nos dedos: – Clarence, eu, Molly, Cabby, Jake, Loree, Angela... – Fez uma pausa dramática. – ... e você. Oito pessoas. Nove, se contarmos Lindsay. Parece até que vamos inaugurar nossa própria igreja. Só que melhor ainda, porque ninguém sabe do que se trata.

– Você acha que é uma boa ideia? Todos nós lá ao mesmo tempo?

– Nunca se sabe se uma coisa vai ser uma boa ideia. Você simplesmente faz uma escolha, se deixa levar pela correnteza e espera para ver o que acontece. Já que a graça que você recebeu só vale por um dia, por que não esbanjá-la?

– Está bem – ele concordou. Era uma escolha possível: aproveitar a graça daquele dia. Afinal, tudo o mais não passava de ilusão.

Maggie, que como sempre estava cozinhando, parou de repente e perguntou:

– Tony, você sabe que dia é hoje?

– Não – ele admitiu. – Eu meio que perdi a noção do tempo. Nem sei há quantos dias estou em coma. O que há de tão especial no dia de hoje?

– Hoje – ela anunciou – é Domingo de Páscoa! Dois dias atrás foi Sexta-Feira Santa, o dia em que todos despejamos nossa ira sobre Jesus crucificado. O dia em que ele entrou por completo em nossa existência e se perdeu de tal forma na nossa confusão que somente o seu Pai pôde encontrá-lo... Esse foi o dia de Deus nas mãos de pecadores irados.

– Sério? – Ele ficou surpreso.

– Tony, você não entende? – Maggie continuou. – Esta é a semana da ressurreição!... E hoje nós vamos até aquele hospital reerguer você dos mortos. Pelo poder de Deus, nós vamos trazê-lo de volta para uma nova vida. O domingo de Páscoa chegou! É tão sensacional que eu mal consigo me conter! – Ela deixou suas raízes pentecostais virem à tona, brandindo uma colher de pau de onde pingava uma mistura de aparência deliciosa, e executando alguns passos de dança. – Não vai dizer nada?! O que você acha?

– A que horas nós vamos? – ele perguntou, tentando inutilmente demonstrar o mesmo entusiasmo.

– Tony, como você pode ser tão frio diante de algo tão inacreditável! Qual é o seu problema?

– O que quer que eu diga? – perguntou Tony rindo. – Fico feliz por estar dentro da sua cabeça, e não em algum lugar onde fosse preciso dançar ou cantar hinos.

Maggie também caiu na gargalhada. Quando se acalmou, acrescentou:

– Bem, nós vamos daqui a pouco. Só estou esperando a massa crescer. Molly e Cabby já estão no hospital. Os outros também, provavelmente.

– Parece ótimo – ele respondeu, mas Maggie já estava concentrada em suas tarefas, cantarolando uma música da qual Tony se lembrava vagamente. Tudo estava em movimento.

ೞೞ

Maggie entrou na área de espera em frente à UTI Neurológica e foi recebida calorosamente por Molly, Loree e Angela. Jake e Cabby estavam explorando o saguão do Starbucks em busca de um chocolate quente. Clarence deu um abraço comportado, porém longo, em Maggie, que quase a deixou enrubescida. Ah, se aquelas pessoas soubessem o que eles tinham feito...

Pouco depois, Maggie pediu licença para visitar Tony sozinha na UTI, explicando que queria rezar por ele sem constranger ninguém com seu jeito exagerado, caso se empolgasse um pouco. Clarence piscou para ela e sussurrou:

– Também estarei rezando.

Maggie se registrou na recepção, e enquanto se aproximava do quarto de Tony um médico de plantão saiu lá de dentro.

– Maggie – disse Tony –, você ainda está com a carta que nós pegamos do cofre?

– A que você escreveu para Angela? – ela murmurou quase sem mexer os lábios.

– Não, a outra. Ainda está com ela?

– Sim, por quê?

– Entregue-a ao médico que acabou de sair do meu quarto. Rápido, antes que ele vá embora.

– Com licença – ela disse, chamando o médico. Ele virou-se para trás. – Desculpe incomodar, mas me pediram que lhe entregasse – ela revirou a bolsa e retirou o envelope com as letras TWIMC escritas – isto aqui.

– Para mim? – O médico pareceu surpreso, mas pegou o envelope e o abriu. Correu os olhos pelas páginas e assentiu.

– Ótimo, estávamos esperando por isto. É o documento que expressa os desejos do Sr. Spencer quanto à manutenção do suporte vital.

– O quê? – exclamou Maggie, arrancando a carta da mão dele.

Não havia dúvidas, era uma cópia assinada e autenticada do formulário para aquele tipo de situação. Tony marcara quase todos os itens, especificando preferências relacionadas, por exemplo, aos tubos de alimentação, hidratação intravenosa e ventilação de oxigênio. O documento não só permitia, como ordenava que o hospital o retirasse do aparelho que o mantinha respirando.

– Sinto muito – disse o médico, enquanto estendia a mão lentamente para retirar o papel das mãos de Maggie –, mas isto nos permitirá agir de acordo com os desejos do paciente e...

– Eu sei o que significa este documento – disse Maggie, irritada, virando--se e afastando-se antes que perdesse o controle. Ela entrou no quarto de Tony, que estava sozinho.

– Tony! Onde você está com a cabeça? – ela exclamou num sussurro rouco, sem querer ser expulsa dali outra vez. – Isto é uma loucura! Você pensa que pode entregar aquele formulário a eles porque vai ser curado? Por favor, me diga que é isto que está pensando.

Quando ele não respondeu, Maggie andou até a cama e pousou as mãos no corpo do amigo.

– Vamos orar, Tony! – Então ela começou a tremer, à medida que foi tomando consciência do que estava acontecendo e do que ia acontecer. – Que droga, Tony, por favor... peça para ser curado.

– Não posso! – Ele estava chorando, mas afirmou com firmeza. – Maggie, eu vivi toda a minha vida para uma só pessoa, para mim mesmo, e finalmente estou preparado para agir de outra forma.

– Mas, Tony – ela implorou –, isto é suicídio. Você recebeu uma dádiva. Pode curar a si mesmo. Pode ajudar pessoas que não sabem o que você sabe. Você está jogando sua vida fora.

– Não, Maggie, não estou! Maggie, isso é exatamente o que eu não estou fazendo. Não estou jogando minha vida fora. Se Deus tem um motivo para me manter vivo, ele tem poder para me curar, mas eu simplesmente não posso fazer isso.

– Mas, Tony – ela estava implorando, açoitada por ondas de tristeza. – Se você não fizer isso, vai morrer. Será que não entende? Não quero que morra.

– Maggie, Maggie querida, eu entendo. E você não pode imaginar o que suas palavras significam para mim. Mas eu já estive morto. Aliás, passei a maior parte da minha vida morto, sem me dar conta disso. Andava pelo mundo achando que estava vivo, enquanto magoava todos ao meu redor, porque de fato estava morto. Mas agora é diferente. Estou vivo. Pela primeira vez na vida, estou vivo, livre, capaz de fazer uma verdadeira escolha. E já me decidi. Eu escolho a vida... para mim... e para Lindsay.

Maggie desmoronou, caindo no chão aos prantos. De repente, seu único desejo era sair daquela situação, não estar lá, nunca ter pedido a Deus que a deixasse participar de seus desígnios. O peso de tudo aquilo era esmagador, e ela quase odiava o fato de que, ao mesmo tempo, uma alegria começasse a enchê-la de luz. O fardo que vinha carregando por Lindsay se uniu ao pesar que sentia por Tony e fez com que ela se reerguesse. Sua respiração estava ofegante, enquanto ela lutava para recuperar a compostura. Por fim, perguntou:

– Tony, você tem certeza?

Ele precisou de alguns instantes para encontrar a própria voz, preso no turbilhão tanto de suas emoções quanto das dela.

– Tenho mais certeza disso do que de qualquer outra coisa que tenha feito na vida. É o momento certo para mim, Maggie, sei que é.

Maggie foi até a pia e lavou o rosto, mal se atrevendo a olhar para o espelho e dentro dos olhos de Tony. Por fim, sorriu e concordou com a cabeça.

– Então está bem, não temos muito tempo. Está certo disso?

– Sim, Maggie, estou.

– Está bem. Você sabe que nunca mais vai ter chance de provar um dos meus rolinhos de caramelo, não sabe? – Ela tornou a secar os olhos. – Que besteira, né? Mas eu realmente queria que você provasse um deles.

– Eu vou provar, Maggie, vai demorar um pouco, mas vou, sim.

Maggie voltou à área de espera, onde todos perceberam imediatamente que algo tinha mudado. Explicou que os médicos agora estavam de posse do formulário e deveriam obedecer às instruções. Clarence ergueu as sobrancelhas, mas ficou calado.

– Eles não farão nada antes de falar com o parente mais próximo – acrescentou Maggie, apontando para Jake. Lágrimas voltaram a encher seus olhos. – Quero ver Lindsay. Não me perguntem por quê, mas preciso fazer isso. Podem esperar até a minha volta? Não vou demorar nada.

– Eu vou com você – afirmou Clarence, num tom de quem não estava pedindo permissão.

– Eu também – disse Molly, voltando-se para Jake. – Pode ficar de olho em Cabby até nós voltarmos? Por favor, não deixe que ele brinque de esconde-esconde.

Jake assentiu, um pouco atordoado, mas prontificando-se a ajudar.

Os três estavam prestes a sair quando Maggie voltou-se para trás.

– Cabby, venha cá um instante.

Era óbvio que ele já havia percebido algo, calado e bem-comportado como estava. Cabby aproximou-se de sua amiga Maggie, que o envolveu em seus braços, inclinou-se para a frente até encostar a testa na cabeça dele e olhou dentro dos seus olhos. Com uma voz baixinha que ninguém mais conseguiria ouvir, ela sussurrou:

– Cabby, Tony está dizendo que um dia é o dia de hoje, entendeu?

Os lindos olhos amendoados do menino se encheram de lágrimas, e ele assentiu.

– Tchau – Cabby sussurrou, puxando o rosto de Maggie para baixo até suas testas se tocarem de novo e ele poder olhar no fundo de seus olhos. – Ti amo! – Então, virou-se e saiu correndo para os braços de Jake, enterrando o rosto em seu peito.

Os três atravessaram em silêncio o prédio principal, na direção do quarto de Lindsay. Ela estava acordada, lendo.

– Oi! – disse, apontando a cabeça na direção de Clarence e olhando para Maggie com um sorriso malicioso.

– Sim, este é Clarence, o policial de que falei para você. Clarence, Lindsay... Lindsay, Clarence.

– É um *grande* prazer conhecê-lo, Clarence. – Ela ficou radiante enquanto apertava sua mão.

– O prazer é todo meu – ele respondeu, inclinando um pouco a cabeça e encantando Lindsay com seu charme.

– Lindsay, nós viemos orar por você, se não se importar. – Molly estendeu a mão e tocou o braço de Maggie, com uma expressão preocupada no rosto. Não por falta de confiança na amiga, mas porque aquilo a pegara de surpresa. Maggie virou-se e lhe deu um abraço, sussurrando em seu ouvido enquanto as lágrimas voltavam a escorrer pelo seu rosto.

– Molly, este é o presente de Tony para você, para todos nós. Confie em mim, ok?

Ela assentiu, seus olhos arregalados e curiosos.

– Pode ser, Lindsay? – perguntou Maggie.

– Claro – respondeu a menina com um sorriso, um pouco desconcertada com as lágrimas das duas. – Aceito todas as orações que puder. Sempre me sinto melhor depois que alguém ora por mim.

– Que amor de garota! – disse Maggie, enfiando a mão na bolsa. – Agora, deixe-me botar um pouco deste óleo na sua testa. Não é magia, apenas um símbolo do Espírito Santo. Depois vou colocar minhas mãos em você e orar, está bem?

Lindsay assentiu mais uma vez e, recostando-se nos travesseiros, fechou os olhos. Com dois gestos, Maggie desenhou com óleo uma cruz em sua testa.

– Este é o símbolo de Jesus e é muito especial hoje, já que estamos no Domingo da Ressurreição.

A voz de Maggie falhou, e Lindsay abriu os olhos.

– Estou bem, querida. – Satisfeita, Lindsay se recostou e tornou a fechar os olhos. Em seguida, Maggie pousou a mão na testa da adolescente, onde o óleo ainda brilhava, e inclinou-se para a frente.

– *Talitha cumi* – ela sussurrou.

Os olhos de Lindsay se abriram de repente e ela encarou Maggie, como se enxergasse através dela. Seus olhos se arregalaram e se encheram de lágrimas. No momento seguinte, ela recuperou o foco e sussurrou:

– Maggie, quem era aquela pessoa?

– De quem você está falando, querida?

– Daquele homem, quem era aquele homem?

– Que homem? Como ele era? – Maggie estava confusa.

– Aquele homem, Maggie. Ele tinha os olhos castanhos mais bonitos que já vi. Ele conseguia me ver, Maggie.

– Olhos azuis – disse Tony. – Caso você esteja se perguntando, eu tenho olhos azuis. Acho que ela viu Jesus. Ele me disse uma vez que eu não poderia curar ninguém sem a ajuda dele.

– Era Jesus, Lindsay – disse Maggie. – Você viu Jesus.

– Ele disse uma coisa para mim – ela falou, olhando para a mãe. – Mamãe, Jesus disse uma coisa para mim.

Molly se sentou e abraçou a filha, sem conseguir conter as lágrimas.

– O que ele disse?

– Uma coisa que não consegui entender, mas então ele sorriu e falou: "O melhor ainda está por vir." O que significa isso, mamãe? O melhor ainda está por vir?

– Não sei, querida, mas acredito.

– Sinto muito, Lindsay – interrompeu Maggie –, mas preciso voltar para a UTI Neurológica. Molly, está na hora de nos despedirmos.

Clarence sentou-se ao lado de Lindsay e começou a lhe perguntar sobre o livro que ela estava lendo, enquanto Molly se afastava para o canto do quarto com Maggie. Molly tentou mais de uma vez encontrar palavras, mas elas ficaram presas em algum lugar entre seu coração e sua boca.

– Maggie, apenas diga a Molly que estou emocionado por fazer parte disto – afirmou Tony –, de tudo isto.

Molly assentiu.

– Tony – ela sussurrou enfim. – Você é Jesus?

– Ah-ah! – Ele gargalhou, o que fez Maggie sorrir. – Diga a Molly que não, mas que somos muito amigos.

Isso fez Molly sorrir também, mas ela tornou a se inclinar para a frente.

– Tony, acho que existe mais dele em você do que imagina. Nunca poderei lhe agradecer o bastante.

– Tony está dizendo adeus, Molly. Disse também que a melhor maneira de você agradecer é ficando de olho em Jake para ele, está bem?

– Está bem. – Molly sorriu em meio às lágrimas. – Eu te amo, Tony!

– Eu... eu... também te amo, Molly. – Palavras simples, mas tão difíceis de dizer, por mais que ele soubesse que eram sinceras. – Maggie, me tire daqui, por favor, antes que eu desmorone.

Poucos minutos depois, Maggie e Clarence estavam de volta à área de espera do hospital. Os dois ficaram observando enquanto os outros se dirigiam ao quarto de Tony, um de cada vez, para se despedirem. São frágeis e delicados esses momentos entre a vida e a morte, e Maggie não queria caminhar sem compaixão por aquele solo sagrado.

Enquanto Angela esperava pela sua vez, Maggie sentou-se ao seu lado e entregou-lhe a carta do pai. Durante 20 minutos, a jovem ficou sentada, chorando, enquanto lia o que Tony lhe tinha escrito. Logo sua mãe juntou--se a ela para consolá-la. Por fim, ela entrou sozinha no quarto 17 da UTI e voltou mais tarde, esgotada e com os olhos vermelhos.

– Você está bem? – perguntou Maggie, abraçando-a.

– Melhor agora. Eu disse ao meu pai o quanto estava com raiva dele. Senti tanta raiva lá dentro, Maggie, que achei que fosse destruir o quarto, mas falei para ele.

– Não tenho dúvida de que ele mereceu, Angela. Seu pai não sabia agir de outra forma. Seu comportamento era causado pela mágoa que havia dentro dele.

– É, foi o que ele escreveu na carta.

– Bem, fico feliz por você ter podido expressar toda a sua raiva. Faz parte do processo de cura.

– Eu sinto o mesmo. E estou feliz por ter podido dizer que o amava e que sentia falta dele, também. – Ela recuou e olhou dentro dos olhos de Maggie. – Obrigada, Maggie.

– Pelo quê, querida?

– Não sei direito. – Angela abriu um sorriso. – Só queria agradecer a você.

– Bem, não há de quê. Pode deixar que vou transmitir seu agradecimento.

Angela tornou a sorrir, sem entender bem o que Maggie queria dizer, e foi sentar-se com a mãe, apoiando-se nela, exausta.

Jake voltou em seguida, parecendo ter acabado de sair de um moedor de carne, mas com os olhos ainda brilhantes e vivos.

– Tem certeza de que não quer falar com ele? – murmurou Maggie.

– Não posso! – respondeu Tony, resignado.

– Como não?

– Porque sou um covarde, é por isso. Apesar de todas as mudanças, ainda tenho muito medo.

Ela assentiu de leve, mas o suficiente para ele perceber, e sentou-se ao lado de Clarence, que se inclinou para perto dela como se fosse abraçá-la, e sussurrou:

– Obrigado, Tony, por tudo. Só para você saber, todo o conteúdo daquele saco de lixo já foi destruído por um triturador industrial.

– Agradeça a Clarence por mim, Maggie. E, por favor, não se esqueça de dizer que o considero um homem muito bom. Vou dar um alô para a mãe dele, seja lá como isso funciona.

– Pode deixar – disse Maggie.

Por fim, chegou a hora de Maggie ir sozinha pela última vez ao quarto de Tony.

– Então, nada de gatos! – ela disse.

– Não, nada de gatos, graças a Deus – respondeu Tony. – O testamento que ficou no cofre divide tudo entre Jake, Loree e Angela. O dos gatos foi escrito numa noite em que bebi demais e senti agudamente a minha solidão. Na manhã seguinte, ainda de ressaca, eu me rejeitei de tal forma, que autentiquei o testamento. Sou extremamente grato por você ter me ajudado a voltar atrás...

Maggie e Tony estavam sozinhos quando o silêncio caiu, a inércia escondida por trás das repetições incessantes e incansáveis das máquinas.

Então, Maggie finalmente disse:

– Não sei como fazer isso. Tony, minha vida mudou por sua causa, e para melhor. Você é importante para mim, e não sei como deixá-lo partir. Só sei que vai ficar um buraco no meu coração em que só você pode se encaixar.

– Ninguém nunca me disse nada parecido. Obrigado. – Ele prosseguiu: – Maggie, tenho três últimas coisas sobre as quais preciso falar com você.

– Está bem, mas não me faça chorar. Não tenho mais lágrimas.

Ele fez uma pequena pausa antes de continuar.

– Maggie, a primeira coisa é uma confissão. Talvez um dia você possa dizer algo a Jake por mim. Eu não consegui. Sou mesmo um covarde, mas... não consigo, tenho muito medo ainda.

Ela esperou enquanto ele tentava encontrar as palavras.

– Meu irmão e eu fomos separados, e a culpa foi minha. Jake sempre dependeu muito de mim, e eu sempre estava ao lado dele para ajudá-lo, até que fomos apresentados a uma família adotiva muito especial. Eles certamente estavam interessados em adotar, mas o problema é que só poderiam adotar um de nós, e eu queria desesperadamente ser o escolhido. Tudo o que queria era pertencer a alguém outra vez.

Tony nunca contara isso a ninguém, e lutava contra a vergonha que havia no fardo daquele segredo.

– Então, eu menti para eles sobre Jake. Embora meu irmão fosse mais jovem, mais meigo e mais fácil de lidar do que eu, inventei um monte de coisas terríveis a seu respeito, para que ele não fosse adotado. Eu traí meu próprio irmão, e de uma maneira que ele nunca soube. Um dia, o Conselho Tutelar apareceu e levou Jake embora, aos chutes e berros, agarrando-se às minhas pernas, e eu me agarrando a ele como se me importasse. Mas, Maggie, se parte de mim estava feliz por ter sido escolhido, a outra se desesperava vendo Jake se afastar. Ele era tudo o que me restava. Eu estava destruindo o amor que tinha nas mãos em troca da ilusão de pertencer a outras pessoas.

Tony fez uma pausa para se recompor e Maggie esperou, desejando haver alguma maneira de poder tomar em seus braços aquele garotinho desamparado.

– Algumas semanas depois, a família toda se reuniu e pediu que eu estivesse presente. Eles anunciaram que tinham de fato tomado uma grande decisão, e que iriam adotar uma criança. Só que não seria eu, mas um bebê. Então o responsável pelo meu caso voltou mais tarde naquele mesmo dia para me levar a outra família "maravilhosa" que estava empolgadíssima com a minha chegada. Eu achava que sabia o que era estar sozinho, mas naquele momento me senti mais perdido do que nunca.

"Maggie, ele prosseguiu, eu devia ter tomado conta de Jake, especialmente porque não havia mais ninguém para fazer isso. Eu era seu irmão mais velho. Ele tinha plena confiança em mim, e eu o deixei completamente na mão. Pior, eu o traí.

– Oh, Tony – disse Maggie. – Sinto muito. Mas pense que você também não passava de uma criança. Fico muito triste que você tenha precisado fazer esse tipo de escolha.

– Daí Gabe entrou na minha vida e, pela primeira vez, eu estava segurando em meus braços uma pessoa à qual pertencia de verdade. Dessa vez, através daquele garotinho, tentei fazer tudo certo, mas mesmo assim não consegui evitar que ele fosse embora. Eu o perdi também. Angela não teve a menor chance. Eu tinha tanto medo de perdê-la que nunca deixei que ela encontrasse um lugar nos meus braços. E então Loree...

Ele falara com toda a sinceridade, e deixou as palavras pairarem no ar como uma neblina matinal, um suspiro inesperado de um coração livre de seu fardo vindo à tona e cantando suavemente na esteira de sua confissão.

O silêncio voltou a instalar-se enquanto os dois lutavam para superar as emoções que restavam. Tony inspirou fundo e soltou o ar em seguida.

– Você trouxe aquela caixinha azul?

– Claro. – Ela a tirou da bolsa.

– Quero que a entregue a Jake. É a única coisa que tenho da nossa mãe. Foi um presente que ela me deu dias antes de morrer, quase como se soubesse que estava de partida. Ela o ganhou de minha avó, que por sua vez a recebera da mãe dela. Disse que eu deveria dá-lo um dia para a mulher que amasse, mas nunca fui saudável emocionalmente para amar ninguém. Vejo que Jake é capaz disso, de amar dessa forma. Talvez um dia ele possa dá-lo de presente para a mulher que ama.

Maggie levantou com cuidado a tampa. Dentro da caixa, havia uma pequena corrente de ouro com uma simples cruz também de ouro.

– É lindo, Tony. Deixe comigo. Estarei torcendo para um dia vê-la no pescoço de Molly.

– Eu também – admitiu Tony. – Acharia ótimo.

– E qual é a última coisa?

– É a mais importante das três, eu acho, e mais difícil de dizer para qualquer pessoa. Maggie, eu te amo! De verdade, estou falando sério.

– Eu sei, Tony, eu sei disso. Também te amo. Ai, que droga, por que fui colocar maquiagem hoje?

– Então está bem, não vamos tornar isto mais difícil do que já é. Me dê um beijo de despedida e vá juntar-se à sua família.

– Não quer saber do que você, Jake e seus pais estavam achando tanta graça naquela fotografia?

Ele riu.

– Mas é claro!

– Estou surpresa de que não se lembre. Sua mãe sem querer colocou sal em vez de açúcar no café e, quando bebeu um gole, cuspiu tudo para fora, bem em cima de uma mulher toda emperiquitada. Jake sabe contar melhor, mas já dá para você ter uma ideia.

– Eu me lembro disso! – exclamou Tony às gargalhadas. – Achei a coisa mais engraçada do mundo! Como posso ter esquecido, especialmente quando...

– Adeus, meu amigo – sussurrou Maggie, com lágrimas escorrendo pelo rosto quando se inclinou para a frente e beijou a testa do homem na cama. – Ainda nos reencontraremos um dia.

E então Tony se deixou levar pela última vez.

20

AGORA

Tudo o que vemos é uma sombra projetada
por aquilo que nos é invisível.

– Martin Luther King

Os três estavam parados na encosta da colina, observando o vale que se estendia mais abaixo. Era a propriedade dele, mas estava quase irreconhecível. O rio que destruíra o templo também demolira grande parte da muralha. O que antes estava calcinado e devastado se encontrava vivo e verdejante.

– Agora está melhor! Muito melhor – disse Vovó.

– Sim, agora está bem! – concordou Jesus.

O que importava naquele momento para Tony era simplesmente estar ali, dentro daquele relacionamento com os dois. Êxtase e tranquilidade permeavam sua alma, uma esperança serena e uma expectativa sem rédeas envolvidas em um manto de paz.

– Ei – perguntou-se ele em voz alta. – Onde estão nossas casas? Não estou vendo nem o casarão, nem o seu...

– Casebre – resmungou Vovó. – Nós nunca precisamos deles. Tudo isto aqui agora é uma habitação, e não algumas partes isoladas. Não nos contentaríamos com menos.

– Está na hora – sorriu Jesus, estendendo as mãos no ar.

– De quê? – perguntou Tony, curioso. – Você quer dizer de conhecer seu pai, Papai do Céu?

– Não, não estou falando disso. Além do mais, você já o conheceu.

– Ah, sim? E quando?

Jesus tornou a rir e passou seu braço em volta do ombro de Tony. Aproximando-se do seu ouvido, sussurrou:

– *Talitha cumi*!

– O quê? – exclamou Tony. – Está falando sério? Aquela garotinha de vestido azul e verde?

– Imagens – acrescentou Vovó – nunca foram capazes de definir Deus, mas como desejamos ser conhecidos, cada vislumbre, por menor que seja, é uma pequena janela para uma das facetas de nossa natureza. Não é demais?

– Põe demais nisso – concordou Tony. – Mas então é hora de quê? Papai do Céu estará presente?

– Está na hora da celebração, da pós-vida, de nos reunirmos e confabularmos – respondeu Jesus. – E, só para deixar bem claro, Papai nunca deixou de estar presente.

– E agora?

– Agora – exclamou Vovó, triunfante –, agora vem a melhor parte!

Nota ao leitor e agradecimentos

Se você ainda não leu *A travessia*, talvez seja melhor esperar para ler esta nota depois que terminar o livro, pois o texto abaixo estraga algumas surpresas.

O nome Anthony Spencer vem do apelido que nosso filho mais novo usa em seus jogos de videogame. Embora meus personagens costumem ser misturas de pessoas que conheço, à medida que escrevo eles começam a ganhar personalidade própria. Não é o caso de Cabby, o filho de Molly. Ele é inteiramente baseado em Nathan, o filho de dois amigos meus. Nathan faleceu há alguns anos ao sair do estádio em que assistia a um jogo de basquete, enquanto brincava de esconde-esconde. De alguma forma, ele foi parar na rodovia, onde foi atropelado por dois carros. Nathan tinha síndrome de Down. Tudo no personagem de Cabby se aplica a ele, inclusive sua interjeição preferida e sua tendência a "afanar" câmeras e escondê-las no quarto. Enquanto trabalhava neste livro, mantive contato frequente com a mãe de Nathan, que me forneceu detalhes para compor a personalidade de Cabby. Certa tarde ela me telefonou, explicando como uma de nossas conversas tinha atiçado sua curiosidade, o que a levou a remexer nos objetos pessoais de seu filho que ainda estavam guardados. Como não poderia deixar de ser, dentro do estojo de sua guitarra de brinquedo ela encontrou uma câmera que nunca tinha visto antes. Para sua surpresa, ela estava cheia de fotos da minha família. Dois anos antes de Nathan morrer, ele tinha visitado nossa casa e "afanado" a câmera da nossa sobrinha. Durante todo aquele tempo, pensávamos que ela a perdera.

São muitas as pessoas a quem devo agradecer. À família de Nathan, por me conceder a honra de transformar seu filho em um personagem de ficção. Espero ter conseguido capturar tanto o encanto quanto algumas das agruras que existiam no coração de Nathan e existem em todas as famílias que enfrentam os desafios cotidianos acarretados por qualquer tipo de deficiência e limitação.

Recebi muita ajuda e conselhos no que diz respeito aos aspectos médicos da história. Agradeço a Chris Green, do grupo de socorristas Responder Life; Heather Doty, enfermeira especialista em traumatologia do serviço aéreo de emergência Life Flight; Bob Cozzie, Anthony Collins e, especialmente, Traci Jacobsen, que me deixaram invadir o espaço de trabalho deles no serviço de Emergência do condado de Clackamas, em Oregon City, e fazer todas as perguntas que precisava para dar maior precisão ao colapso de Tony. Às enfermeiras e funcionários do hospital Oregon Health and Science University (especialmente da UTI Neurológica) e do hospital pediátrico Doernbecher Children's Hospital (especialmente do setor de Hematologia/Oncologia), assim como ao meu amigo e neurocirurgião aposentado Dr. Larry Franks.

Trabalhar nessa parte do livro me fez conhecer as pessoas incríveis que estão verdadeiramente "nas trincheiras" do sofrimento e das crises humanas. Elas em geral não cruzam nosso caminho, a não ser que estejamos nós mesmos desamparados ou que tenhamos a sorte de conhecê-las pessoalmente. Tanto socorristas, bombeiros, paramédicos, policiais e funcionários da Emergência, quanto funcionários do hospital, técnicos, médicos e enfermeiras são corações especiais que trabalham nos bastidores e nos ajudam a lidar com as tragédias que invadem nosso dia a dia. Em nome de todos cuja presença esquecemos, ou a quem muitas vezes não damos o devido valor, obrigado, obrigado, obrigado.

Agradeço a Chad e Robin, por me deixarem escrever em seu lindo refúgio em Otter Rock, e à família Mumford, que me ofereceu um local semelhante para trabalhar ao pé do Monte Hood. Sem vocês, este livro nunca teria ido para o prelo a tempo.

Obrigado ao meu amigo Richard Twiss e à tribo Lakota – se já leram este livro, sabem como me ajudaram. Todos precisamos de uma Vovó e de uma tribo.

Temos uma abundância de amigos e familiares, de modo que seria preciso um livro ainda maior para listar todos eles. Sou grato pela presença de vocês em nossas vidas e pela sua participação em nosso crescimento pessoal. Um agradecimento especial ao clã Young e ao clã Warren pelo incentivo constante. A Kim, minha esposa e companheira, aos nossos seis filhos, duas noras, um genro e seis netos (até o momento), eu os amo de todo o coração... Vocês fazem meu coração cantar.

Obrigado a todos os que leram e indicaram *A cabana* e compartilharam comigo os momentos preciosos e às vezes incrivelmente dolorosos de suas histórias. Vocês me concederam uma graça inestimável.

Obrigado a Dan Polk, Bob Barnett, John Scanlon, Wes Yoder, David Parks, Tom Hentoff e Deneen Howell, Kim Spaulding, a incrível família da editora Hachette, especialmente a David Young, Rolf Zettersten e ao editor Joey Paul, assim como às várias editoras estrangeiras que trabalharam com tanto afinco em meu favor e têm sido um estímulo tão poderoso e constante a cada passo do caminho. Um agradecimento especial a Adrienne Ingrum por suas contribuições e incentivo fundamentais. Este livro é melhor por causa dela.

Um agradecimento especial ao meu amigo do Mississippi e teólogo Baxter Kruger, Ph.D., e ao fotógrafo John MacMurray, que sempre me ofereceram seu apoio e suas críticas (no melhor sentido da palavra). O livro de Baxter, *De volta à cabana*, é simplesmente o melhor livro já escrito sobre *A cabana*.

Obrigado também à nossa família de amigos do Noroeste, os Closners, Fosters, Westons, Graves, Huffs, Troy Brummell, Don Miller, os Goffs, MaryKay Larson, os Sands, os Jordans, e a todo o pessoal do Noroeste também, como aos meus primeiros leitores/críticos Larry Gillis, Dale Bruneski e Wes e Linda Yoder.

Continuo a ser inspirado pelos membros do grupo literário conhecido como Inklings, especialmente por C. S. Lewis (mais conhecido por seus amigos como "Jack"). George MacDonald e Jacques Ellul são sempre boa companhia. Todo o meu amor a Malcolm Smith, Ken Blue e aos australianos e neozelandeses que sempre farão parte de nossas vidas. Agradeço também àqueles que ofereceram a trilha sonora da minha escrita, um grupo variado de músicos que inclui Marc Broussard, Johnny Lang, Imagine Dragons, Thad Cockrell, David Wilcox, Danny Ellis, Mumford & Sons, Allison Krauss, Amos Lee, Johnnyswim, Robert Counts, Wynton Marsalis, Ben Rector, aquela trindade de velhos músicos brilhantes composta por Buddy Greene, Phil Keaggy e Charlie Peacock, James Taylor, Jackson Browne, Leonard Cohen e, naturalmente, Bruce Cockbrun.

Por fim, e no centro de tudo, está o amor altruísta e fraterno do Pai, do Filho e do Espírito Santo, demonstrado de forma extravagante para nós na pessoa de Jesus. A sua graça é um afeto inabalável que independe do nosso desempenho – um amor que não somos poderosos o suficiente para mudar.

Se você buscar a verdade
poderá encontrar conforto no fim.
Se buscar conforto
não o alcançará, e tampouco a verdade,
mas apenas bajulação e ilusões no começo
e desespero no fim.

– C. S. Lewis

INFORMAÇÕES SOBRE OS
PRÓXIMOS LANÇAMENTOS

Para saber mais sobre os títulos e autores
da EDITORA ARQUEIRO,
visite o site www.editoraarqueiro.com.br
ou siga @editoraarqueiro no Twitter.
Além de informações sobre os próximos lançamentos,
você terá acesso a conteúdos exclusivos e poderá participar
de promoções e sorteios.

Se quiser receber informações por e-mail,
basta cadastrar-se diretamente no nosso site.

Para enviar seus comentários sobre este livro,
escreva para atendimento@editoraarqueiro.com.br
ou mande uma mensagem para @editoraarqueiro no Twitter.

EDITORA ARQUEIRO
Rua Funchal, 538 – conjuntos 52 e 54 – Vila Olímpia
04551-060 – São Paulo – SP
Tel.: (11) 3868-4492 – Fax: (11) 3862-5818
E-mail: atendimento@editoraarqueiro.com.br